소설의 전략

오에 컬렉션 IV

소설의 전략

오에 겐자부로 지음
성혜숙 옮김

21세기문화원

일러두기

1. 이 책은 신쵸샤新潮社에서 2002년 발행한 오에 겐자부로大江健三郎의
   『小説のたくらみ、知の楽しみ』9쇄 절판본을 번역한 것이다.
2. 표기법은 국립국어원의 표준 표기법에 따랐다. 다만 책과 영화의 제목
   은 예전에 최초로 나온 표기를 따른 경우도 있다.
3. 옮긴이의 주는 별도로 표시하지 않고 본문의 괄호 안에 바로 써넣었다.
4. 강조점이나 따옴표 등은 가로쓰기의 부호를 중시하되, 단행본과 잡지는
   『』, 권과 기사는 「」, 영화와 공연은 〈〉로 표시하였다.
5. 오에 컬렉션 간행 위원회는 여러 번 원고를 윤독하며 우리말을 살리고
   전문 용어를 통일함으로써 최대한 번역의 완성도를 높였다.

오에 컬렉션을 발간하며

오에 컬렉션은 읽기와 쓰기를 향상하기 위해 기획되었다. 요즘 스마트폰 세대는 움직이는 영상은 익숙하지만, 고정된 활자는 그렇지 못하다. 만약 우리가 빨리 '보는 감각'만 앞세우면, 찬찬히 '읽고 쓰는 사고력'은 뒤처지기 마련이다.

시중에는 읽기와 쓰기 관련서가 많다. 하지만 주로 초급용이다. 보다 근본적으로 문제를 성찰하고 해결하려면 좀 더 수준 높은 '현대적인 고전'이 필요하다.

이른바 작가라면 소설 읽기와 쓰기에 대해 고민하지 않을 수 있겠는가. 오에 겐자부로大江健三郎는 일평생 치열하게 소설이라는 형식을 연구하고 그 방법을 다음 세대의 읽고 쓰는 이들에게 전하고자 노력했다. 이런 작가는 매우 드물다!

오에는 도쿄대 스승인 불문학자 와타나베 가즈오渡辺一夫의 가르침을 본받았다. 전 생애에 걸쳐 3년 단위로 뛰어난 문학자나 사상가를 한 명씩 정하여 집중적이고 체계적으로 읽어나간 것이다. '오에 군은 숲속에서 샘물이 솟아나듯 소설을 쓴다'는 스승의 칭찬이 괜히 있는 게 아니었다.

하지만 국내에서 오에는 일본의 군국주의화를 반대하는 다양한 활동 때문에 '행동하는 지식인'의 이미지가 강렬하여, '소설가의 소설가'로 불리는 그의 소설에 대한 열정과 지식이 똑바로 부각되지 못하고 있는 형편이다.

이에 평소 오에를 연구해 오던 간행 위원회는 소설 읽기와 쓰기의 궁극적 단계에 이른 그를 한국의 독자들에게 충실히 알리고자 이 자리에 모이게 되었다. 노벨문학상 수상 작가인 그는 과연 어떻게 책을 읽고 글을 썼는가. 그것을 제대로 살피는 것이야말로 21세기에 걸맞은 오에 컬렉션을 기획한 목적에 부합하리라 믿는다.

오에 컬렉션은 평론 4권, 소설 1권의 전 5권으로 구성했다. 독자 여러분들은 제1권에서 제4권까지 읽기와 쓰기 이론의 정수를 경험하고, 그 이론이 실제 소설에서는 어떤 양상으로 표출되는지를 제5권을 통해 확인할 수 있을 것이다.

첫째, 『새로운 문학을 위하여』이다. 이 논집에서 오에 겐자부로는 단테·톨스토이·도스토옙스키 등의 작품들을 러시아 포멀리즘의 '낯설게 하기'라는 방식으로 새롭게 바라보는 것에서 출발한다. 그는 '문학이란 무엇인가, 문학은 어떻게 만드는가, 문학을 어떻게 수용할 것인가' 등과 같은 질문을 파고든다. 문학을 적극적으로 읽고 쓰기를 원하는 이들에게 그의 경험과 방식은 도움이 되리라 생각한다. 어쨌든 이 책은 이와나미신서 시리즈의 첫 번째 작품으로 배치될 만큼 대표적인 문학 입문서이다.

둘째, 『읽는 행위』이다. 이 논집에서 오에는 '독서에 의한 경험은 진정한 경험이 될 수 있는가, 독서에 의해 훈련된 상상력은 현실 속의 상상력일 수 있는가' 하고 묻는다. 그리고 곧바로 독서로 단련된 상상력은 확실한 실체로 존재한다고 답을 내린다. 이는 초기의 다양한 경험 부재에 대한 고뇌와 소설 쓰기 방법론의 암중모색을 거치고 터득한 십여 년에 걸친 장고의 산물이라 할 수 있다. 즉 작가 스스로에 대한 근본적 물음이자 확답, 그리고 독자들에 대한 선험자로서의 제언인 것이다. 이러한 작가 인식은 소설가라는 개인의 글쓰기와 읽기의 고민에서 출발하여 그것이 마을·국가 그리고 소우주라는 공동체의 역사와 신화를 이야기하는 집단적 상상력의 확대로까지 이어질 수 있음을 여실히 보여 준다. 읽는 행위를 통해 활자 너머에서 오에가 느꼈을 상상력의 자유를 독자 여러분도 감지할 수 있으리라….

셋째, 『쓰는 행위』이다. 작가로서 '읽는 행위'에 대한 효용성과 고민을 어느 정도 해소한 후 중견작가로서 본격적으로 '쓰는 행위'를 논한 창작론이다. 오에는 소설을 쓸 때의 스스로의 내부 분석부터 시작하여 시점·문체·시간·고쳐쓰기 등의 문제에 관하여 자신이 실제 소설을 쓸 때의 경험을 바탕으로 얻어 낸 것들을 일종의 임상 보고 형식으로 풀어내고 있다. 이렇듯 일반적인 소설 작법서와는 차별화된 오에만의 독특한 창작론은 새롭게 소설을 쓰려는 사람들은 물론이거니와 소설을 다양한 방식으로 읽고자 하는 독자들에게도 유용한 힌트가 될 것이다.

넷째, 『소설의 전략』이다. 제2권 『읽는 행위』와 제3권 『쓰는 행위』의 '작가 실천편'에 해당하는 평론이다. 오에가 장애를 가진 아들의 출생 등 자신에 닥친 고난을 소설 쓰기로 극복하고자 한 것은 잘 알려진 사실이다. 하지만 일반인이 현실의 역경을 소설이라는 '제2의 현실', '문학적 현실'로 바꾸는 것은 그리 간단한 일이 아니다. 이 책에서 오에는 어떻게 작가로서 소설을 통해 활로를 찾아 나갔는지를 밝히고 있다. 즉 자신의 실제 독서 경험과 창작 방식의 비법을 풀어놓으며 독자들이 소설의 '전략'을 터득할 수 있게 도와주는 것이다. 특히 소설이라는 형식에 그 누구보다도 의식적이었던 작가는 50대를 맞이하며 방법론적 연구와 고뇌가 절정에 이르렀다.

바로 그 전성기 때 이 책을 썼다. 작가의 경험과 지식은 물론 열정이 넘친다. 독자들은 소설의 형식을 익히며 현실 문제에 대한 해결의 실마리까지 얻을 수 있을 것이다.

다섯째, 『그리운 시절로 띄우는 편지』이다. 이 소설은 내용적으로는 『만엔 원년의 풋볼』, 『동시대 게임』을 잇는 고향 마을의 역사와 신화를 둘러싼 '구원과 재생'의 이야기인데, 형식적으로는 사소설의 재해석이라 부를 수 있을 정도로 난해하다. 하지만 이 작품은 완숙한 중년 작가의 방법적 고뇌가 함축되어 있는 소설이라 할 수 있다. 소설가가 발 딛고 있는 동시대라고 하는 무대를 역사로 쓰는 것과 소설로 쓰는 것에 대한 고민이 절실히 느껴진다. 주인공 '나'가 '기이 형'에게 평생 부치겠다는 편지는, 소설가로서 쓰는 행위를 이어가겠다는 오에 자신의 결의의 표현이자 소설이란 형식이 아니면 자신의 이야기를 풀어낼 수 없다는 독자들을 향한 외침이다. 제1권~제4권으로 소설 쓰기와 읽기를 익힌 독자라면 반드시 일독을 권한다. 쓰기와 읽기의 이론이 어떻게 소설화되는지 그 구체적 과정을 직접 확인할 수 있다.

인생을 다시 고쳐 살 수는 없다. 그러나 소설가는 다시 고쳐 쓸 수가 있다. 그것이 다시 고쳐 사는 일은 아니라고 하더라도, 애매하게 살아온 삶에 형태를 부여하는 일이 될 것이다.

무언가를 읽고 그것을 토대로 무언가를 쓰는 행위는 위의 오에 말처럼 인생의 의미를 명확히 하는 일임과 동시에 참다운 나를 찾아가는 과정이기도 하다.

　국내의 오에 전문 연구가들이 한데 모여 오에의 진가를 알리고 읽기와 쓰기에 치열했던 작가의 고뇌와 결과물을 이제 '오에 컬렉션'이라는 형태로서 공유하고자 한다. 소설가이자 문학부 교수인 마치다 코우町田康가 간행 위원들의 마음을 대변하고 있어 소개로 갈음한다.

　　소설을 읽고자 하는 사람, 또 쓰고자 하는 사람은 프로든 아마추어든 이 책을 읽어라! 나는 무척이나 반성하면서 반쯤 울었다.

　아무쪼록 독자 여러분들이 오에 컬렉션을 통해 격조 높은 작품들을 감상하면서 읽기와 쓰기의 세계도 더 즐길 수 있는 계기가 되길 진심으로 바란다.

2024년 1월
오에 컬렉션 간행 위원회

차　례

11

II

소설의 전략, 앎의 즐거움

1. '낯설게 하기'의 이야기에서
보니것의 무서운 환상으로

나는 예전에 '소설을 쓰지 않는 사람을 위한 소설 작법'이라는 주제로 일련의 강연을 했다. 소설을 쓰지 않는 사람이라고 굳이 한정한 데에는 이유가 있다. 대개 실제적인 필요에서, 서둘러 소설을 쓰고 싶다, 그래서 소설 쓰기의 실용적인 안내서로서의 이야기를 듣고 싶다고 말하는 청중을 마주하면 숨이 막히는 것 같다. 어쨌든 작가라는 직업의 배에 올라탈 수 있었던 사람이, 파도 사이를 떠도는 난파자에게 구명보트에 올라타는 방법에 대해 강의하는 것 같기 때문이다. 무엇보다 이미 죽을 때까지 작가일 자신과, 작가가 되겠다는 결심만 버리면 다양한 미래의 선택지를 갖고 있는 젊은이들 중 어느 쪽이 진짜 난파자인지 모르겠지만….

위에서 말한 것을 소극적인 이유라고 한다면, 소설을 쓰는 사람에게라기보다 좀 더 폭넓게 이야기하고 싶다는 적극적인 이유도 있다. 소설은 인간에 대해 근본적으로, 동시에 종합적이고 구체적으로 항상 처음부터 새로 시작하는 듯한 마음으로 파악하고자 하는 행위이다. 따라서 소설에 대한 태도에는 '인간의 과학'으로서 일반적으로 유효하고도 재미있는 측면이 있는데 이에 관해 이야기하고 싶다. 그리고 내 이야기를 들어 주는 대상은 소설을 쓰고자 하는 사람뿐 아니라 오히려 현재 소설을 쓰고 있는 사람들도 초심으로 돌아가 새로운 마음으로 들어 주었으면 한다.

강연의 이야기로 돌아가서, 그날 강연을 끝내고 청중으로 참석해 주었던 친구와 지인, 그 기획 관계자였던 편집자, 그리고 질문을 하기 위해 찾아온 학생들과 잠시 이야기하게 되었다. 일단 일은 끝났다는 해방감을 느끼며 그날의 주제뿐 아니라 최근에 읽은 책이라든가 당시 진행 중이던 소설에 대해 자유롭게 이야기했는데, 대화의 내용이 소설의 영역에서 앎의 영역으로 훨씬 폭넓게 확장되어 간 것은 오히려 자연스러운 일이었다. 그리고 나 스스로가 소설에 대해 보다 깊게, 보다 정확하게 생각할 수 있었던 것 같다.

앞으로 이 책에서 내가 하고자 하는 것은 그러한 대화를 통해 발전시킬 수 있었던 생각을 써 나가는 것이다. 그렇다고 해서 그 강연 후의 짧았던 대화를 복원하는 것이 아니라 새로 읽고 있는 다양한 책이나 새로 시작한 소설과 관련하여 나에게 매우 생생한 깨달음을 주는 즐거운 작업으로서 소설의 다양한 전략에 대해 이야기하고 싶다.

'소설을 쓰지 않는 사람을 위한 소설 작법'은 예전에 썼던 『소설의 방법』(이와나미 현대선서)을 텍스트로 이른바 '방법에서 작법으로'라는 방식으로 이야기한 것이었다. 그 책을 출판한 직후, 지성에서나 교양에서나 자신만만했던 여류 작가가 이해할 수 없는 문장의 표본으로 예로 들었던 부분이 있다. 세상에는 수용과 비판의 관계에 대해 다음 세 가지 경우가 있다고 한다.

1) 이해한 것을(이해할 수 없는 것은 이해할 때까지 노력하고, 그 후에), 비판한다.
2) 이해한 것도 이해하지 못했다고 치고, 비판한다.
3) 이해할 수 없는 것을 이해할 수 없는 채로, 비판한다.

나는 대개 1)의 방법으로 하고 있다. 하지만 그 여류 작가는 2) 또는 3)의 방법을, 어쩌면 2)로 생각하면서 실제로는

3)의 방법을 택했다.

논점은 내가 그 책의 서두에서 설명했던 러시아 형식주의의 '낯설게 하기'라는 수법과 관련되어 있었다. '낯설게 하기'는 너무 흔해서 시야에 들어오지 않는 사물을, 다시 하나하나 의식 속에 새겨 넣듯이 만드는 표현의 절차이다. 시클롭스키Виктор Шкло́вский 일파, 러시아 형식주의자들은 이 '낯설게 하기'를 문학의 가장 근본적인 수법으로 제안했다. 게다가 '낯설게 하기'의 방법을 실제 작품에 적용해 보면 재미있는 점을 확실히 알 수 있다. 예를 들어 '갑충甲虫'의 경우 '갑충'이라는 단어를 독자의 마음에 새겨 넣도록 한다. 이것은 단어 단계에서의 '낯설게 하기'이다. 이어서 어느 아침 갑충이 되어 버린 인간 그레고리 잠자의 이미지가 마음에 새겨지거나 혹은 당시 카프카의 단편이 모델로 마음에 새겨진다. 그렇게 점차 다음 단계로 '낯설게 하기'가 전개되어 간다. '낯설게 하기'라는 방법론은 단어의 단계에서 소설이라는 장르의 단계에 이르기까지 일관성 있게 적용할 수 있는 소설의 방법이라고 말할 수 있다.

나는 위의 생각을 발전시켜 『소설의 방법』에서 다음과 같이 썼다. 그 쓰기 방식 자체 때문에 여류 작가에게 소설 바보 취급을 당했는데, 오히려 나는 논리적인 설명이지 않았나 생각한다.

소설의 방법 중 효과적인 방법의 대부분은 이 '낯설게 하기'에 바탕을 두고 있다. 단어·이야기에서 문학·예술의 총체로 확장될 때 '낯설게 하기'가 확장의 각 단계에서 일어나고 그 하나하나의 단계에서 힘을 발휘한다. 그것은 단어로 이루어진 구조체인 소설의 방법론의 특질을 분명히 하는 것이며, 소설 자체의 구조적인 특질을 나타내는 것이기도 하다.

이 인용문 앞에서 "실제로 이제부터 또 다른 예를 각각 검토해 나갈 것"이라고도 썼었다. 지금 '낯설게 하기'에 대해 말을 꺼낸 것은 구체적으로 그 훌륭한 예로 미국 현대 작가의 최근 작품을 살펴보고자 하기 때문이다. 커트 보니것Kurt Vonnegut의 『데드아이 딕*Deadeye Dick*』(Delacorte Press). 보니것은 현대 세계의 무구한 영혼이 폭력에 짓밟히는 비참함, '울부짖고 싶은 비통함'을 그만의 '울부짖고 싶은 우스꽝스러움'으로 표현해 온 작가이다. 그는 사고로 중성자탄이 폭발하고—어쩌면 도시를 통째로 난민수용소로 만들기 위해 주민들을 일소할 의도였던 건 아닌지 주인공은 의심하기에 이르는데—건물과 기계는 손상되지 않지만 인간은 절멸한 미들랜드 시티라는 마을을 그리고 있다.

이 비참한 이야기를 보니것은 기묘한 우스꽝스러움으로 바꾸어 풀어 간다. 보니것은 잔혹하고 비참하며 우스꽝스러운 에피소드 그 자체를 메타포처럼 사용하면서 연결해 가는 방식을 사용하는데, 작품마다 방식을 조금씩 바꾸기도 한다. 이 소설을 읽으면서 나는 중성자탄의 악몽에 등골이 오싹해지는 것을 느끼면서— 이 소설을 읽고 있었을 때 새 수상이 미국으로 가서 물론 정확하게 계산된 '실언'으로 일본을 '불침 항공모함'화하겠다고 공언했고 소비에트는 SS20 미사일의 극동 배치 강화를, 그것도 일본이 표적이라는 것을 강력하게 시사했다— 동시에 나는 자주 소리 내어 웃었다. 예를 들어 이 낙서를 쓴 사람도 곧 죽게 될 것이 분명한 궤멸 직전의 미들랜드 시티 공항 화장실에서 주인공이 발견한 낙서로 다음의 짧은 시가 인용되어 있다. 이 시는 낙서치고 유쾌하고 꽤 훌륭하다고 생각하지 않은가?

"To be is to do"— Socrates.
"To do is to be"— Jean-Paul Sartre.
"Do be do be do"— Frank Sinatra.

그럼 나는 보니것이 이 소설을 쓸 때 처음부터 짜 놓았던 전략에 대해 이야기하고자 한다. 그 전략은 소설의 본문과 연결되어 있는 서문 속에—그것은 보니것이 거의 항상 사용하는 방법인데—장치되어 있는데, 소설이 진행됨에 따라 놀라운 효과를 발휘하게 된다.

소년 시절 어느 '어머니 날', 집 다락방에서 라이플을 청소하고 있던 주인공이 임산부를 실수로 사살하여 이중 살인을 저지른다. 그는 경찰에게 린치에 가까운 가혹한 처우를 당하고 성인이지만 거세된 남자 취급을 당하는데, 비참한 생애 나름의 정화 작용을 주변의 역시 비참한 사람들에게 한다. 가여운 인간에 대한 은총처럼 중성자탄에 의해 괴멸되기 직전 마을에서 빠져나와 그는 목숨을 구한다.

보니것이 서문에 설치한 장치는 다음과 같다.

> 나는 또한, 중성자탄은 일종의 마법 지팡이였다고도 말하겠다. 그것은 사람들을 일거에 살육하지만, 그들의 재산은 손상시키지 않는다. 이것은 제3차 세계 대전에 골몰하는 자들에게 빌려 온 판타지다. 사람이 사는 지역에 폭발한 실제의 중성자탄은 내가 묘사한 것과는 비교도 할 수 없는 큰 고통과 파괴를 가져올 것이 분명하다.

그럼 이 판타지라는 장치를 사용하면 순식간에 사람들은 사멸되지만 건물이나 기계는 그대로 남아 거실의 텔레비전은 화면을 계속 비추고 있는 그로테스크한 이미지가 가능해진다. 사멸된 마을을 철조망으로 감싸고 군대가 지키고 있는 것에 대해 주변 농민들이, 저건 난민을 데려와서 일을 시키기 위해서다, 남북 전쟁 이전의 노예 제도의 부활이라며 고발하려 한다는 발상과 연결되어 앞에서 서술한 주인공의 의심도 개연성을 갖게 된다.

덧붙여 일본인 독자인 나는 이 암묵적 의미 부여를 읽어 내지 않을 수 없는 특별한 부분에 관심을 갖게 된다. 폭발 시 마을 밖으로 나가 살아남은 미들랜드 시티의 주민이 자신의 집이나 재산에 대한 권리를 포기하는 대신 국가의 보호를 받는다. 게다가 앞장서서 마을을 재방문하는데 ― 여기에서도 중성자탄의 잔류방사능은 과소 평가되고 있다 ― 묘지를 찾은 주인공이 뜻밖의 장소에서 자신의 집을 발견한다. 라이플이 발사됐던 둥근 지붕의 다락방은 속죄라도 하려 했는지 부친에 의해 무너뜨려져, 원래 커다란 원추형의 옥탑이었던 곳은 탑이 무너진 부분에만 엷은 회색의 타르 천으로 덮여 있었다. 마을을 찾아온 일본인이 달빛 속에 그것을 후지산 같다고 말하는데, 폐허가 된 마을로 돌아온 주인공이 그것을 멀리서 바라본 것이다.

나는 지평선을 향해 눈을 들었다. 그리고 거기에서, 빛나고 있는 슈거 크릭 맞은편에서 내가 자란 집의 하얀 모자를 쓴 슬레이트 지붕을 보았다. 저물어 가는 태양의 수평한 광선 속에서 그것은 진정, 일본의 성스러운 화산, 후지산의 그림엽서 사진 그 자체였다.

주민은 모두 죽었지만 건물이나 기계는 그대로 남아 있는 폐허, 그 상징처럼 후지산을 내건다. 우리들은 이 상징을 매개로 보니것의 구상 속에 이 폐허를 일본 열도와 연결한, 표층에는 숨겨져 있는 이미지를 발견하지 않을까? 보니것의 세계에서 중요한 단어 중 하나는 decency, 즉 인간적인 관용, 높은 품격이었다. 이 단어를 통해 그와 오웰George Orwell을 연결할 수도 있는데, 그러한 decency의 인간 보니것이 중성자탄으로 인간 모두가 궤멸한 일본 열도를 노골적으로 묘사하지는 않는다. 더군다나 거기에서 더 나아가 기계만 작동하고 있는 전자 제품 공장으로 소비에트 혹은 미국에서 노동자가 들어와 자동차나 비디오 기기의 생산을 재개하는, 그러한 미래 계획을 세우지는 않는다. 하지만 보니것의 암묵적 구상에는 이런 이미지가 있었다는 것을 이 후지산이라는 상징이 날카롭게 표현하고 있다고 생각한다.

보니것은 핵 시대의 작가를 '탄광의 카나리아'에 비유하고 연약한 자신의 육체를 통해 위험을 미리 경고하는 것이라고 작가의 역할을 정의했다. 나는 보니것이 그 역할을 훌륭히 해내고 있다고 생각한다.

그럼 소설 작법으로 돌아가자. 보니것의 소설에서 두 가지 문제점을 제기할 수 있다. 하나는 작가가 사실에 사로잡히는 것이 아니라 소설적인 전략·장치를 사용하여 보다 깊게 현실을 표현할 수 있다—그렇게 하여 현실을 '낯설게' 만들 수 있다고 말할 수 있다. 최근 논픽션이 융성하여 사실에 입각한 것이야말로 표현에 있어서 피할 수도 양보할 수도 없는 힘을 주는 방법이라는 견해가 퍼지고 있다. 이에 대해 완전히 기초적인 생각이지만, 소설의 허구의 전략이야말로 현실의 현실다움 그 자체를 표현하는 힘이라는 것에 다시 한번 주의를 촉구하는 바이다.

다른 한 가지는, 보니것이 엔터테인먼트 작가로 출발했다는 점에서 아무런 거부 반응도 없이 때때로 악랄할 정도의 장치를 소설에 사용하여 새로운 세계를 만들어 낸다는 것이다. 무라카미 류村上龍가 등장했을 때 그의 작품은 서브컬처라는 비판이 있었다. 이어서 그 비평가가 다나카 야스오田中康夫를 평가한 것을 보면 그 비평가에게 서브컬처라는 단어는 즉흥적 비평의 성에 갇혀 있었던 것 같다.

그러나 서브컬처의 독자적인 힘은 적극적으로 생각되어야 마땅한 것이다. SF 작가로 출발한 보니것이—처음부터 그는 이 장르의 특성을 고도의 지적 유머로 조명하는데—현재 미국 현대 문학을 선도하는 작가가 된 데에는 즉흥적 비판을 허락하지 않는 원리적인 근거가 있다. 일본의 보니것이라 할 수 있는 이노우에 히사시井上ひさし, 쓰쓰이 야스타카筒井康隆 두 작가가 대단한 작품을 쓰고 있다는 것은 누가 봐도 확실하다.

　보니것의 최신작에 대해 한 가지 더 말하자면, 연극 극본의 형식이 자주 등장한다는 것이다. 이노우에 히사시와 쓰쓰이 야스타카 역시 연극과 깊은 관련이 있는 작가들로, 그들은 그 작업 방식을 통해 소설의 형식을 익숙한 것에서 경이를 불러일으키는 이질적인 것으로 전환시켰다. 결국 소설의 장르를 '낯설게' 만든 것이다. 또한 그들은 일본 작가의 지금까지의 양상에 대해서도 때로는 논란을 일으킬 정도로 날카롭게 놀라운 '낯설게 하기'를 해내고 있지 않은가?

2. 아름다운 청년 카르미데스에서
리얼리티로

이 책의 제1장을 읽은 사람들에게 앎이라는 단어를 어떻게 정의할 수 있는지 질문받았다. 나는 벌써 40년이나 되는 불면증의 역사를 갖고 있어서 아침이나 오후에 책상 앞이나 소파에서 읽는 책과는 별도로 침대 머리맡 책장에 한밤중에 눈이 떠지면 손이 닿을 수 있는 곳에 책을 놓아두었다. 반쯤은 졸면서 다시 잠들 수 있을 때까지 읽기 때문에 그 책들에 대해 글을 썼던 적은 없다. 지금 오랫동안 읽어 왔던 다나카 미치타로田中美知太郎 편 『플라톤 명저집』(신쵸샤)에 대해 이야기하고자 하는데, 바람직한 인간상에 대한 앎이라는 것이야말로 기분 좋은 것이라고 생각해 왔기 때문이다.

그중에서도 앎에 대한 대화편 『카르미데스』의 도입부에서 한 구절을 발췌하여 딱딱한 정의로 바꾸고자 한다.

아직 40세가 되기 전 소크라테스가 전쟁에서 돌아오자마자 오랜만에 친구들과 만나기 위해 활기차게 체육관으로 간다. 그리고 그곳에서 아름다운 청년과 만나 이야기를 나누게 되는데, 역사에 따르면 혁명의 주모자 중 한 명으로 죽게 되는 카르미데스를 매력적으로 소개하는 첫머리의 인용이다.

> "어떻습니까, 이 청년은! 소크라테스. 이 얼굴 아름답다고 생각하지 않습니까?" "믿을 수 없을 정도군요"라고 나는 대답했습니다. "하지만 한번 그에게 알몸이 되어 보라고 해 보십시오! 그러면, 바로 얼굴 같은 건 잊어버릴 겁니다! 그 정도로 신체의 아름다움은 완벽합니다." … "어어, 무슨 말을 하는 겁니까! 그렇다면 이 청년은 무적이라고 말할 수 있겠네요. 단, 한 가지만 그가 갖추고 있다면. 매우 사소한 것이지만 말입니다. … 그것은 만약, 영혼이라는 점에서 선천적으로 뛰어난 인간이라면, 갖고 있는 것이지요. …" "그렇습니다. 그런 점에서도 그는 정말 아름다울 정도로 훌륭한 인간입니다. … 실제로 그는 여전히 앎을 추구하는 인간입니다. 게다가 문학적 재능도 뛰어나며, 자타가 인정하고 있어요."

플라톤을 읽고 나서 소설의 비평에 대해 생각해 보면 ─

『대화편』에 언급되고 있는 문학이라는 것은 소설을 말하는 것이 아니며 플라톤에서도 벗어나 단지 대화를 통해 도출된 훌륭한 정의만을 생각하게 되었는데— 예를 들어 문예 비평에서 사용되는 용어가 정의의 절차를 생략하고 그저 대단한 효력을 갖고 널리 사용되는 것이 새삼 마음에 걸린다.

『소설의 방법』에서 나는 문학과 관련된 모든 과학에서 이미 정의된 용어를 재정의하여 사용했다. 결국 앞서 말한 것처럼 딱딱한 정의, 요란한 이론 부여라는 인상을 주었고 그에 대한 반발도 불러왔지만 나는 어쨌든 그것을 필요한 수순이었다고 생각한다.

지금까지 무슨 뜻인지는 알겠지만 논리적인 표현으로는 설명하기 어려웠던 비평 용어. 따라서 상용되고 있는 비평 용어를 사용하면서도 서로 같은 것을 논의하고 있는지 불안해져 상대의 얼굴을 살피게 되는 그런 용어 중 몇몇에 대해 나는 명확한 정의를 내렸기 때문이다.

구체적인 예를 들면 다음과 같다. '활자가 떠오른다', '단어가 만져진다'. 오히려 이러한 것들은 인상 비평, 감상 비평의 용어로 적절할 것이다. 일반적인 문예 비평에서는 문단의 암묵적 이해의 맥락에서 벗어나면 의미를 알 수 없는 용어나 용법이 자주 사용되고 있다.

앞에서 예로 들었던 관용적 비평 용어를 오히려 적절하다고 말한 이유는 그들이 과학적 용어로 치환할 수 있기 때문이다. 양자 모두 제1장에서 다룬 '낯설게 하기'라는 용어로 바꾸면 — 외국인을 대상으로 번역한다 해도 — 의미가 명료하게 전달되기 때문입니다. '낯설게 하기'라는 용어는, 일상생활에서 익숙해서 의식에 자동화 작용을 일으키는 단어·사물·이미지를 새롭게 인식시켜 의식 속에 깊게 새겨 넣는 절차로, 예술의 기초 수법이라고 러시아 형식주의자는 정의했다.

활자로 인쇄된 종이 위의 문자는 원래 평면에 속한다. 그러나 그 평면의 문자가 익숙한 인쇄물의 글자와는 다른, 보통의 경우와는 다른 강한 작용을 일으키고 그 특별한 인상을 말로 표현하고자 한 비평가가 '활자가 떠오른다'고 쓴 것이다. 다시 생각해 보자. 실제로는 활자는 여전히 평면 위에 누워 있다. 그런데 왜 극명하게 보통과 다른 인상이 생기는가, 새로운 깨달음으로 마음에 새겨지는가? 그것은 다른 것과 마찬가지로 활자로 인쇄된 그 단어·관용구, 그리고 문장이 나타내는 이미지가 '낯설게' 되었기 때문이다.

'단어가 만져진다'라는 표현도 마찬가지. 일상생활에서 익숙해져 버린 문장에서 단어는 의미를 전달할 뿐이고 시야 밖에서 줄줄 흘러간다. 흘러가는 것 자체를 느끼지 못할 정도지만 지금 내 시선을 붙잡는 이 한 구절은 문자 대신 물체가 튀어나온 것처럼 '단어가 만져진다'. 이것 역시 단어 자체 혹은 이미지 자체가 '낯설게' 되었기 때문이다.

말은 물체가 아니다. 그렇다면 그 말의 연속에서 왜 물체의 촉감을 느끼는가? 이를 구체적으로 납득하기 위해서는 말과 물체 사이에 형태라고 하는 중간항을 넣어 보면 알 수 있다. 물체는 일반적으로 형태를 갖고 있는데, 말에도 형태를 부여할 수 있다. 문장에서 가장 기본적인 형태가 문체이다. 주의 깊게 읽어 보면 제대로 된 문학에는 문장의 단계에서는 물론이거니와 어떤 관용구, 어떤 기초적인 단어 하나하나에 문체라는 형태가 새겨져 있는 것을 발견할 수 있다.

단어에서 물체로서의 촉감을 느끼게 하는 형태에 대해서는 최근에 사망한 고바야시 히데오小林秀雄의 『모토오리 노리나가本居宣長』에서 한 구절을 인용하고 싶다.

> 우리들이 이해하고 있는 '의식'이라는 단어와, 노리나가가 사용했던 의미에서의 '물체物'라는 단어를 사용하여 이렇게 말해 보는 것도 좋을 것이다. 노래라는 것은 의식이 만나는 최초의 물체이다, 라고. 그렇게 말하고 싶어 했던 노리나가를 상상해 보는 것도 좋을 것이다.

소설의 비평 용어로 가장 자주 사용되는 것 중 하나로 리얼리타라는 용어가 있다. 이것은 일상적인 방법으로는 다룰 수 없는 단어이다. 역시 침대 머리맡 책장에 놓아두고 계속 읽고 있는 사전 『*S·O·D*』에 의하면―『*O·E·D*』는 너무 크고, 『*C·O·D*』는 침대에서 읽기에는 적당하지 않다. 구성도 의미 설명도 깔끔해서 읽기 쉬운 『*S·O·D*』 두 권이 가장 적당하다 ―우리들이 이미 일본어로 리얼리티가 있다는 의미로 사용할 때 그것은 reality의 뜻 중 1의 C, suggestion of, resemblance to, what is real 1856.에 해당한다고 생각한다.

리얼리티가 있는지 없는지? 그것은 소설의 단어·문장·이미지, 모든 단계에서 작품 속에서는 살아 있는가 죽어 있는가의 문제이다. 그러나 누구에게나 명확하듯이 현실의 등가물과 직접 연결된다는 이유로 리얼리티가 있다고는 말할 수는 없다. 현실과는 다르고, 다르다는 것을 글쓴이는 물론 읽는 이도 알고 있지만, 현실과는 다른 창작물에서 리얼리티를 느끼는 경우가 있다. 이에 대해 생각해 보는 것은 소설의 리얼리티의 비밀에 대한 단서가 될 것이다.

얼마 전 나는 산장에 틀어박혀 집중적으로 단편 소설을 수정하고 있었다. 며칠이 지나 집에 전화를 했는데 정치에 전혀 관심이 없는 딸이, "나카 ××라고 하는 자민당 정치가가 호텔 욕실에서 목을 매고 죽었어" 하고 말하는 것이다. 자세한 내막을 물어도 잘 알 수가 없어서 나는 아직 싹이 나지 않은 잡목림의 숲길을 걸어 30분 걸리는 역 매점까지 신문을 사러

갔다. 거기까지 걸어가는 동안 나는 환기력이 강한 소설을 읽고 있는 것처럼 집중했고, 마음이 북받쳐 올라 싹을 품고 있는 나뭇가지와 마른 풀의 풍경이 묘하게 생생히 느껴져 가슴이 조여 오기까지 했다. 결국 나의 내면 활동이 주위의 풍경을 '낯설게' 만들었던 것이다.

내가 산장으로 출발했던 날, 새로운 수상이 미국 순방 전에 급히 서울로 날아가 한국 대통령과 비밀 회담을 할 예정이라는 것은 알고 있었다. 그래서 나는 수상이었던 나카 ×× 씨가 서울의 한 호텔 욕실에서 한국과 미국의 군사 경제적 속박 관계 속에서 일본의 자립에 대한 희망을 잃고 자살했다는 상상의 나래를 ─ 중얼거리며 걸어가면서 소설을 쓰듯이 ─ 펼치고 있었던 것이다.

지금 다시 회상하면서 흥미롭다고 느끼는 점은 이런 상상을 하면서도, 1) 현실에서 일어난 것은 그것과 다를 것임에 틀림없으며 그 사실을 확인하기 위해 신문을 사러 가는 것이라고 생각하고 있었다는 것. 나아가, 2) 수상은 아마도 그런 나약한 감수성을 가진 사람이었을 리 없다고 생각했었던 것 같다는 것이다. 결국 현실에 반하고 현실 같지 않다고 인정하면서도 나는 나 자신의 상상에 강한 리얼리티를 느껴 ─ 종이 위에서가 아니라 앞으로 쓰게 될 소설에서 리얼리티를 발견하고 ─ 점점 더 발걸음이 빨라지면서도 주위의 풍경에 마음을 빼앗기고 있었다는 것이다. 끝내 수상이 외국에서 자살할 정도의 위기에서 자신의 아이들을 포함한 일본 시민 생활과 국가의 향방, 그리고 아시아의 향방에 암담해지는 마음이 '이화異化'된 풍경에 겹쳐 다가온 것이다. 말할 것도 없이 역매점에서 나는 바로 나카 ×× 씨가 또 다른 보수 정치가라는 사실을 알게 되었지만, 돌아오는 길에도 역시 풍경은 아까처럼 여전히 환기력이 있었다.

결국 소설을 쓸 때, 앞의 1), 2)의 예처럼 현실에 반하고 현실 같지도 않은 경우에도 작가 자신에게서 리얼리티가 발견될 수 있으며, 또한 독자에게서도 1), 2)의 조건을 납득하고도 리얼리티가 인정될 수 있다고 나는 말하고 싶다.

나아가 리얼리티라는 것이 무엇인가 하는 것은 고찰 중이므로 아직 충분히 정립되지 않은 가설에 불과하지만, 최근 새롭게 발전하고 있는 점에 대해서 말해 두고 싶다. 또한 그와 함께 이런 생각으로 이끈 서적 한 권을 소개하고도 싶다. 먼저 이 책은 미르치아 엘리아데Mircea Eliade의 『영원 회귀의 신화』이다. 호리 이치로堀一郎의 번역이 있다고 들었는데 바로 구할 수는 없어 1952년 영역판으로 중요한 서문이 실려 있는 페이퍼 북을 사용하겠다. 일본에서는 훌륭한 전문서 번역본이 출판되지만 금세 헌책방에서도 찾기 어려워지는데, 미국의 대학 출판사는 실로 오랜 기간 염가판을 계속 재판해

낸다. 이러한 출판 태도는 배워야 한다고 생각한다. (Prinston Univercity)

이 책에서 논의되고 있는 한 에피소드. 제2차 세계 대전 직전 루마니아의 민속학자가 마라무레스 마을에서 훌륭한 서사시를 채집했다. 산의 요정이 한 청년을 사랑했는데 청년의 결혼 전날 질투심에 휩싸여 청년을 골짜기로 떨어뜨려 죽이고, 목동이 발견한 청년의 시체가 마을로 돌아오자 약혼자는 신화적 은유와 전원시의 아름다움으로 가득 찬 전례典礼의 언어로 장례의 비탄을 표현했고, 그것이 그대로 서사시가 되었다는 것이다.

마을 사람들은 처음 이 사건이 '아주 먼 옛날'에 일어난 일이라고 말했지만 조사 과정에서 그 사건은 아직 40년 정도밖에 지나지 않았고 실제로 사건을 목격한 증인도 있으며 무엇보다 당시의 약혼자까지 살아 있다는 것이 확인되었다. 민속학자가 만나러 가자, 당시 불행한 여인이었던 노파는 사건이 일어나기는 했지만 자신은 흔하디흔한 슬픔을 표현했을 뿐이고 서사시에 있는 아름답고 풍부한 신화와 전례를 따른 비탄의 언어로 말한 적은 없다고 증언했다. 그런데 마을 사람들은 사건 당시에 정확히 서사시 그대로 약혼자의 입에서 흘러내렸었다고 주장했다. 뿐만 아니라 마을 사람들은 그 사람은 지금은 늙어서 잊어버렸다느니 너무 슬퍼한 나머지 머리가 조금 이상해진 것일 거라고 말했던 것이다.

　40년 전의 사건은 마을 사람들에게 너무나 충격적인 것이었기 때문에 일단 신화의 카테고리를 통하지 않고는 잘 받아들일 수 없었고, 그래서 마을 사람들은 실제 사건을 신화와 전례로 승화시켜 서사시를 만들고 그것을 실제 사건이라고 믿었다고 엘리아데는 설명한다. 내가 지금까지 사용해 온 단어로 돌아가면, 이 사건은 당사자인 여성이 기억하는 현실 그대로가 아니라 민속에 뿌리를 둔 신화나 전례의 형태를 매개하고서야 비로소, 즉 서사시로 격상되고서야 비로소 집단 전체가 납득할 수 있는 리얼리티를 갖게 되었다는 것이다.

　엘리아데의 유명한 이 책은 넓게 인류가 태초의 시작인 신화적인 시대, 즉 '위대한 시대'로의 회귀를 갈망하고 있다는 것을 널리 인용·방증한 저작이다. 그 신화적 시간 속에서 신들 혹은 선조들이 행한 행위의 '원형'을 모방하여 — 그것은 융의 '원형'과는 다르다고 엘리아데는 서문에서 분명히 밝히고 있다 — '원형'에 뿌리를 둔 행위만이 인간에게 있어(원시생활을 하는 사람들의 삶의 표층에 드러나 있는 것에서부터, 문명인의 의식 속에 감춰져 있는 것에 이르기까지) 진정한 리얼리티를 갖는다고 설명한다.

　처음 나는 엘리아데가 독자적으로 리얼리티라는 단어, 리얼이라는 단어를 사용하는 방식에 흥미를 갖게 되어 소설의 리얼리티, 리얼한 소설에 대해 생각할 때 자신의 생각과 그의 생각을 비교해 왔다. 그러나 지금 나는 한 걸음 더 나아가—그것이 가설이라고 말한 이유인데—이렇게 생각하고 있다. 우리들이 소설 속에서 하나의 단어·관용구·이미지, 또한 그 소설 전체의 각각의 층위에서 리얼리티를 느낀다. 그것도 반드시 현실에 입각하지 않고 현실 같지도 않은 것에서 여전히 리얼리티를 느끼는 경우가 있다. 그것은 즉 우리들이 인간으로서 근저에 갖고 있는 '원형'에 연결되어 있는 것을 발견할 때 리얼리티를 느끼게 되는 것은 아닐까?

가설을 설명하기 위해서 학자가 아닌 내가 할 수 있는 것은 소설에서 예를 찾는 것이다. 『동시대 게임』과 대칭을 이루는 장편을 나는 지난 4년 정도 집필한 후 수정 작업을 반복해 왔는데 그것은 앞서 서술한 의도에 입각한 것이었다.

3. 두 개의 머리, 네 개의 다리,
한 개의 배꼽을 가진 어린이와
녹색 두건을 쓴 어른들

　라블레를 연구한 와타나베 가즈오渡辺一夫의 『난세의 일기』
(스쿠바쇼보 판 저작집 9권)은 각각 샤를 6세, 샤를 7세 치하와
프랑수와 1세 치하의 파리 시민의 일기를 각각의 시대의 문
맥 속에서 독특하게 번역하고 해설을 추가한 작품이다. 질
높은 앎의 즐거움을 주는 책으로 특히 소설을 쓰는 인간인
나를 끊임없이 자극하는 기묘한 재미가 있는 에피소드들을
하나씩 읽어 왔다.
　『난세의 일기』에서는 잔 다르크의 출현과 활약이 기술되

는 가운데 1429년 6월경 기형아가 태어난 것에 대해 이야기하는 부분. "이 아이는 두 개의 머리, 네 개의 다리, 네 개의 발을 가지고 있으면서 하나의 배, 하나의 배꼽밖에 가지고 있지 않았다."라고 번역하고, 그 이후 매주 두 개의 머리, 여덟 개의 다리와 두 개의 꼬리를 가진 송아지가 태어났고, 두 개의 머리를 가진 돼지가 태어났다는 기술이 이어졌다고 저자는 말한다. 또한 한겨울에 노란색 제비꽃이 피었다고 일기 작성자가 세 번이나 기술한 것에 주의를 촉구했다.

이에 대해 저자의 감상은 다음과 같다.

> 뭔가 두근두근하고 또 조마조마하면서 세상의 움직임에 불안을 느끼고, 고개를 갸웃거리고 있는 사람의 마음에 깃든 환상의 일부분을 이해할 수 있을 것 같은 기분이 듭니다. 하지만 이것은 나만의 망상인지도 모릅니다. 어떤 시대도 어딘가 미쳐 있을 테지만, 인간에게는 자신이 살고 있는 시대가 가장 미쳐 있다고 생각하는 버릇이 있는지도 모르고 말세 종말론은 인간의 업인지도 모르겠습니다.

이 문장이 발표되었을 때 중세 르네상스 유럽사를 전공한 젊은 역사학자가 이런 가상은 과학적이지 않은 '감정 이입'에 지나지 않는다고 강력히 비판했다. 이 비판에 대해 온후한 석학은 마음속에 연기만 피운 채 거대한 분노의 불을 억누르면서도 감정을 드러내는 반박문을 썼다.

나는 이 동식물로부터 인간에 이르는 기형과 때를 착각한 꽃의 비정상적인 만개를 난세의 시대와 연결하여 감상하는 방식에—즉 담담하게 기술되어 있고 원래는 각각 독립되어 있는 15세기 파리 시민의 일기의 기록들을 연결해서 심층을 읽어 내는 방식으로 표현한 와타나베 가즈오의 방식에—공감했다. 그 이후 기형이나 비정상적인 만개에 대한 기록을 발견할 때마다 주의를 기울이게도 되었다. 그 새로운 버릇은 나의 장남이 머리에 기형을 갖고 태어난 것에서 결정적으로 기인한 것이지만….

내가 멕시코에 머무르고 있었을 때, 19세기 말부터 20세기 초에 걸쳐 혁명 전야, 동란의 시대에 활약한 민중 판화가 포사다José Guadalupe Posada의 작업에 관심을 가졌다. 포사다는 혁명군의 게릴라 테러나 처형, 또는 지진 등의 자연재해와 기형의 출산을 동일한 것으로 묘사하고 있다. 그것은 지금으로 말하면, 『포커스』의 사진 같은 효과를 현실적으로 표현한 판화였다. 포사다의 상상력과 멕시코 동란기 민중의 상상력은 절실하고 생생하게 혁명전쟁과 자연재해를 자연 건조된 벽돌담에 둘러싸인 어둠 속의 불행하고 공포스러운 출산과 연결한 것이었다. 결국 그것들은 인간 내면의 소우주에서는 같은 층위에서 나열할 수 있는 피로 연결된 사건이었다.

그것은 우리도 포사다의 판화를 보면 납득할 수 있다.

또 관점을 외부로 넓히면, 그것들은 인간의 우주론적인 감각에서도 확실히 연결되어 있다고 말할 수 있다. 이를 설명하기 위해서 나는 앞의 15세기 파리 시민이 전란이 계속되던 겨울 제비꽃의 때 이른 개화를 여러 차례 기록했다는 부분으로 되돌아가고 싶다. 더불어 이부세 마스지井伏鱒二의 『제비붓꽃』을 떠올려 주었으면 한다. 원자폭탄과 함께 대규모의 공습, 그것은 공격당하는 민중에게는 천재지변이라 말할 만한 규모의 재난이었다. 그로 인해 마음의 병을 얻은 소녀가 물가에 투신자살한다. 그 연못 근처에는 제비붓꽃이 시기에 맞지 않게 피어 있다. 이러한 것들에 대해 이부세의 단편은 이야기하고 있다.

제비꽃이나 제비붓꽃이 때아닌 꽃을 피우는 것은 이상 기후 때문이고, 나아가서 태양의 운행과 관련하여 이상이 있다고 받아들여졌다. 그것은 결국 우주론적인 감각과 연결되는 이상이다. 그 감수성이 인간이나 동물의 육체 안쪽에서 더욱 신비한 어둠이며, 혹은 그러한 어둠만이 갖는 생명의 창조, 재생의 힘을 간직하고 있는 태내(그것은 또 하나의 우주, 소우주라고 해도 좋겠지만)에 일어나는 이상, 즉 기형의 출산과 조응한다. 그리고 양자를 연결하는 축 위에 더욱 분명한 사건으로서 전란의 시대라는 현실이 있는 것이다.

그러므로 소설의 전략은 어떤 시사적인 사건을 취하여 그 것이 우주론적인 감각을 향해 밖으로 넓혀 가게 하고, 한편 인간 내부의 어둠으로 깊게 가라앉게 하는, 두 가지 모두를 목표로 한 계획이라고 말할 수 있을 것이다. 그리고 제3자가 하나의 통합에 도달하도록 이끌 때, 예를 들어, 여름 한창때 불길할 정도로 선명한 제비붓꽃 무더기를 한 번에 제시할 수 있을 때 작품은 성공하는 것이다.

　『태평의 일기』에도 기형아가 태어나는 이야기가 나온다. 잭슨의 프라이베르크 마을에서 도살업자가 암소의 배를 가 르자 태내에서 괴물이 나왔다. "이 괴물은 보기 흉한 인간의 머리를 하고 커다란 관을 쓰고 있었는데, 머리는 하얗고 다 른 부분은 소의 모습을 하고 돼지의 형상에 가까웠다"는 것 이다. 그리고 포사다가 시대와 공간을 사이에 두고 그랬던 것 처럼 괴물은 그림으로 그려져 널리 팔렸다. 괴물을 주제로 한 노래 한 편이 만들어져 유포되고 『태평의 일기』에도 기록되 었다고 저자는 기술하고 있다. 이 괴물이 루터의 화신이라는 내용을 담고 있다고 저자는 설명한다. 종교 전쟁이 시작된 시대로 일기는 루터가 이단자로 단정되었다고 기록하며, 이 어서 이 에피소드에 대해 이야기하고 있는 것이다.

　그런데 이 괴물에 대한 또 다른 해석도 있다. 작년 말 『사 상』에 번역된 16~17세기 영국과 프랑스에서의 기형에 관한 인식의 변천을 조사한 논문에 따르면, 이 송아지는 오히려 루터가 타락한 수도승을 표현한 것이고 다가올 로마 가톨릭 교회의 붕괴를 예언하는 괴물이라는 것이다. 한편에서 그렇게 주장하는 소책자를 써서 민중에게 들려주면서도 다른 한편에서 루터는 자신은 중세의 연대기식 기형의 탄생을 천재지변이나 정변의 전조라고 생각하지 않는다고 편지에 썼다고 한다. 그러나 루터는 현재 민중의 상상력 속에서 중세 이후의 감수성이 강하게 살아 있다는 것을 알고 있었기 때문에 더욱 프라이베르크의 송아지를 사용하여 자신을 공격하는 자들에 대해 같은 기형을 상징으로 사용하여 반격할 필요성을 느꼈던 것이다. (『반-자연의 개념』 파크/더스튼)

『태평의 일기』에서 인용하고자 하는 또 다른 에피소드에는 익살이 섞여 있다. '태평'이라고 하지만 이 시대는 프랑수아 1세가 이탈리아 전쟁을 계속하고 있던 시대였다. 파비아 전투에서 대패한 프랑수아 1세는 독일과 서연합군의 포로가 되어 마드리드로 압송된다. 그곳에서 연금 중에 왕이 중병에 걸려 결국 사망했다는 소문이 프랑스로 흘러 들어갔다.

이 1525년 10월, 파리에서 놀라운 광기 재판이 이루어졌다. 5, 6명의 사람이 당나귀에 올라타고 녹색 두건을 쓴 채 도시의 사거리나 특히 법원 대광장에서 두루마리를 들고 서서 외쳤다. 여러 익살을 부리며 소리 내어 읽어 마치 익살스러운 연극을 하는 듯했는데 그 의도는 다른 데 있었다. 이 사람들은 특히 다음과 같이 외쳤다. "왕은 죽었는데, 현명한 사람들은 이것을 은폐하고, 어리석은 자들은 이를 폭로한다."라고. 이것은 조롱이고 야유였다.

일기를 쓴 사람과 함께 저자는 이 사건을 한결같이 정치적인 층위에서 받아들여 설명하고 있는데, 그것은 타당하다고 생각한다. 그러나 무엇보다 소설을 쓰는 사람으로서 이 사건을 재구성해 보면 나는 정치와는 별개로 신화적인 층위에서 이해하는 방식이 보이고 그 방향으로 나가면 비로소 이 사건이 역사적 사건에서 소설의 전략적 세계로 떠오르는 것처럼 생각되는 것이다.

이를 위해 『태평의 일기』의 앞부분에 쓰여 있는 프랑스 왕실의 관습대로 선왕의 죽음을 애도하는 동시에 새로운 왕의 탄생을 축하하는 말에 대해 생각해 보고 싶다. "왕은 죽었다! 왕 만세! Le roi est mort! Vive le roi!" 거기에 덧붙여, 앞 장에서 인용했던 미르치아 엘리아데의 『영원 회귀의 신화』의 다음 부분도 언급하고 싶다.

엘리아데는 영국 인류학자의 연구에 근거하여, 문명사회뿐 아니라 '야생의 사고'의 사회에도 다양한 민족들의 왕의 즉위식과 입회식에 비슷한 점이 있다고 말한다. 말할 것도 없이 입회식은, 예를 들면 젊은이가 부족 사회에 정식으로 참가 허락을 받기 위해 일단 죽음이라는 가혹한 경험을 겪고 다시 태어나 새로운 인간이 되어 성인으로서 참가 자격을 얻는 의식이다.

즉위와 입회식의 상관관계의 예로 엘리아데는 산간 지역에 사는 피지인의 한 부족에서는 족장의 취임이 '세계의 창조'라 불리고 또 다른 부족에서는 '토지를 만드는 것' 혹은 '대지의 창조'라 불린다는 것을 예로 들고 있다. 즉 새로운 왕인 족장의 취임은 옛 왕의 죽음과 함께 국토를 포함한 모든 것이 죽고 난 후에 새로운 국토와 모든 것이, 즉 세계가 부활하여 새로워지는 의식이라는 것이다.

1525년 파리의 당나귀에 올라탄 녹색 두건을 쓴 익살꾼들을 다시 보면, 그들은 시대의 심각한 위기감과 신생新生에 대한 희구希求가 있었던 것은 아닐까? 그 외에는 혁명의 방법이 없었기 때문에 "15세기경부터 '바보 축제fête des fous'를 개최하거나, 바보극이나 웃음극을 상연하고 있었기 때문에 유명한 재판소 관계의 서기 조합원들이 시위를 했을 뿐"이라는 와타나베 가즈오가 학자로서 한 말에 대해 나는 작가로서 말을 덧붙이고자 한다.

1525년 프랑스 왕의 군대가 패배하고 왕이 포로가 된 불행한 비운의 해. 그 왕이 이미 죽어 버렸지만 그 사실이 은폐

되고 있다면 어떻게 된 것일까? 선왕은 죽었다, 그리고 프랑스의 국토를 덮고 있었던 병들고 지친 운명도 과거의 것이되었다. 새로운 왕이 프랑스 국토에 새롭고 무구한 생명을 가져올 것이다, Le roi est mort! Vive le roi! 그렇게 외치지 않으면 안 되는데 외치지 않는 것에 대한 깊은 위기의식. 그렇게 외치고 싶은 희구. 익살꾼의 행동은 그러한 생각을 표현한 것은 아닐까?

'바보 축제'는 재생과 풍요를 기념하는 카니발의 범주에 포함되는 축제이고 익살은 그 주최자이다. 그리고 축제적 신앙은 유럽의 농경 사회에 유대 기독교 신앙이 들어오기 전부터 있었고 기독교의 정착 이후에도 살아남아 있었다는 것 역시엘리아데는 지적하고 있다.

농경 사회의 우주론적인 감각을 근저에 둔 고대의 신앙, 그것을 계속 살아 있도록 만드는 익살의 퍼포먼스가 종교 전쟁으로 명확해진 기독교 사회의 막다른 상황을 이렇게 표면화하고 민중의 위기감과 희구를 표현한 것이 아니었을까?

이 1525년으로부터 7년 후, 라블레François Rabelais의 『가르강튀아와 팡타그뤼엘』 중에 최초로 쓰인 「제2의 서」가 간행되었다. 라블레의 세계 속 중세에서 르네상스의 프랑스 민중의 카니발적 문화를 읽어 가는 미하일 바흐친Михаил Бахтúн의 대작은 일본에서 번역되기도 했으며, 나는 그 그로테스크 리얼리즘의 이미지 시스템론에 영향을 받았다. 이 책에는 1525년 파리 거리의 익살과 라블레의 익살을 연결하는 힌트가 다양하게 들어 있다. 나는 라블레의 웃음에 이끌리듯 당나귀를 타고 나사 두건을 머리에 쓴 익살꾼의 유쾌한 퍼포먼스를 그려 본다. 또한 그들의 위기의식과 희구의 절실한 빛을 비추어 크게 웃는 라블레의 또 하나의 얼굴을—그것은 와타나베 가즈오가 평생 이야기해 왔던 휴머니즘을 깊은 그늘로 표현한 것처럼 생각되는데—발견하는 것이기도 하다.

와타나베 가즈오는 1975년 5월에 사망했다. 사망하기 몇 년 전 바통을 넘긴 것 같은 문화인류학자 야마구치 마사오山口昌男가 고군분투하며 소개했던 문화 문제로서의 익살은 지금은 폭넓게 사람들의 관심을 얻어 더욱 생생한 앎의 즐거움에 대해 주최자의 자리에 오른 것 같다.

그것을 소설의 전략 속에도 채용하고 싶다. 그런 마음으로 나는 『핀치러너조서ピンチランナー調書』와 『동시대 게임同時代ゲーム』을 썼는데, 최근 젊은이들의 어떤 좌담회에서 '그것들이 오에의 암이다'라고 평가받았던 작품이다. 그러나 나는 다음의 '암'을 다시금 꾸미고 있으며 그 구상 속에서 『난세의 일기』, 『태평의 일기』를 다시 읽었다.

4. 문예 이론가 프라이와 작가 맬러머드가
「모세5경」을 다시 읽다

유대·기독교의 신화 세계에 뿌리를 두고 있는 학자나 작가의 작업에 특히 최근 핵무기에 의한 세계 멸망에 대한 생각이 직접적으로 나타나는 것은 자연스러운 일이라 생각한다. 그들은 앞으로는 시대의 끝, 최후의 심판을 응시해 온 사람들이고 뒤로는 노아의 방주만을 살려 둔 대홍수의 기억을 짊어지고 있는 사람들이기 때문이다.

일본에도 그와 같은 작업이 이루어지기를 바라면서 지금 나는 캐나다와 미국에서 이루어진 뛰어난 업적을 하나씩 소개하고자 한다. 먼저 『비평의 해부』로 널리 알려진 캐나다의 문예 이론가 노드롭 프라이Herman Northrop Frye. 나는 현대의 인문주의자라 할 만한 이 학자의 업적 중 블레이크의 연구서를 읽기 시작했다. 1982년 간행된 『위대한 코드』는 블레이크의 방식으로 성서를 상징하는 표현을 타이틀로 사용하고 있으며, 성서를 언어·신화·메타포 그리고 유형학의 모든 수준에서 새로운 앎의 대상으로 한 책이다. (Academic Press Canada)

프라이의 책은 고전학에 문학과 관련된 여러 과학의 새로운 성과를 솔직하게 도입하고 있는데, 다시 말해 소화하기 쉬운 작품은 아니다. 아울러 프라이는 학생의 질문에 바로 대답하지 않고 그 질문 자체를 문제의 영역 전체에 어떻게 위치시키고 통합해 갈 것인가가 교사의 가장 중요한 작업이라 여기는 너무나 교육자적인 면모가 있다. 이 책도 앞서 인용한 부분에 덧붙여 그가 서장에서 말하고 있는 것처럼 학생을 위한 강연을 토대로 하고 있다. 즉 나 역시 한 명의 학생이 되어 프라이의 책에서 이해한 부분을 나의 양식으로 삼고자 한다.

어떤 장의 결론 부분에서 프라이는 social concern이라는 단어를—일반적으로는 개인의 사회적 관심이라는 의미로 사용된다고 생각하지만—사회 전체의 이해관계, 사회의 대세로서의 통념이라는 의미로 사용하고 다음과 같이 말한다.

갈릴레이Galileo Galilei와 브루노Giordano Bruno에 대한 대립에서 잘못된 것은 social concern이었다는 것은 지금 명료하게 느껴진다. 그러나 원폭과 에너지 위기의 현대에는 social concern 또한 그 나름의 논거를 갖는다는 것도 마찬가지로 분명하다.

그렇다면 역사의 현시점에서 우리들은 어떻게 할 것인가? 어떻게 하여 social concern의 궁극적 과오를 명료하게 할 것인가라는 질문이 프라이가 제시하는 곤란한 과제이다. 계속해서 다음과 같이 프라이는 쓰며 성서를 인용하고 있다.

현재 기술의 발전 단계에서 너무나 격세 유전적인 사회의 퇴행이 이 혹성에서 인류를 날려버릴지도 모른다. 따라서 우리들은 신명기 30장 19절의 딜레마로 되돌아간다. "내가 오늘 하늘과 땅을 불러 너희에게 증거를 삼노라. 내가 생명과 사망과 복과 저주를 네 앞에 두었은즉 너와 네 자손이 살기 위하여 생명을 택하고."

모세는 명확하게 표현된 신의 의지를 명심하면서 이스라엘인들이 행동하도록 만들기 위하여 생명을 선택할 것인지 파멸을 선택할 것인지 어느 쪽이 선한 선택인지 설득하지 않으면 안 되었다. 핵무기와 에너지 위기 시대의 social concern은 명백히 생명을 선택하는 것을 원칙으로 삼는다고는 할 수 없다. 원자·수소 폭탄, 원자력 발전이야말로 우리들과 우리 자손들의 생존에 불가결하다는 목소리가 높다. 일찍이 인류는 갈릴레오와 브루노의 사태에 대해 social concern의 과오를 지켜보았다. 오늘날 현재의 전망은 어떠한지 캐나다의 석학이 한탄하고 있는 것을 위 인용에서 읽어 낼 수 있지 않을까?

같은 해인 1982년에 간행된 미국의 유대계 작가 맬러머드Bernard Malamud의 장편 소설을 나는 지난달 심포지엄을 위해 머물렀던 캘리포니아 대학 버클리 캠퍼스의 교직원 숙소에서 강연 원고 작업을 열심히 해 주었던 한 스텝으로부터 받았다. "이 책은 도쿄에서 자녀분의 얼굴을 보고 나서 읽어 주십시오, 너무 우울한 소설이라서요."라고 그녀는 말했지만. (Farrar, Straus & Giroux)

그래서 귀국 후 한동안 시차 때문에 너무 일찍 눈이 떠져 침대에서 읽게 되었는데 핵전쟁으로 인류가 멸한 후, 유일하게 살아남은 인간이 침팬지를 훈련시켜 문명을 재건하고자 한다는 이 이야기는 실제로 우울한 책이었다.

해저 탐사 중 일어난 핵전쟁과 직후의 해일에서 살아남은 고고학자 캘빈 콘은 배로 돌아가자마자 신의 목소리를 듣는다. 맬러머드의 딱딱한 돌에 새긴 것 같으면서도 묘하게 실제 목소리가 들리는 듯한 문체가 효과를 거두고 있는데, 신의 목소리는 인류 전체를 절멸시키고자 했으나 단 한 사람 자신을 살려 둔 것은 작은 실수였다고 말한다. 『수리공』에서 같은 민족인 스피노자를 애독하는 불굴의 유대인을 그렸던 맬러머드는 여기서도 고고학자 콘을 통해 신에게 항의한다. "이제 다시 대홍수를 일으켜 인간 세계를 파괴하지 않는다고 약속했다. 그것은 노아와 모든 생명체에게 당신이 했던 성스러운 약속이지 않았느냐"고.

신은 대답한다. "연기와 먼지로 끝난 현재의 폐허는 인간이 자기 자신을 배신한 결과이다. 내가 그들에게 생명을 선물했는데 처음의 시작부터 그들은 도착된 탐욕으로 죽음을 희망했다. 결국 나는 이렇게 생각하게 된 것이다, 그들은 그렇게나 악에 열중했으므로 그들에게 죽음을 내리기로 하자고."

또 "그들은 나의 창조물을, 즉 그들의 생존의 조건을 파괴해 버렸다. 내가 그들에게 숨 쉴 수 있도록 주었던 달콤한 공기, 그들이 마시거나 씻을 수 있도록 축복으로 내린 신선한 물, 비옥한 녹색 대지를. 그들은 나의 오존을 쓸모없게 만들고 나의 산소를 태우고 나의 상쾌한 비를 산화시켜 버렸다. 지금 그들은 나의 우주를 공공연하게 모욕한다. 신은 어디까지 참아 내지 않으면 안 되는 것인가?"

이렇게 발췌하면 공식적인 '반핵 소설'이 아니냐며 야유가 하나쯤 날아올 것 같은 기분이 든다. 그러나 맬러머드의 작업은 그 자체로 비판을 가볍게 받아 되돌려 주는 힘을 가지고 있다. 이 땅 위에 유일하게 살아남아 그것도 '열정을 가지고 살아남고자 하는' 주인공은 진실로 독자적인 전개를 스스로 펼친다.

콘은 더없이 고독한 존재일 뻔했으나 배 안에서 침팬지 한 마리가 살아남아 있는 것을 발견했다. 이 침팬지는 전 주인인 과학자가 발성 기관에 보조 장치를 설치하여 인간의 언어를 말할 수 있었고, 버즈라는 이름뿐 아니라 기독교 신앙까지 갖고 있었다. 콘과 침팬지는 이윽고 섬에 도착하고 그곳에서 한 무리의 침팬지와 고릴라를 발견하여 버즈를 매개로 콘은 그 침팬지 무리를 문명으로 인도하기 시작했다.

맬러머드가 만들어 낸 장치 중 흥미로운 것은 아버지의 역할을 수행하는 고고학자 콘이 유대교도이고 자녀에 해당하는 침팬지 버즈가 기독교도라는 대립 구도이다. 그들은 구약성서 중 '모세5경'을 콘은 유대교 율법으로, 버즈는 기독교 성서로서 읽는 방식으로 공존 관계를 유지해 간다. 이 장치가 소설의 결말에서 비극적인 파국으로, 유대교측=콘과 기독교측=침팬지의 각각에 정열적인 희구의 양상을 오버랩 시키면서 결말을 맺는다.

콘과 침팬지 버즈는 매일 다양한 이야기를 나누는데 '창세기'의 아브라함과 이삭의 이야기는 중심적인 화제가 된다. 진심으로 아브라함은 이삭을 제물로 바칠 생각이었을까? 산 제물로 바치기 직전 천사가 나타나고 신의 목소리가 울려 아브라함은 사랑하는 자식을 죽이지 않아도 되었는데, 정말 그랬을까?

아브라함과 이삭의 에피소드는 몇 가지 의혹으로 이어지는 강한 환기력이 있어, 나 역시 이 에피소드를 코란에서 인용해 소설에 사용한 적이 있다. 꿈을 통한 신의 말, 특히 아브라함이 그 꿈을 믿었다는 점에 역점을 두고 코란에서 신의 목소리가 말한 내용이 나는 소설의 주제에 적합하다고 생각했던 것이다. (『새로운 사람이여 눈을 떠라』 고단샤)

아브라함과 이삭의 에피소드에서 자주 거론되는 부분이기도 한데, 프라이도 최초 수확물이라 할 수 있는 장자를 신에게 돌려 드려야 한다는 고대 신앙의 반영이라고 언급했다. 소설에서 콘은 아브라함도 실은 이삭을 죽이고 싶어 했다고 키에르케고르Søren Kierkegaard가 말했다고 버즈에게 가르쳐 준다. 그러나 어쨌든 신의 목소리가 이를 멈추게 하여 아브라함은 이삭을 죽이는 대신 덤불에 뿔이 걸려 도망치지 못한 수컷 목양을 잡아 제물로 바쳤다는 것이다. 버즈는 어째서 동물은 죽여도 되는지 반문하여 콘을 다시 긴장시키기도 한다.

그렇다면 콘은 문명을 부흥시키기 위해 침팬지들을 교육시키고 그들에게 진화에 대한 열망을 갖게 하여 진화 자체를 가속시키며 그들의 자손이 새로운 인류가 되는 날을 기다리고자 하는 것이다. 교육은 실천되고 성과를 올린다. 더 나아가 맬러머드는 폭력적일 정도의 결단으로—논리적으로는 합당하고 관능적으로는 리얼리티가 있는 결단으로—고고학자 콘을 떠민다.

침팬지의 어린 암컷이 발정기가 되어 콘을 유혹한다. 콘은 진화를 비약적으로 가속화할 방법으로 침팬지와 성교하여 혼혈을 낳게 하려고 생각하고 실제로 계획을 성공시킨다. 행위 전후의 콘과 사랑스러운 침팬지와의 관능적인 긴박과 해방에는 에로틱하다고 해도 좋을 만큼 매력적으로 묘사된다. 영국의 작가 존 콜리어John Collier가 역시 암컷 침팬지와 인간과의 사랑을 그린 장면에서 이와 같은 관능적인 긴박을 표현한 장면이 떠오른다. 어쩌면 그것은 서구 문학의 숨겨진 모티브 중 하나인지도 모른다. 그러나 논란을 일으킬 만한 모티브였기 때문에 조신한 사람에게는 허용되기 어려웠던 모양이다. 콜리어의 그 작품이 일본어로 번역되었을 때, 결국 인간과 침팬지가 정식으로 결혼하고 첫날밤을 보내는 침대에서 아내인 침팬지의 하복부에 성긴 치모가 보인다는 부분을 남편이 사랑스럽게 머리카락을 본다고 번역되었다.

이야기를 맬러머드의 소설로 되돌리면, 고고학자 콘의 교육 계획은 커다란 장벽에 부딪히고 만다. 젊은 수컷 침팬지들은 콘이 암컷 침팬지를 성적으로 독점했다고 여겨 마음이 불편했는데, 우연히 그들의 생활권에 나타난 비비 무리를 원숭이면서도 개처럼 달린다고 차별했던 침팬지들이 단백질 보급원으로 비비 새끼들을 잡아먹었고, 이를 비난한 콘과 제자들이 충돌하여 결국 침팬지들은 모반을 일으킨다. 콘에게 있어 미래의 문명 부흥의 단적인 희망이었던 혼혈 아기는 죽임을 당하고 아내 침팬지도 젊은 수컷들한테 가 버린다. 처음부터 고립되어 있던 고릴라와는 별개로, 버즈를 수장으로 한 침팬지들과 콘의 세력 관계는 역전된다.

소설의 결론은 버즈라는 이름을 버리고 스스로 자신의 이름을 Gottlob로 바꾼 침팬지가—그가 새롭게 선택한 이 이름은 잘못에 대한 벌로 콘이 발성 기관을 부수어 제대로 버즈라고 발음할 수 없게 된 침팬지가 발음하기 쉽고 또한 '신의 사랑'이라는 의미를 나타내고자 한 이름인데—포로가 된 콘을 산으로 데려가 살해하는 장면이다. 마침 콘이 갖고 있던 유대교 전례의 성가 레코드에 집착했던 고릴라의 카디시 Kaddish를 노래하는 소리가 계속 들리고 콘은 노년까지 자신을 살 수 있게 한 유대신의 자비에 감사하면서 죽어 간다.

원래 침팬지 고틀로브는 기독교의 신에게 번제를 올릴 생각이었다. 스스로 아브라함의 역할을 하고 콘을 사랑하는 자식 이삭으로 삼아 제물로 바치기 위해 죽이는 것이다. 결국 신의 목소리는 울리지 않는데 나이프가 인간의 목에 닿기 전에 피가 뿜어져 나와 원숭이들은 의미 불명의 비명을 지른다. Poong!

맬러머드가 이 소설에 담아낸 다양하게 전개될 수 있는 상징은, 그것들을 하나하나 풀어나가는 독자를 오늘날 핵 상황을 기점으로 하여 다시 유대·기독교 신화 세계의 깊고 풍부함으로 이끌어 줄 것이다. 그것은 단지 앎의 즐거움뿐 아니라 앎의 슬픔과 고통도 맛보게 하지만 그 환기력은 소설의 전략이라는 측면에서 말하자면 처음에 살펴본 것처럼 유대교도인 고고학자와 기독교도인 침팬지의 사제-부자 관계라는 설정을 통해 만들어져 있다.

『신의 은총』이 일본에서 번역 출판된다면 기묘하게 강경하고 노골적으로 날카로운 예의 교조적 비평가가 맬러머드는 매조키스트이며 소비에트의 핵병기와 침팬지의 칼에 죽임을 당하기를 열망하고 있다고 말할까? Poong!

5. 경·속·소·고에서 적음·저쪽·곧음으로
나아가 비탄과 decency로

『집에서 만든 문장 독본』의 완결로 또 하나의 새로운 '이노우에 히사시 대전'이 완성되었다. 『키리키리인吉里吉里人』이 '이노우에 히사시 대전'이라고 생각하면서도 이렇게 말하게 된다. 또 다른 동시대의 천재 쓰쓰이 야스타카筒井康隆의 경우 아무리 짧은 작품을 읽어도 그의 독자성을 모를 수 없지만, 그의 작품을 읽지 않으면 그 핵심은 알 수 없으리라 생각해 왔던 것과 비교할 때 흥미롭다는 생각이 든다.

이노우에 히사시는 결말에 장종지張宗樀의 『정문전正文典』에서 인용하여 비판적 문장론을 위한 용어를 열거해 독자를 유쾌하게 웃다가도 움찔하게 만든다.

경輕 무게가 없고 관록이 부족하다
속俗 취미가 좋지 않다
소疎 거칠고 말이 핵심에서 벗어나다
고枯 매력이 없다
첨尖 지엽적인 것에 얽매여 몸통이 없다
회晦 문장의 의미 불명

이것을 중국어로 읽어 ch'ing, su, shu, k'u, chien, huei, …라고 기세 좋게 퍼붓는다면 아마도 건륭기의 문장가들은 위장에 통증을 느끼지 않을 수 없었을 것이다.

이러한 단어의 열거 자체가 이노우에 히사시의 방법 중 하나였다. 이 열거법에 대해 바흐친은 카니발의 볼거리나 시장 장사꾼의 호객 소리의 특징이라고 말한 바 있는데, 이 열거법의 문학적인 재미를 누구보다 많이 활용한 것은 라블레가 최초였다. (현대 문학자로는 서양의 귄터 그라스Günter Grass, 동양의 김지하金芝河—최근에 대설 『남』이 일어로 번역됨—가 그 대표적 작가라고 할 수 있을 것이다.)

과연 정말로 라블레가 썼는지 의문시되기도 하는 『팡타그뤼엘: 제5서』는 위작이라면 더욱 그렇다고 말할 수 있을 것이다. 너무나도 라블레다운 글쓰기가 표면에 드러나 있는 작품이다. 이 작품에 그려진 팡타그뤼엘의 세계 여행에서 매우 말수가 적은 수도사들이 살고 있는 섬을 방문한 수다쟁이 파뉘르쥬가 문답 공세를 펼치는 장면.

프르동, 프르동, 수도사님아, 프르동디으, 수도사님, 도대체 어디에 아가씨들은 있나요?
프르동 수도사님은 대답했다, "아래에"라고.

파뉘르쥬   : 여기에, 많이 있나요?
프르동 수도사 : 조금.
파뉘르쥬   : 정말로, 어느 정도 있을까요?
프르동 수도사 : 20명.
파뉘르쥬   : 원래대로라면, 몇 명 정도, 필요할까요?
프르동 수도사 : 100명.
파뉘르쥬   : 어디에 숨겨 두셨나요?
프르동 수도사 : 저쪽.
파뉘르쥬   : 모두, 나이가 같지 않을 것 같은데, 몸매는?
프르동 수도사 : 곧음.

이렇게 문답은 오랫동안 계속되고 프랑스어의 단음절 또는 2음절 단어의 빛나는 효과와 중국어 모음의 더욱 특별한 작용이 합쳐져서 (앞의 표기에서는 사성 표기를 생략했지만) 활자를 매개로 하면서도 음을 덧붙인 단어의 작용이 관심을 끈다.

예를 들어 음으로서의 문체에 대해 말하자면, 나의 문장은 다음과 같은 고질병을 지적당하지 않을까 부끄러운 마음이 들면서도.

예穢 무슨 말인지 모르겠다
배排 너무 많아서 단어에 빛이 없다
외巍 모든 것이 거창하다
눈嫩 설익어 소화 불량

이노우에 히사시에게는 도저히 미치지 못하지만 나도 말에 대한, 그것도 단어에 대해 편애하는 경향이 있다. 최근에도 프랑스 어문학 전문가로부터 "문장보다도 단어에 구애받는" 성격을 비판받았다. 외국어 문장을 잘 읽을 수 있는지 어떤지 염려되지만, 거기에서 단어를 뽑아내는 것은 뭐 어떻게 미숙한 대로 할 수 있다는 뜻이리라 생각한다.

그 실례로 grief라는 영단어를 들기도 한다. 확실히 나는 grief
비탄이라는 형태로 표기하면서 『'비의 나무'^{레인 트리}를 듣는 여인들』의 키워드로 그 단어를 사용했다. 그리고 그 단어는 —소설에서도 그 단어를 포크너와 연결했는데 —실제로 포크너의 소설과 생애에 깊이 연결되어 있어 더욱 내 안으로 들어온 단어이다.

『야생 종려나무』 마지막에서, 무면허 중절 수술로 연인을 죽인 의대생이었던 남자가 '기억'에 대해 애절히 생각한 후, 죽은 이를 계속 생각하면서 살아가기로 결심하는 구절에 그 단어가 포함되어 있다.

"Yes, he thought, between grief and nothing I will take grief."

그리고 거의 같은 표현을 이 소설이 발표되고 20년도 더 지난 1957년부터 1958년에 걸쳐 버지니아 대학에서 이루어진 강연에서 포크너가 직접 언급했다. 강의 기록 전체는 고독과 외로움의 차이와 같은 인생에 대한 지혜에서, 관찰과 사상의 관계라는 소설의 방법에 이르기까지 정직한 통찰로 가득 차 있었다. ("Faulkner in the University" University Press of Virginia)

"… between grief and nothing, men will take grief always."

포크너의 내부에 비탄이라는 단어가 이러한 문맥 속에서 살아 있는 요소로서 잉태되어 소설로 표현되고, 그러고도 20년에 걸쳐 그의 인간으로서의 양상에 계속 영향을 준—이 단어로만 표현될 수 있는 내적인 어떤 국면을 그가 갖고 있다는 것은 이미 포크너의 육체와 정신의 일부분을 그 단어가 만들고 있다고까지 말할 수 있을 것이다—그 양상을 나는 왜곡된 형태로라도 전달할 수 있었던 것은 아닐까.

이 비탄이란 단어는 또 내 안에서 블레이크의 다음과 같은 시와 호응하면서 최근 내가 썼던 블레이크 연작이라 부르고 있는 작품군 속에 현재화하기도 했다.

> 오오, 그 사람은 우리들의 비탄을 파괴하여
> 자신의 기쁨을 주십니다
> 우리들의 비탄이 사라질 때까지
> 그 사람은 우리들의 옆에 앉아 탄식하십니다.

또 다른 영어 단어로 소설이나 평론을 읽다가도 읽기를 멈추고 주시하지 않을 수 없는 단어를 들면—나는 자주 이 단어의 적당한 번역어를 찾지 못하는데—decent, decency라는 형용사 및 명사가 있다. 나는 이 책의 문장 처음에 앞 단어를 사용하여 오웰과 보니것을 연결하고자 한다고 이미 밝힌 바 있다.

오웰에 관한 decent, decency가 인간의 생활 양식이나 마음의 양상, 인간적 자격을 표현한다는 것은 조지 우드콕 George Woodcock의 『오웰의 전체상』이 상세히 말하고 있다. 내가 이해한 한, 25번에 이르는 decent, decency의 언급에 대해 해당 단어 자체를 여러 일본어로 나눠 번역하면서 각각

덧말을 달아 원어가 하나임을 표시하는 방법으로 오쿠야마 야스하루奧山康治는 번역하고 있다. (쇼분젠쇼 판)

'진정한 인간다움' decency라고 원어를 함께 제시하기도 하고, 진실·정의·관용·자유·평등이라는 가치를 나열하며 품성(decency)이라고 번역한다. 혹은 '배려로 가득찬(decent)'이라고 번역하고 동일하게 오웰이 좋아했던 기질인 '인간미 넘치는', '성실한', '깔끔한' 등을 병기하는 방법이다. 그 밖에도 인간의 훌륭함(decency), 인간다움(decency) 이라는 용법이 나타난다.

그리고 다음과 같은 오웰의 인용이 그 가혹한 스페인 시민전쟁을 겪고 나서 깊은 사색 후의 사상으로 나타나기도 했다.

> 스페인인이라는 인종은 천성적으로 풍부한 인간미와 함께 아나키스틱한 마음을 잃지 않고 간직하고 있어서 만일 사회주의 사회를 만들 수 있다면, 그 사회의 개막 단계도 반드시 인내하기 쉽게 만들 것이라 생각한다.

보니것은 그의 장편 소설의 독자적인 장치인 본문과 미묘하게 교차되는 서문─그것은 이미 소설의 일부분이기도 하지만 ─ 여러 편에서 특히 대불황 전의 미국 생활에 있어 decency에 대해 썼다. 그것은 그가 특히 이 단어를 사용하지 않을 때에도 바람직한 인간적 자질로서 그 소설의 다양한 장소에서—지나치게 SF의 특징이 강한 초기 소설조차도—
읽어 낼 수 있었다.

보니것은 젊을 때 근무했던 '제네럴 일렉트릭'사의 동료의
아내가 사망했을 때 조의를 표하며 다음과 같은 말을 바쳤다.
에세이 『종려의 주일主日』에서 인용하겠다. (Delacorte Press)

친구의 아내 라비나는 췌장암으로 죽기 직전 자신이 장례
식에 와서 한마디 해 주기를 바랐기에 이야기하게 되었다고
말하면서 보니것은 조사弔詞를 시작한다. 보통 장례에서 가끔
사람들은 죽은 사람에 대해 자신이 했던 일이나 말한 것을
후회하지만 우리는 그러지 않는다.

> 왜 그러지 않을까? 우리들은 라비나를 대할 때 항상 사랑과 de-
> cency로 대했기 때문입니다. 왜 우리들은 그렇게 했을까? 그녀의
> 특별한 재능은, 그 행동에 응답하여, 우리들이 어떠한 경우에도
> 사랑과 decency를 표현하지 않을 수 없도록 행동했던 것입니다.
> 그것이 그녀가 남긴 유품이었다고 나는 생각합니다. 즉 그녀의
> 가르침은, 어떻게 다른 사람을 대하는가에 따라 그녀에 대한 태
> 도가, 다시 말하지만, 사랑과 decency 이외에는 있을 수 없다는
> 것을 가르쳐 주었던 것입니다.

이어서 보니것은 자기 동료들 중 가장 오래 살 것이라고
생각한 너무나도 강건하다고 느꼈던 사람이 라비나였다고

회상한다.

하지만 지금 우리들은 그녀가 다만 강건한 척했을 뿐이었다는 것을 알고 있습니다. ─ 그것이야말로 우리 모두가 취할 수 있는 최고의 태도입니다만. 물론 라비나가 그랬던 것처럼 일생을 통해 계속 강건한 척할 수 있다면 우리들은 주변 사람들에게 매우 유쾌한 위안을 줄 수 있겠지요. 그럴 수 있다면 우리들은 주변 사람들이 때때로 어린아이처럼 행동하는 것을 용서할 수도 있을 것입니다.

지금 보니것의 조사 일부를 번역하면서 나는 백혈병으로 죽었던 친구 H를 떠올리고, 잠시 책상 앞에서 일어나 우거진 숲과 장마철의 흐린 하늘을 한참 동안 올려다보았다. H는 남자였지만 나는 물론이고 그를 알고 있는 많은 사람들에게 또 다른 라비나였기에. H는 히비야 고등학교 럭비부에서 단련된 강건한 육체를 가지고 있었다. 편집자로서 젊은 학자나 작가들을 격려하고 새로운 창조로 이끌었다. 쓰쓰이 야스타카와 같은 재능있는 작가도 『허인들虚人たち』에 대해 내 말에 동의할 것이라고 생각한다. 나의 아내가 만든 요리를 H가 유례없이 아름다운 방식으로 칼과 포크를 사용하여 먹는 모습을 보고 살짝 부끄럽게 웃던 적도 있었다. 접시에 놓여 있던 것은 돼지 다리를 튀겨 석쇠에 구운 것에 지나지 않았고, 돼지 다리에 마음이 있다면 H의 매너 앞에 얼굴을 붉

힐 수밖에 없을 정도로 빈한한 것이었으니까.

H는 주변 사람들이 때때로 매우 어린 아이 같은 행동을
할 적에도 평생 참아 왔던 강건함으로 허용했다는 것도 기억
한다. H의 사후 그의 부인의 개성 강한 삶과 행동에 대한 여
러 이야기를 들을 때마다―그것은 술집에서 일어난 사건에
대한 소문 등이었는데―내가 가슴 속에서 마주한 것은 다음
과 같은 감상이었다. 친구는 부인이 가끔 아이같이 행동하는
것을 허용할 수 있는 육체 및 정신, 정서의 강건함을 가지고
있었고, 이 소문들에서 부인과 다툼이 있었던 사람들은 그
강건함을 갖고 있지 않았을 뿐인 것은 아닐까 하고….

H가 결국 젊은 나이에 죽은 이상 그의 강건함도 의지로
그렇게 연기한 면이 있다는 것은 틀림이 없다. 그렇게 친구
에 대해 생각하고 거기에 보니것의 논리를 비추어 보면, 내
게는 지금 친구의 생전에도 느꼈던 그 decency라는 것이 더
욱 선명하게 보이는 것 같다.

6. '카차토'를 쫓아 활성화된 이야기 이후
   다시 '카차토'를 쫓다

외국 신간서의 경우, 소개 기사를 읽고 관심이 생겼지만 서점에 책이 도착할 즈음에는 잊어버리는 일이 자주 있다. 완전히 잊어버렸다면 그것으로 끝이지만, 뭔가 인연이 있어 다시 그 책은 틀림없이 재미있을 거라 생각하게 되어 문고판으로라도 구하려고 찾기 시작하는데 좀처럼 구할 수가 없다. 점점 생각은 많아져서 그 책이 어떻게 쓰여 있을지 이리저리 생각해 보게 되기도 한다. 특히 새로운 방식이 사용되었다는 소설에 대해서는 나도 작가인 이상 골몰히 계속 생각하게 되고 마는 것이다.

최근에는 팀 오브라이언Tim O'Brien이라는 처음 알게 된 작가의 『카차토를 쫓아서』를 예로 들 수 있다. 베트남의 전장에서 카차토라는 병사가 탈주한다. 그는 걸어서 파리까지 도망갈 생각이었던 것 같다. 소속 중대가 그를 쫓는데 결국 추격은 파리까지 계속된다. 책 소개의 대략적 내용은 이 정도였다. 나는 뉴욕에까지 주문 신청을 했지만 아무리 기다려도 책은 오지 않았고 도대체 이 기상천외한 착상이 어떤 리얼리티를 갖고 실제로 써질 수 있는지, 계속 생각만 하는 처지가 되었다. 단편이라면 어떻게든 설득력 있게 써낼 수 있을 것이다. 만약 서버라면 만화에 카차토의 초상을 그려서 짧고 기교적으로 이야기할 수 있을 것이다. 그러나 장편에서는 어떻게 할까? 헬러Joseph Heller의 『캐치=22』처럼 미친 것 같은 우당탕 조로 써 나갈 것인가? 그러나 그러면 기성세대를 그대로 모방했다고 정리되었을 것이다….

그런데 올봄 캘리포니아 대학 버클리 캠퍼스에서 교내 서점을 둘러보다가 내게 줄곧 도망 다니던 상대를 드디어 붙잡았다고 생각하면서 오브라이언의 책을 살 수 있었다. 속표지에—'병사들은 꿈꾸는 자들'이라는 시구만으로도 이 책의 기본 방침은 납득할 수 있을 것 같았다. 그리고 앎에 훈련된 작가의 잘 고안된 소설 장치가 지금까지 내가 계속해 오던 시행착오들과 호응하여 소설의 방법에 대해 다시 생각하면서

이 책을 읽어 나가게 되었다. (Delta Book)

이 소설은 3중의 글쓰기 방식을 교대로 사용하여 진행한다. a, 실제로 카차토가 파리를 향해 탈주하여 중대가 그를 쫓아 라오스로 들어가고 인도와 아프카니스탄 그리고 그리스를 거쳐—아테네까지 가기만 하면 다음은 쉽다고 카차토는 생각하지만—무기를 들고 군장을 한 채 여권도 비자도 없이 결국 파리에 도착한다. 추격대가 뒷골목 호텔에 숨어 있던 카차토를 잡으려고 컴컴한 방에 발을 들여놓은 다음 순간 아 비규환, 이라는 이야기. 이 단계에서는 지문에도 '상상력에 따른 진척'이라고 표현되어 있듯이 영화의 모험물 같은 환상적인 우당탕 코미디가 사용되고 있다. 도망치면서 카차토가 전한 '도로의 6개의 구멍에 주의하라'는 전언을 무시한 결과 중대원 전원은 난민 여자아이들과 함께 깊은 구멍 속으로 앨리스처럼 떨어진다. 이 장면도 a의 성격을 매우 잘 나타내고 있다.

b는 현실의 베트남에서 괴로운 작전에서 여러 사망자를 내는 중대원들의 행동과 인간관계를, 예를 들면 제임스 존스 James Jones처럼 사실적으로 그려 낸다. 이 작전 중에 카차토는 탈영하고 중대는 파리까지 추격하게 되는데, b의 단계에서 베트남 전쟁은 현실적인 어두운 관점으로 서술된다. 그리고 이 단계가 a의 환상적인 단계와 대비되며 소설에 탄탄한 리

얼리티를 주고 작품에 베트남 전쟁에 대한 하나의 보고서 성격을 갖게 한다. 물론 전체를 b의 방식으로 관철했다면 존스의 전쟁 소설을 뛰어넘을 수는 없었을 것이다. 젊은 차세대 작가로서는 a의 발상이 절실했을 것이다.

c, 비교적 짧은 장으로 구성된 이 소설에서 '관측소'라는 소제목을 갖고 있는 부분으로 a와 b를 연결하는 역할을 하고 있다. c의 단계에서는 폴 벌린이라는 젊은 병사가 심야에 관측소에서 보초를 서면서 생각한 내용이 기술되는데 내용상의 진전은 없다. 베트남 전쟁에 참전하게 된 폴 벌린은 공포를 느끼면 담즙이 과다 분비되는 체질이라고 군의관에게 진단받지만 어떻게든 작전을 수행한다. 미국 지방 도시에서 건축업을 하는 부친에게—그는 특히 부친에게 고착되어 있었다—귀국해서 전쟁 이야기를 하는 것을 몽상한다. 그래서 지금 베트남에 있는 병사들이 귀국해서 제각각 하게 될 전쟁 이야기에 대해 생각하고 가혹한 전투에서 탈출하여 작은 언덕의 묘지로 쫓겨 공격당하는 카차토의—그 작전에 폴 벌린도 참가하여 공포에 민감한 체질로 인해 꼴사나운 모양이 되고, 심리적 회복을 위해 그 경위를 왜곡할 필요가 있어서 카차토가 잘 도망쳤다고 이야기를 바꾸고 파리 호텔의 객실로 몰아넣는다는 새로운 이야기를 만들어 냈다는 사실이 점차 밝혀지지만—다른 가능성에 대해 상상한다. 즉 a의 단계는

b의 현실 경험을 생생하게 하고, c에서 그의 내면세계라는 것이 명확해지는 청년 병사의 전쟁 이야기라는 것을 이해하게 된다. 그리고 a, b, c 세 개의 단계가 소설이 진행됨에 따라 문체를 통해 자연적인 전환과 연속을 나타내고 있다. 여기에 읽의 전략에서도 깊이 있는 젊은 작가가 성공한 근원이 있었을 것이다.

소설에 대한 이야기를 듣다, 소설에 대해 읽다. 이때 내 경험으로는 문학 내부—문단 내부라고까지는 한정하지 않을 것이며, 물론 대개 예외는 있지만—사람들의 이야기보다도 외부 사람들의 이야기에서 전체적인 고양을 일으키는 재미를 느끼는 경우가 많았다. 원래 덧붙여 말하지 않으면 안 되는 것은, 나 자신이 문학 내부의 인간인 이상 문학 외부의 사람들과의 대화에는 먼저 그 설정 자체에 경계선을 넘어선 대화라는, 읽을 활기차게 하는 장치가 내재해 있다는 것이다.

커트 보니것에 대해서는 이 책에서도 이미 여러 번 이야기해 왔지만 내가 처음 이 작가에 대해 알게 된 것은 음악가 다케미츠 도오루武満徹와 기타카루이자와北軽井沢의 산장에서 서서 이야기를 나눴던 때였다. 음악가가 칭찬한 책은 보니것의 SF 장편 『타이탄의 세이렌』으로, 이 작가의 모든 작품을 읽고 나서 나는 이 초기 장편이 최고가 아닌가 생각하게 되었다. 그 이유는 다케미츠 도오루에게 들었던 것처럼 이 소설의 이야기가 얼마나 자극적이었는가에서 대부분 기인한다.

문화인류학자 야마구치 마사오에게 소설뿐 아니라 다양한 분야의 책 이야기를 들으면 나는 점점 흥분하게 되어 그 책을 읽지 않고는 견딜 수 없게 되는 것은 일상이다. 새로운 책을 그가 빌려주거나 어딘가의 연구실에서 대출을 주선해 주고 이를 위해 신주쿠 술집에서 만나 설명을 듣는 도중에 빨리 읽고 싶다는 생각에 사로잡혀 술집에서의 단란한 시간을 일찍 끝내 버렸던 일이 자주 있다. 내가 서둘러 가 버린 후 좁지만 열기로 가득 찬 술집이라는 축제적 공간에서 이 문화인류학자의 특기인 악의 없는 명랑한 조롱이 쏟아지겠지라고 생각하면서도….

활성화라는 단어는 지금은 신문에 나오지 않는 날이 없을 정도다. 참의원의 활성화, 소매업 상품 저장의 활성화, 프로야구 2군의 활성화, 단시立川談志의 탈퇴를 통한 라쿠고落語협회의 활성화를 꾀한다 등등. 그러나 원래 이 단어를 일본의 앎의 현장에서 살아 움직이는 말로 만든 것은 야마구치 마사오였다. 그가 세계 각지의 새로운 학문에서 지방을 순회하는 연극에 이르기까지, 그리고 내게는 특히 라틴 아메리카의 소설에 대해 더없이 생생하게 이야기할 때, 내 정신과 정서에 그 소설이 활성화되는 것을 나는 항상 느낀다. 또는 그 소설에 대한 준비 태세가 나의 내부에서 활성화되는 것을 느낀다. 그래서 실제로 문제의 소설을 읽기 시작하면 나는 적어도 이중으로 그 작품에 대한 이해가 활성화되는 것을 경험하게 되었다.

그리하여 나는 얼마나 동시대 다양한 앎의 분야의 전문가들에게 도움을 받아 왔는지, 그리고 그것은 학문·문학이라기보다도 생의 근저에 관한 격려였다고 생각한다.

앞에서 예를 들었듯이 소설의 재미에 대해 생생한 이야기를 듣는다. 말하는 사람의 전공에 따라 또는 그의 정신이나 감수성의 특징에 따라 각각 독자적인 재미가 조명되고 확대된다. (덧붙여 말하면, 서평 혹은 광고의 추천문을 읽고 소개된 책에 대해 이런 마음이 생기는 것과 생기지 않는 것이 있다. 그 차이에 대해 직접 글쓴이·저널리즘·출판사가 별로 주의 깊게 생각하지 않는 것은 어쩐지 이상한 일이라 생각되지만.)

그러나 재미있는 이야기가 소설을 매개로 이루어진다고 해도 이야기를 듣는 것과 그 소설을 읽는 것은 완전히 다른 경험이라는 인식도 중요하다. 활자 이외의 미디어가 비약적으로 발달해도 예부터 소설이라는 분야는 여전히 계속 살아남을 것이라고 생각하는 이유가 거기에 있다.

구체적으로 그에 대해 살펴보기 위해 다시 한번 『카차토를 쫓아서』로 돌아가자. 먼저 나는 이 소설에 대해 마음의 준비 운동을 시키는 간략하면서 좋은 소개와 만났고, 그것이 실제로는 어떻게 쓰여 있을까 왕성하게 상상하고, 그런 줄거리는 장편 소설로 쓰는 것은 불가능하지 않을까, 라고까지 생각했다. 이런 생각들 자체가 그 소설에 대해 나의 마음이 활성화되고 있다는 증거라고 생각하지만.

그런 상태에서 인쇄된 소설의 실물을 읽고 앞에서 말했던 3개의 단계로 나누고, 또한 나누어진 3개의 단계를 정합성 있는 문체로 통합시키는 과정을 통해, 실현 불가능해 보였던 소설이 훌륭하게 완성되었다는 것을 납득했다. 나는 보니것의 소설의 전략을 이해한 것이다. 그러나 내가 이 소설을 진정 경험하고 있는 순간은 읽기 전 단계도 아니고 소설의 장치를 읽어 나가는 절차를 매개로 해서도 아니다. 그것들에 의해 대략 엄호를 받아서 소설을 진정으로 경험한다는 것도 당연히 말해 두지 않으면 안 되지만….

소설을 읽는 자신은, 예를 들면 한 '관측소'에서 젊은 병사 폴 벌린이 특히 괴로웠던 전투에서 차례차례 죽어간 전우들을 생각하고, '사실만이 확실하다, 카차토에 대해서도 또한' 이라고 생각하는 다음과 같은 부분마다 단어 하나하나 문장 한 줄 한 줄에 빠지듯이 소설을 경험해 가는 것이다. 폴은 현실의 전쟁 체험이라는 사실을 바탕으로 하지만, 그것을 이야기한다는 행위를 통해 자기 자신을 구제하고자 하는 듯 전쟁

이야기를 만들어 내려 한다. 실제로 그의 상상력에 따라 변환된 이야기, 도망자와 추격자 모두 프랑스로의 탈출이 성공한다는 꿈 이야기로 여기에 쓰여 있는 것이다. 그러나 그것은 몽상하고 있는 폴에게는 현실의 과제이고 동시에 이러한 생각이 고착되어 있기도 하다.

> 나쁜 시기 비 오던 어느 날 그 바보, 그 가엾은 아이가 아무런 꿈꿍이도 야망도 없이 파리가 보고 싶어 짐을 챙겨 떠난 건 사실이었다. 달아난 순진한 아이. 진실을 따지고 자시고 할 것도 없었다. 따라서 사람들은 단순했다. 그들은 카차토를 쫓았다, 그들은 그를 쫓아 산에 들어갔다, 그들은 열심히 애를 썼다. 그들은 풀 덮인 아담한 언덕에서 그를 궁지로 몰았다. 그들은 언덕을 에워쌌다. 그들은 밤새 기다렸다. 그러고 나서 그들은 동틀 무렵 하늘로 조명탄을 쏘아 올린 뒤 좁혀 들어갔다.
> "가" 폴 벌린은 말했다. 그는 소리쳤다. "어서 가!"
> 그걸로 끝이었다. 아는 사실은 그게 마지막이었다.
> 남은 것은 가능성이었다. 용기가 있었다면 그 일은 해냈을지 모른다.

베트남 전쟁이 한창이던 나쁜 시기를 경험하고 도망친 자, 그에게 공감하면서도 도망치지 않은 자. 젊은 영혼이 어떻게 병들고 어떻게 치료할지를 찾아 자기 상상력을 작동시키는가. 우리들은 이런 소설의 언어와 문장의 세부가 마치 비에 젖어

들며 걸어가듯이 하나하나 몸에 스며드는 경험에 의해서만 소설이라는 인간의 작업 총체를 받아들일 수 있다.

엘리아데가 다채롭게 수집하여 보여 주는 미개인의 성인식. 그것은 문명 쪽에 있는 인간의 머리로 이해하는 것과는 또 다른, 그 양식의 세부 하나하나의 경험에 의해서만 당사자에게 죽음과 재생의 깊은 마음을 느끼게 만드는 것이리라. 단어 하나하나를 통해 소설의 세부를 읽어 나가는 시간의 흐름 속의 행위도 결국은 미개인의 성인식과 많이 닮아 있지 않을까?

7. 오오카 쇼헤이와 브리튼의 레퀴엠을 잇다,
그리고 기독교인 케넌

올여름에는 거의 10년 만에 오오카 쇼헤이大岡昇平의 『레이테 전기』를 다시 읽었다. 저자에 의한 가필 정정이 들어간 텍스트를 복사하여 읽는다는, 지적 스릴로 가득 찬 사치스런 독서였는데 재미있는 발견도 있었다.

먼저 아무리 집중해서 읽었던 작품도 시간이 지나면 기억에서 사라져 버리는 부분이 있고, 그것들을 빼놓은 채 자신은 그 작품 전체를 잘 기억하고 있다고 생각하는 경우가 있다. 따라서 문학 작품을 다시 읽을 때 항상 그 작품을 통째로 다시 읽지 않으면 안 된다고 생각한다. 인간에게 문학 작품이 진정 실재하는 것은 실제로 한 줄 한 줄 읽어 나가는 그 순간들뿐이라고 말한 사르트르의 소설론으로 돌아가는 것이라 생각하는데….

또한 일반적으로 인간은 가까운 과거의 사건에 대해서도, 역사적이고 주도적으로 기술하면서도 곧 거기에 쓰여 있는 것을 잊는다. 게다가 무책임한 말을 하고도 특별히 비난받지 않는 경우가 있다고 생각한다. 이런 말을 하는 이유는 역시 올해 여름 어느 아침에 TV에서 영문학자가 군비 확장을 지지하는 시사적 발언을 자주 하는 모 씨가─필리핀이 일본의 점령 중에 독립한 사실이 어떤 교과서에도 실리지 않았다고 의기양양하게 불만을 표시하는 것을 보았기 때문이다. 『레이테 전기』를 읽고 일본 점령하에서 필리핀이 명목상으로 독립한 것을 마치 일본이 역사적으로 공헌한 사례로 간주하는 사람이 있을 수 있을까?

나는 10년 전 해당 부분을 인용한 문장까지 썼는데도, 오오카 쇼헤이가 윌프리드 오언Wilfred Owen의 시를 인용하면서 『레이테 전기』의 모티브에 대해 이야기했었다는 것을 망각하고 있었다.

죽은 병사의 영혼을 위로하기 위해서는 아마도 유족의 눈물도 전쟁 레퀴엠도 충분하지 않을 것이다.

가축처럼 죽은 사람들을 위해 어떤 애도의 종소리가 있는가?
대포의 괴물 같은 분노뿐이다.
말더듬이 라이플의 급박한 지껄임만이
서둘러 기도를 읊어 주겠지

이것은 제1차 세계 대전에서 전사한 영국 시인 오언의 시 「비운
에 쓰러진 청년들에게 바치는 찬가」의 일절이다. 나는 지금까지
레이테섬의 전투에 대해 내가 사실이라 판단한 것을 되도록 상세
히 쓸 생각이다. 75밀리 야전포의 포성과 38구경 소총의 울림을
재현하고 싶다. 그것이 싸우다 죽은 사람들의 영혼을 위로하는 유
일한 일이라고 생각한다. 그것이 내가 할 수 있는 유일한 일이기
때문이다.

내가 이 구절을 다시 읽고 깜짝 놀란 데에는 이유가 있다.
나 역시 오래전 어떤 계기를 통해 오언의 시를 알게 되고 깊
게 감명받았기 때문이다. 이야기가 두서없어질지 모르지만
경위를 쓰자면, 나는 일전에 「와타나베 가즈오渡辺一夫를 읽
다」라는 연속 강의를 했다. 그 첫 회에서 와타나베의 『문법
학자도 전쟁을 저주할 수 있다는 것에 대하여』에 관해 이야
기하려고 했다. 사전 조사를 하면서 권두에 인용된 "Solvet
seclum in favila."라는 문장의 뜻은 알 듯했으나 출전을 알
수 없었다.

내가 할 수 있는 한 조사하고 이럴 때마다 도움을 받아 왔던 불문학자 니노미야 다카시二宮敬에게 전화를 걸었다. 그래서 그 문장 앞에 오는 "Dies irae, dies illa"라면 나도 기억하고 있었는데, 두 문장을 붙여서 해석하면 "분노의 날, 그날, 모든 것은 뜨거운 재 속에 사라질 것이다"라는 뜻으로 '죽은 자를 위한 미사'의 전례문이라는 것을 알게 되었다.

그리하여 내가 여러 차례 반복해서 소리 내어 읊으며 이 구절을 기억에 새기려 하고 있는데, 옆에서 레코드를 듣고 있던 아들이 "브리튼Benjamin Britten의 『전쟁 레퀴엠War Requiem』인가요? 그거라면 갈리나 비쉬넵스카야Galina Vishnevskaya의 레코드가 있습니다"라고 알려 주었다. 이런 과정을 거쳐 나는 브리튼이 텍스트로 '죽은 자를 위한 미사'의 전례문과 오언의 시를 교대로 채택한 레퀴엠을 아들과 함께 듣게 되었던 것이다. 오오카 쇼헤이의 문장에 나오는 '워 레퀴엠'이라는 표현은, 물론 일반적인 의미에서 문제가 되지는 않겠지만, 대체로 브리튼의 이 레퀴엠을 염두에 둔 것은 아닌가 생각한다.

25세의 나이로 전쟁을 저주하면서 전사한 오언의 시를 브리튼이 레퀴엠에 사용했다. 그중에 오오카 쇼헤이가 인용한 부분과 나란히 아브라함과 이삭의 번제에 대해 노래한 것도 있다. 앞서 맬러머드의 소설에 대해 이야기했을 때, 실은 아브라함은 이삭을 죽이고 싶어 했다, 죽였다는 해석이 있다고 언급한 바 있는데, 오언이 바로 그렇게 생각했다. 천사의 목소리는 이삭을 살리라고 울려 퍼지지만 오만한 아버지는 그 말에 따르지 않는다. 그래서 유럽의 아브라함의 자손들 중 한 명씩, 자식들 중 절반을 죽여 버리는 것 같은 오늘날의 전쟁이 일어났다는 의미의 시구를 쓰고 나서 오언은 가혹할 정도로 젊은 나이에 죽지 않으면 안 되는 전장으로 향했던 것이다. '죽은 자를 위한 미사'를 인용하면 "그때, 가여운 나, 무슨 말을 해야 할까? Quid sum miser tunc dictures?"

오오카 쇼헤이의 문장을 하나 더 인용하겠다. 『레이테 전기』의 역사적 성찰의 결론으로 이러한 구절이 있다.

> 우리들은 패전 후에도 의연하게 아시아 속 서구로 남았다. 저임금과 공해라는 아시아적 조건 위에 서구적인 고도성장을 쌓아 올렸다. 그래서 전후 25년이 지나 미국의 극동 정책에 영합하고 국민을 무익한 죽음으로 몰아넣는 정부와 이데올로기가 재생산되는, 따분함이 극에 달하는 사태가 발생한 것이다.

전후 38년이 지난 지금, 미국의 세계 정책에 가담하고 군사화 확대의 외길을 가는 정부와 제도화된 이념주의자들은 일본 국민을 무익한 죽음에 몰아세울 뿐만 아니라 핵무기에 의한 인류 멸망의 방아쇠가 되기라도 할 기세다. 오오카 쇼헤이의 현실적인 통찰이 잔혹할 정도로 탁월하다고 생각하지 않을 수 없다.

올여름 역시 세계적인 위기에 대한 뛰어난 지식인의 성찰이라 생각한 책은 조지 케넌George Frost Kennan의 『핵의 미망』이다. 작년 세계적인 반핵 운동에 대한 글을 포함하여 근 30년간의 '핵 시대의 소비에트·미국 관계'를 논한 글을 모은 것이다. 긴 서문에 쓰여 있듯이 제2차 세계 대전의 종결을 해리만 대사와 함께 모스크바에서 맞은 케넌은 전후의 유럽 구상에 대해 미국 외교의 주도적인 역할을 했다. 그 시기 케넌의 역할에 대해 내가 비판하지 않는 것은 아니지만, 케넌이 변화해 왔으며 특히 이 책 마지막 장 「위기에 처한 핵 시대」의 5개 문장에는 깊이 영혼을 흔드는 사상과 문체가 있다. (*The Nuclear Delusion*, Pantheon)

주로 다양한 공적—예를 들면 아인슈타인 평화상의 수상 연설이라면, 상에 이름이 사용된 물리학자의 업적을 고상하게 언급하는—강연이 수록되어 있는데, 외교관이자 외교 역사가의 오랜 경력을 거친 후 핵의 위기에 솔직한 태도로 저항하려고 하는 케인에게 나는 인격적인 경의를 표한다.

덧붙이자면 지금 내가 케넌에게 느끼는 호의적이고 인간적인 감정을 2, 3년 전에 역시 산장에서 읽었던 책에서 발견한 적이 있다. 그중에 그것이 시바 료타로司馬遼太郎의 소설에서 케넌과 마찬가지로 외교관이었던 시키의 숙부 가토 다쿠가와加藤拓川의—그 호의 유래는 마츠야마에 살았던 적이 있는 사람은 미기테강이라고 하면 바로 이해하겠지만—인간관·세계관에 대해 기술한 부분이었다는 것이 생각났다. 시바 료타로는 여행지에서 들었던 가토 다쿠가와의 좌담을 그리운 마음으로 떠올리게 하는, 꾸밈없고 유쾌하며 너무 정확해서 금세 납득하게 만드는 그러한 표현력을 갖고 있다.

"결국 세상 사람들은 충서를 이해하면 된다."
라는 것이 다쿠가와의 결론이었다.
충서의 뜻은 말할 것도 없이 충은 성실, 서는 배려이다.

나는 특히 충을 성실이라고 설명한 로한岸辺露伴의 해석이 떠올라 재미있다고 생각하며 마음에 새겼었다. 그리고 케넌의 문장에 진정으로 충서, 즉 성실과 관용의 태도가 포함되어 있다고 생각했다.

케넌의 근본적인 태도는 다음과 같은 부분에서 확실히 나타난다. 현재의 자살적인 군비에 대한 적극적인 대안은 있는지 스스로 질문하고 유럽에서 시작된 반핵 운동을 지지해야 한다고 그는 답한다.

그와 같은 대안은 처음부터 있었다. 우리들은 그것을 멀리까지 찾으러 갈 필요도 없다. 장거리 전략 미사일의 대폭 삭감을 통해 싹을 잘라 낼 수 있을 것이다. 중앙 및 북유럽의 완전한 비핵화가 대안이 될 수 있다. 핵 실험의 완전 금지가 대안이 될 수 있다. 최소한 이것들의 무시무시한 병기창의 동결을 받아들이는 것도 가능할 것이다. 이 방법들은 누군가의 안전을 위협하는 것도 아니다.

우리들은 다음의 두 가지 매우 기본적인 인식이 진실이라는 사실을 받아들이는 것부터 시작해야 할 것이다. 첫 번째는 우리들과 소비에트의 정치적 관계에서 어떤 위협적인 문제도—어떤 희망, 공포, 우리들이 열망하는 것, 피하고 싶다고 바라는 것—핵전쟁을 할 만하다고 판단되는 것은 존재하지 않는다는 것. 그리고 두 번째는 전투에 핵무기가 사용되고도 전면적인 핵의 대참사로 확대될 가능성을 포함하지 않는—정말로 매우 높은 가능성으로도 포함하지 않는—경우는 전혀 생각할 수 없다는 것이다.

이러한 원리를 제시하고 케넌은 미국 외교의 오늘날 사태를 비판한다. 소비에트와 미국 공통의 문제라는 것은 생각하지 않고, 상대를 왜곡하여 과도하게 단순화하고 상대의 군사력을 과대평가하는 방식이 제대로 된 정부의 태도일까? 이러한 케넌의 지적을 생각해 보면, 일본 정부가 미국을 계속 추종하면서 지금 소비에트에 대해 취하고 있는 태도까지도 그가 꿰뚫어 보고 있다는 생각이 든다.

이것은 내 말을 믿어 주었으면 하는데, 우리들이 거대 권력의 국가 외교에 기대하는 성숙과 명철함의 표시가 아니라, 거대 정부의 지적인 원시주의와 용서할 수 없는 단순함의 표시다. 나는 천진난만naivety이란 말을 사용한다. 왜냐면 순진무구의 천진난만이 있는 것처럼 냉소주의와 의혹의 천진난만도 있으니까.

케넌은 미소 관계에 대해 핵무기에 의존할 수밖에 없다는, 또는 의존할 수 있다는 핵전쟁에 대한 잘못된 생각을 병의 일종이라고도 말한다.

그것은 극도로 병적인 것이다. 거기에는 희망은 없고 단지 공포만이 있다. 그 신봉자에게는 다음과 같은 것들로서만 그것은 이해할 수 있는 것이기 때문에. 즉 단지 어떤 종류의 무의식적 절망으로서—어떤 종류의 죽음에 대한 갈망, 죽음의 공포로 인해 기꺼이 자살하려는 태도로서—, 이 현대의 인간 양상의 정상적인 모험과 변화를 직시하고자 할 때 능력이 없다는 것에 의해서만 설명할 수 있는 마음의 상태로서—신념의 결여, 좀 더 정확히 말하면 신념을 갖기 위한 힘의 결여—인류의 수많은 세대가 갖고 있었던 그 힘의 결여로서.

위는 어떤 상의 수상을 계기로 했던 다트머스 대학에서의 강연의 요지이다. 이에 덧붙여 『핵의 미망』의 맺음말 「군비 경쟁에 대한 한 기독교도의 의견」이라는 논문에서도 인용해 두고 싶은 부분이 있다. 거기에서 케넌은 한 사람의 기독교인으로서의 사상을 매우 솔직하게—그것을 무구의 천진난만 naivety이라고 비판하는 사람도 있을 것이다. 현재 하버드 대학의 학자들 사이에서 케넌이나 조나단 쉘Jonathan Schell을 비판하는 책이 나오고 있다—기도하듯 표명하고 있기 때문이다. 케넌은 핵전쟁으로 북반구와 지구 전체의 환경이 모두 파괴될 것이라는 쉘의 논지를 받아들여, 기독교도가 이런 것을 용인할 수 있는지 묻는다.

> 우리가 말하는 문명은 우리 세대만의 소유물이 아니다. 우리는 문명의 소유자가 아니라 단지 보관자인 것이다. 그것은 우리보다 무한하고 매우 중요한 무언가이다. 그것은 전체이고, 우리는 단순한 부분이다. 우리가 그것을 이룩한 것이 아니라 다른 사람들이 이룩한 것이다. 우리들은 그것을 창조하지 않았다. 우리들은 그것을 계승한 것이다. 그것은 우리에게 주어졌다. 그러나 다음과 같은 암묵적 의무와 함께 주어진 것이다. 그것을 소중히 하고, 잘 보전하고, 발전시키고 원하는 만큼 개량하여, 아니면 적어도 망가뜨리지 말고 있는 그대로, 우리 다음에 오는 자들에게 넘겨주라는 그러한 암묵의 의무와 함께.

그리고 케넌의 맺음말은 다음과 같다. 우리가 눈앞의 정치적 과제를 위해 자연의 구조를 파괴하는 핵을 사용해 버린다면 "그것은 오만, 신성모독, 그리고 모멸—괴물적 규모의—신을 향한 모멸과 다름없다."

제1차 세계 대전에서 전사한 오언의 시에서 기독교의 이미지와 깊게 얽힌 절망은 브리튼의 음악에 의해 대규모 궤멸 후의 회복, 뜨거운 재 속에서 재생으로의 희구로 고양되었다. 케넌도 한 사람의 기독교인으로서 오언과 브리튼의 연장선상에서 제3차 세계 대전 직전의 비통한 울림을 통해 경고하고 있다. 일본 정치 지도자들의 야스쿠니 신사 집단 참배가 나타내고 있는 것처럼 그들에게 일반적인 기독교와 무관하다는 것이 치명적인 결과를 부를 수 있지 않을까? 이렇게 말하는 나도 역시 무신론자이지만….

8. '레비스트로스의 환상' 사건에서
미르체아 엘리아데의 꿈을 매개로

나는 30대 후반부터 2, 3년 주기로 한 작가나 사상가를 선택해서 집중적으로 읽는 것을 일상생활의 축으로 해 왔다. 한 작가를 선택하여 읽는 동안 그의 서적 혹은 그에 대한 평전 외에 다른 책을 읽지 않는 것은 아니다. 다만 하루 중 주된 시간을 가능한 한 원어로 따라서 천천히 정독하고, 장편 소설을 쓰는 시간을 갖고 지치면 수영을 하러 간다. 이 기본 코스에 곁들여 자유롭게 여러 책을 어느 정도 속독한다. 이렇게 하여 매우 불규칙한 작가의 생활에 형태를 갖추려고 해 온 것이다.

이런 방식으로 현재 나의 생활의 축을 지탱하고 있는 것은 미르체아 엘리아데Mircea Eliade이다. 이 책에서 그의 이름은 반복해서 등장했기 때문에 짐작할 것이라 생각한다. 전에도 엘리아데를 읽은 적이 있지만 이번에는 블레이크와 블레이크 연구자의 책을 읽다가 자연스럽게 이 사상가의 책으로 옮겨가게 되었다. 천천히 몇 년 동안 엘리아데의 텍스트가 내 앞에 계속해서 멈춰 있게 될 것이라 생각한다.

하루 중에 조건이 가장 좋은 시간을 매일 그의 책을 읽기 때문에 이 작가, 이 사상가는 내가 무언가를 생각할 때 언제나 귓가에 얼굴을 바짝 대고 가만히 서 있는 것 같다. 특히 한동안 레비스트로스Lévi-Strauss가 그랬다. 그 무렵 한 호텔에서 모임이 있었는데 너무 빨리 도착해서 도중에 그의 책 몇 권을 사서 로비에서 살펴보고 있는데 바로 맞은편 소파에 '레비스트로스의 환영'이 앉아 프랑스의 가제본은 비슷비슷한데 훌륭하게 종이 표구된 영역본 한두 권에 눈길을 주며 이쪽을 주시하고 있는 것이다.

그때 나의 기괴한 반응은 이런 식이었다. 이런, 이런! 어릴 적 버스 창가에서 탱크탱크로와 원숭이 키이콩을 봤을 때 버스에서 뛰어내리려고 했던 것처럼, 30년이 지나도 또 시작이군! 하고 쓴웃음을 짓고 책을 덮고 일어나 로비를 가로질러 얼마간 걷고 나서, 식은땀을 흘릴 것 같은 기분이 되었다.

그것은 '레비스트로스의 환영'이 아니었다, 진짜 레비스트로스였다! 국제교류기금인가 뭔가로 초청된 그에게 나는 굉장한 실례를 범한 것이 아닐까? 쓴웃음을 지으면서 실제 그에게 환영을 쫓는 듯한 행동을 하고 점점 로비에서 멀어져 간 그 일본인은 자신에게 적의를 갖고 있는 것인지 레비스트로스는 불안해지진 않았을까….

엘리아데는 꿈에 나왔다. 조금 몸과 신경이 쇠약해져 있을 때 나의 꿈은 세부는 현실 그대로 나타나는데 약간이지만 중요한 핵심 부분이 왜곡된 꿈으로, 눈을 뜨기 전후 정말 고통스러운 경우가 많다. 엘리아데의 꿈도 그에 가까워서 현실과의 정합성을 무의식이 정확히 맞춰 놓은 꿈이었다. 우리 집 근처에 실제로 있었던 호리 이치로堀一郎의 집에서 엘리아데가 나온다—즉 시카고 대학의 동료이자 저자의 번역자를 방문하고 돌아가는 길이라는 식으로—, 그리고 우연히 지나가는 나에게 너무나도 일본인 같은 영어로 말을 거는 것이다. 자신은 병이 들어 지금 바로 오른쪽에 있는 병원에 가지 않으면 안 되는데, 이 길이 왼쪽으로 가는 일방통행이라서 어쩌면 좋을지 모르겠다. 나는 그 일방통행을 지키자는 주민운동을 했던 적도 있었다. 그래서 나는 어떤 책임을 느끼고 택시가 다니는 길 쪽으로 반대 방향으로 가라고 손짓했는데 당연히 멈추지 않는다. 그래서 계속 지켜보고 있자니 현실과는 다르게 옆 깊은 멀리까지 계속 교차로가 없다….

나는 이 꿈을 분석하는 것은 불가능하고 분석한다 해도 벌써 이 나이가 된 자신에 대해 대단한 발견을 할 리 없다. 그러나 다만 한 가지 이 꿈을 만들어 낸 나의 무의식에 대해 웃긴 생각이 들었고, 그래서 꿈에 대해 써 보자고 생각했던 것이다. 꿈을 꾸기 한참 전에 엘리아데의 자서전을 영역본으로 구해 제1권을 읽고 있었다. 그 책을 통해 젊은 엘리아데가 후원을 받아 인도로 여행하게 되는데 — 이 책은 『동방으로의 여행, 서방으로의 여행』이란 제목이 붙어 있다 — 가능한 한 적은 비용을 들이고자 선택한 것이 일본 국적의 배였다는 것을 알게 되었다. 엘리아데는 그 배에서 처음으로 영어로 말하는 연습을 했다고 회상하고 있었다. 즉 꿈속의 엘리아데가 너무나도 일본인 같은 영어로 말한다고 하는 것의….

엘리아데의 저작군과는 별개라고 해도 엘리아데의 책이란 것은 틀림이 없는데, 내가 그 사상가의 내면 밑바닥에 닿은 것 같이 느끼며 악몽에 괴로워하는 나의 내부의 어떤 병든 부분을 치료하듯이 최근에 읽은 책은 『미로에 의한 신의 재판』이다. (The University of Chicago)

이 책은 원래 프랑스어로 진행된 클로드 앙리 로케Claude-Henri Rocquet와의 인터뷰를 영역한 책이다. 로케는 엘리아데의 작업과 생애에 정통해 있었고 실로 훌륭한 질문을 한다. 또 엘리아데가 성실하고 원리적이며 이미지로 가득 찬 대답으로 대체로 즐겁게 응하고 있었다. 엘리아데는 자신의 강의는 원고로 만들지 않지만, 이 강의에 바탕을 둔 많은 책을 읽어 온 나는—엘리아데가 전문지에 썼던 정묘한 논문들은 또 다른 인상을 갖고 있지만—자신이 이룬 큰 학문의 체계를 생생하게 두뇌에 계속 보존하고 있는 사상가의 자유로운 퍼포먼스로서, 어떤 느긋한 사고의 흐름을 강의하는 모습을 이 책 속에서 상상할 수 있다. 이 대화도 이런 인상에 다채로운 에피소드가 더해져 활기에 차 있다. 게다가 대화 하나하나에 나타나는 문제는 바로 엘리아데의 원리적 사고와 연결되어 갔다.

예를 들어 로케가 엘리아데에게 어린 시절 추억 중에 특별히 기억에 남는 것이 있는지 묻자, 엘리아데는 바로 반응을 보이며, 최초의 이미지는 그가 2세인지 2세 반이었던 때였다고 이야기를 시작했다. 숲속에 있었는데 어머니가 보이지 않아 놀라서 기어서 찾아다니다가 크고 빛나는 아름다운 청색 도마뱀을 보았다고. 그는 흥분과 두려움으로 심장이 두근두근 뛰었는데, 그때 도마뱀의 눈 속에도 두려움이 보였다, 그 녀석의 심장이 두근거리고 있는 것이 보였다, 그 이미지는 평생 그와 함께했다고 말했다.

나는 이 구절에서 꽤 오래전에 읽었던 철학자 후쿠다 사다
요시福田定良의 회상록에서 ─『메모라비리아』라고 당당하게
이름이 붙어 있는데, 전쟁 중 남쪽 섬에서 겪었던 곤란한 경
험에 철학적 유머를 미묘하게 섞어서 그린 작품이었다 ─ 인
상에 남았던 장면을 떠올리기도 했다. 정글 속에서 기아에
허덕이던 군인들이 커다란 도마뱀인지 작은 뱀인지와 마주
쳤다. 군인들은 고대부터의 인류의 기억이 시키는 대로 놀라
서 물러나 버린다. 도마뱀 혹은 뱀은 우위에 서서 군인들을
위협하려고 한다. 그러나 다음 순간, 패잔병으로서 새로운 생
각을 하게 된 병사들은 이 녀석을 먹을 수 있다고 생각한다.
그래서 잡으려고 달려들자 도마뱀 혹은 뱀은 당황하여 도망
치려 한다. 그 짧은 시간 동안 상황이 역전된 병사들과 도마
뱀 혹은 뱀의 어떤 커뮤니케이션의 가련한 우스꽝스러움….

엘리아데와 로케의 아름다운 도마뱀의 이미지를 중심으로
한 신화적인 고층古層과 인간의 의식과 무의식의 심층을 연
결해 가는 대화를 조금 번역해 보고 싶다. 원문대로 엘리아
데는 E, 로케는 R로 표시하겠다.

R : 용이라…
E : 그래요, 용이었습니다. 그것도 암컷 용, 자웅동체의 용이었어
요, 그것은 실제로 무척 사랑스러웠기 때문에. 나는 그 아름다

움에 매료되었습니다, 그 놀라울 정도의 푸른 빛에.

R : 당신 자신도 두려웠는데도 불구하고, 당신은 도마뱀에게 공포를 느꼈지만 침착했었군요.

E : 보았던 것입니다! 그 녀석의 눈 속에 있는 두려움을 알아차릴 수 있었어요. 그 녀석이 작은 인간 아이를 두려워하고 있다는 것을 알 수 있었습니다. 그 커다랗고 아름다운 도마뱀과의 괴물은 인간 아이를 두려워하고 있었죠. 나는 그것을 보고 벼락을 맞은 것 같은 기분이 들었습니다.

R : 당신은 용이 극도로 아름다웠다, 왜냐하면 그것이 '암컷의 자웅동체의' 용이었기 때문이라고 말씀하셨죠. 그 말은 당신에게, 아름다움이 본질적으로 여성과 연결되어 있다는 것을 의미하는 건가요?

E : 아니, 나는 자웅동체의 아름다움과 남성의 아름다움도 똑같다고 생각합니다. 예를 들어 인간의 육체의 아름다움에 대해서도 여성의 아름다움에만 한정하지 않습니다.

R : 그렇다면 어째서 당신은, 그 도마뱀의 경우 '자웅동체의 아름다움'에 대해 이야기하신 건가요?

E : 왜냐하면 그것은 완벽했기 때문입니다. 그것은 모든 것이었기 때문에—우아한 아름다움과 두려움, 잔인함과 미소, 그 모든 것이 거기에 있었습니다.

R : '자웅동체'라는 단어는 당신의 저작 속에서 중요한 말입니다. 당신은 자웅동체라는 주제에 대해 상세히 써 왔죠.

E : '자웅동체'와 '반음양半陰陽'이 다르다는 것을 강조하지 않은 적은 한 번도 없었습니다. '반음양'에는 두 개의 성이 공존하고

있습니다. 그 예로 우리는 유방이 있는 남성의 나상을 봅니다. 그에 반해 '자웅동체'는 완전하다는 이상을 표현하고 있습니다. 두 개의 성이 융합되어 있죠. 그것은 인간의 또 하나의 종류, '자웅동체'와 함께 '반음양'은 ― 유럽에서만이 아니라 세계 문화에 존재합니다. 그리고 나는 개인적으로 '자웅동체'에 끌리는 것입니다. 나는 그것이 어느 쪽의 성도 각각으로는 도달하기 어려운 완전함, 아마도 결코 도달할 수 없는 완전함이라고 생각합니다.

엘리아데와 로케의 대화가 어떻게 전개되고 있는지 그 느낌은 전달할 수 있었을 것이라 생각한다. 이 대화에 덧붙여 내가 회상하는 것은, 엘리아데가 어떤 저작에서 확실히 '자웅동체'에 대해 이야기했었는데, 그것은 상징주의를 독해하는 과제와 관련된 것이다.

'자웅동체'의 상징은 플라톤의 시대 초반에는 진정 풍부한 완전함의 상징으로 정신 혹은 사상의 완전함을 표현한다고 이해되었다. 그것도 세계 각지에서. 그러나 이전 세기말 독일에서는 '자웅동체'는 관능의 영역에서의 풍부함으로 의미가 축소되었고, 그러한 맥락의 소설이 많이 나왔다. 결국 시대의 위기는 상징에 대한 해석도 쇠약하게 만든다고 엘리아데는 말했다. 나는 그것이 중요한 과제라고 생각한다.

일본의 신화를 포함하여 민속학적 상징에 대한 각 시대의 해석의 깊이와 풍부함이 각각의 시대와 인간의 성격을 반영한다고 한다면, 이것을 척도로 할 때도 현대 일본의 시대적 위기로서의 징후는 명료한 것이 아닐까? 민속학적 상징에 대한 해석의 깊이와 풍부함이 어떤 시대보다 우리의 현대가 발달했다고는 누구도 말할 수 없을 것이기 때문에. 예를 들어 나는 유년 시절 축제의 여러 상징들의 압도적인 힘을, 텔레비전 생방송 스튜디오에서 소리 높여 웃고 있는 소년 소녀들이 경험하는 오늘의 '축제'와 비교해 보려는 생각은 애초에 하지도 않는다.

이야기가 여기저기 옆길로 샜다. 엘리아데와 로케의 대화의 감동적인 에피소드 중에서 심각하게 다가온 것은, 엘리아데가 루마니아 정부의 문화 담당관으로서 런던과 리스본의 대사관에서 일하던 중, 제2차 세계 대전 종전 후 소비에트 권내에 들어간 고국으로 돌아가기를 단념하고 파리에서 연구 생활을 시작하는 부분이다. 다행히 뒤메질Georges Dumézil에게 초청받아 파리대학에서 교직 생활을 하게 되지만 그때껏 이국을 떠도는 '부초' 같은 엘리아데가 전쟁 이전과 전쟁 중의 업적들은 루마니아에 남겨 둔 채 파리의 호텔에서 그 압도적인 『영원회귀의 신화』를 써 나가는 모습은 감동적이다.

앞 장에서 케넌은 소비에트 권에 유럽의 많은 국가들이 포함되자 자국에서 이탈하여 망명을 원하는 사람들의 실상을 보고 유럽 대륙이 항구적으로 민족적 지정학적 균형을 계속 유지하기 어려울 것이라고 생각했다. 그래서 외교관으로서 그는 비무장화된 동독과 서독의 통일을 구상했지만 결국 자신의 유럽 구상은 미국 정부에 받아들여지지 못했고 캐년은 공직을 떠나게 되었다. 그가 우려했던 사태의 실례 중 하나가 엘리아데이고, 또한 젊은 그가 부쿠레슈티에서 참여했던 문화 운동의 동료로 전후 파리의 고통스러운 상황 속에서 재회한 이오네스코Eugène Ionesco와 마르셀Gabriel Marcel, 그리고 시오랑Emil Cioran이다.

E : 고국이란 모든 망명자에게 있어 그가 여전히 계속 사용하는 모국어이다. 다행히도 나의 아내 역시 루마니아인이라서 우리가 서로 루마니아어로 이야기할 때, 말하자면, 그녀야말로 나에게 모국의 역할을 하고 있었던 것이다. 따라서 나에게 고국이란 그녀와 친구들이고, 특히 그녀와 함께 이야기하는 언어였다. 그래서 나는 이 언어를 사용하여 꿈을 꾸고, 또 일기를 쓴다.

9. 다시 엘리아데의 대화를 중심으로,
버클리의 '그리운 나무' 쪽으로

가을에서 겨울까지 캘리포니아 대학 버클리 캠퍼스에서 지내게 되었다. 이전에 심포지엄으로 방문했던 것에 대해 언급한 바 있는데, 그때 함께 일했던 사람들에게 초청을 받아 유능한 스텝의 도움도 약속받고 나 역시 학생들에게 도움을 줄 수도 있다고 생각하여 한 학기 동안 그곳에서 지낼 결심을 했다. 요즘 젊은이들에게는 외국에서 한동안 지내는 것 정도로 결심이란 표현을 쓰는 것이 웃길지도 모르지만….

이 결심과 관련된 일에 대해 이야기하기 전에, 앞서 기술했던 엘리아데의 『미로에 의한 신의 재판』 속 여행에 대한 아름다운 단어를 옮겨 쓰는 것으로, 언제나 여권과 비자 수속을 하고 짐을 싸기 시작하면 우울해지는—그래서 나는 그 숲속 골짜기에서 나오지 말고 생을 마쳤어야 했다고 몇 번이나 생각했는지 모른다—자신에게 생기를 불어넣어 주고자 한다.

질문자 로케가 1957년부터 6년 동안, 프랑스어로 출판된 엘리아데의 일기—그것은 엘리아데 본인이 말한 것처럼 꿈을 꿀 때와 마찬가지로 루마니아어로 쓴 것을 번역한 것인데—에 관해 이야기를 시작하겠다.

R : 일기 마지막 페이지는 여행이라는 주제에 관한 것입니다. 당신은 말합니다. "여행의 매력은 매우 단순해서 공간이나 형태 그리고 색채에서—사람이 방문하는 장소 혹은 지나쳐 가는 장소에서—나오는 것이 아니다. 그것은 또한 사람이 재활성화되는 여러 개인적인 '때'로부터 나오는 것이다. 나는 일생의 여행을 더욱 먼 곳을 여행하는 것에 따라서, 모든 여행은 시간과 장소, 형상을 갖추고 이루어지는 것이라는 인상이 강해졌다."

E : 그렇습니다. 그것은 이런 것입니다. 예를 들어 베니스를 방문할 때 처음 베니스에 갔던 경험이 다시 살아납니다. 인간은 공간에서, 결국 거리와 교회나 한 그루의 나무에서 모든 나의 과거를 다시 발견합니다. 돌연 과거의 시간을 쟁취합니다. 여행하는 것이 자신을 풍부하게 만드는 것, 자신의 경험을 풍부하게 만드는 것이 된다, 그것이 그 이유 중 하나입니다. 인간은 자신을 재발견

합니다. 그가 15세였던 때, 20세였던 때의, 또 고작 몇 년 전의 자신과 소통할 수 있습니다. 인간은 그와 만난다, 그 자신과 만난다, 그의 시간, 그에게 역사적인 순간이었던 20년 전과 만납니다.

R : 이렇게 말할 수 있을까요? 당신은 향수병에 걸린 사람이라고, 그러나 기쁨으로 가득 찬 노스텔지어의…

E : 그렇습니다, 말씀 그대로입니다! 매우 적절한 표현이에요. 당신은 옳습니다. 나는 노스텔지어를 통해서 귀중한 것을 재발견합니다. 그리고 그 방법을 통해서 나는 아무것도 잃지 않는다고, 어떤 것도 지금까지 잃어버린 적이 없다고 느끼는 것입니다.

R : 나는 지금 당신에게 있어 매우 중요한 부분을 건드리고 있다고 생각합니다. 즉 아무것도 잃지 않는다, 그래서 당신은 분노의 날카로운 힘을 결코 느끼는 일이 없다.

E : 그렇습니다, 그것은 진실입니다.

내가 분노라고 번역한 resentiment는 어쩌면 원한이라고 번역해야 할지도 모른다. 이 대화의 영어 번역은 프랑스어를 살려서 번역되어 작은 사전에는 잘 나오지 않는 종류의, 말하자면 영어화된 프랑스어라 할 만한 단어와 어법이 보인다. 위의 대화에서 로케는 프랑스어의 ressentiment라는 단어를 사용하고, 그것이 영어의 resentiment로 치환된 것처럼 생각하기 때문이다. 예를 들어 내가 ルサンティマン(르상티망)이라고 일본어 표기로 바꾸어 같은 단어를 사용하고 있는 것처럼.

그것은 이전 페이지에서, 역시 이 단어를 사용하여 "분노를 갖는다", 혹은 "원한을 갖는 인간만큼 불행하여 생의 실체를 잃어버린 인간은 없다고 생각한다"라고 엘리아데가 말하고, "루마니아를 떠나 망명 생활을 하지 않으면 안 되는 '역사의 공포'를 짊어지는 운명에 처한 우리들은 창조를 그 답으로 삼지 않으면 안 된다"고 언제나 망명자 동료들에게 이야기한다고 말한 것과 조응한다. 엘리아데 자신이 조국을 떠나 많은 것을 잃었고, 그것을 원한으로 느껴 고통스러워하는 것이 오히려 자연스러운데도 불구하고 창조를 통해 진실로 인간답게 운명에 답하고 있는 것이다.

그와 더불어, 라고 말하면 오만하게 들릴까 두렵지만, 내가 아직 젊었을 때 나의 장남이 장애를 갖고 태어난 것에 대해 인간을 초월한 영역에 대해 원한을 갖고 괴로워했던 것을 기억한다. 잃어버린 정상적인 두뇌가 만약 손상되지 않았더라면 하는 생각에 괴로워하면서. 그리고 그 원한을 극복하는 데에는 장애를 가진 아이가 힘이 되어 주기도 하지만, 역시 소설을 창조하는 행위야말로 효과적이었다고 지금은 생각하게 되었다.

내가 캘리포니아 대학 버클리 캠퍼스에 있을 때 한 가지 추억이 있다. 이전 동료의 말에 따르면 그곳에서 연구하고 때로는 가르쳤던 아르헨티나인 일본 문학 연구자가 '몸 전체의 뼈가 똑똑 부러지는 듯한' 골수암에 걸려 죽었다. 그는 내가 멕시코 시티에서 지낼 때 도움을 주었던 인물이다.

나는 『'레인 트리'를 듣는 여인들』(신쵸샤)에 수록된 단편 중에 이 인물을 모델로 많이 변형시킨 카를로스 제르보라는 주인공을 만들어 냈다. 소설 속에서 카를로스는 위인지 장에 암이 생겨 지금은 죽음의 문턱에 서 있다는 설정이었다. 그 모든 것이 어떻게 해도 나 자신에 대한 분노를 억누를 수 없는 상념에 빠지게 하는 이유가 되었다.

사실 카를로스의 모델이 골수암으로 죽은 이상 앞으로의 이야기에 설득력은 없지 않을까 의심스러운데, 내가 그 소설을 쓰게 된 경위는 다음과 같다.

a. 확실히 나는 멕시코 시티에서 가르쳤던 학자로부터 카를로스의 모델 — 앞으로는 편의상 카를로스라 표현하겠다 —이 암에 걸렸다는 소문을 전해 들었다.

b. 계속해서 몇 명의 정보원을 통해 카를로스가 암에 걸렸다는 것은 그 자신이나 그의 동료들이 퍼트린 헛소문으로, 라틴 아메리카인 같이 죽음의 냄새가 나는 농담으로 사람들을 속인 것이라는 말이 들렸다.

c. 그 단계에서 나는 a의 소문을 들었던 몇 주간 괴로운 마음으로 회상한 멕시코 생활을 단편으로 쓰려고 생각했다.

나는 소설 속에도 그야말로 카를로스에 대한 사적 신념처럼 썼지만 그의 암에 대한 소문에 당황한 일본의 옛 친구가 도대체 어떤 생각을 했는지 알아주었으면 한다. 그리고 이 소설을 읽고 암에 걸렸다는 소문을 웃어넘기고 액땜을 했다고 생각해 주기를 바랐다. 그리고 카를로스 자신은 물론이고 그의 동료나 친구들이라면 모델로부터의 변형을 바로 알아볼 수 있는 과장된 픽션으로 놀랄 만큼 멋진 카를로스의 여성 관계를 묘사하기도 했다.

내가 이러한 동기로 단편을 쓰면서 그중에서 가장 우스꽝스럽게 희화화한 것은 나 자신이지만 카를로스를 희화화한 데에는 내 나름의 이유가 있었다. 카를로스는 일본 문학 연구자이자 교수였는데, 그가 멕시코 시티에서 내게 말했던 인생의 목표는 작가가 되는 것이었고 이미 단편을 신문에 발표하기도 했었다. 말하자면 기성작가가 소설을 어떻게 쓸 것인가, 특히 장편을 어떻게 작업할 것인가에 대한 구체적이고 절실한 흥미를 보인 카를로스에게 나는 마침 멕시코 시티에서 원고 수정을 끝낸 『핀치러너 조서』의 제2고 복사본과 초고에서 대량 삭제한 부분, 그리고 최종 교정 수정본 등을 선물하고 돌아왔던 것이다.

그 카를로스가 언제나 내게 이야기했던 장편의 구상을 집필하지 않는 것에 대해 "지금이야말로 라틴 아메리카 문학의 최전성기가 아닌가, 자네도 그 조류를 타고 도전해 보라"고 나는 바랐다. 그는 나의 소설에서 희화화된 것에 대한 보복으로 멕시코 시티에서 고독한 생활을 하는 괴상한 일본인과의 교제라는 식으로 자전적인 소설을 쓸 수도 있었으니까.

그런데 올여름 버클리 캠퍼스의 심포지엄이 구체화되고 하루가 지나 그 계획을 전담했던 우수한 학자로부터 나를 깜짝 놀라게 만드는 편지가 도착했다. 지금 도서관에 막 도착한 『'레인트리'를 듣는 여인들』을 읽고 있는데 비서로부터 메모를 받아 보니 카를로스가 멕시코 시티에서 죽었다는 소식을 전화로 들었다는 내용이었다고….

빈사의 병석에서 카를로스가 그 소설을 읽은 것은 아닌지 하는 두려움은 현실이 되지는 않았다. 더 이상 일본의 신간 잡지나 단행본을 읽을 수 있는 상태가 아니었다는 그의 이전 동료의 증언에 나는 그런 생각을 떨쳐 버릴 수 있었다. 그러나 나는 지금 병석에서 한 외국인 옛 친구를 향해 자신의 소설이 범죄적인 일격을 날릴 수도 있었던 가능성에 대한 어떤 분노로부터 자유로울 수가 없다.

심포지엄에서 카를로스에 대한 추억을 이야기했던 여성 스텝은 카를로스의 발병 후 이혼하여 아내와 함께 떠난 딸이 병원으로 찾아왔었다고 이야기했다. 소녀는 부친에게 선물로 받은 개에게 어떤 이름을 지어 줬는지 알리러 왔다고 한다.

"개의 이름은 카를로스!"라고 여성 스텝은 말하고 침묵해 버렸다.

나는 한동안 머물게 된 여행지에서 유난히 쉽게 정이 드는, 혹은 매력적인 나무를 발견하면 어쩐지 '좋아, 이걸로 귀국할 때까지 심리적 안정을 유지할 수 있겠어'라는 기분이 된다. 그리고 그런 나무는 '이것은 내가 예전에 본 적이 있는 나무다'라는 의미가 아니라 야나기다 구니오의 표현으로 말하면 '그리운 나무'로 느끼는 것 같다.

버클리에서의 짧은 심포지엄 동안, 숙사 식당 주변에 여러 고목을 발견하고 기뻐했는데 — 캠퍼스 정문 근처에 그야말로 우뚝 서 있는 유카리의 거목들은 이 대학의 명물이다 — 그중에서도 한 종류의 나무에 특히 끌렸다.

그것은 떡갈나무가 틀림없었다. 내가 '레인트리' 소설을 쓰는 동안 실제로 레인트리라 불리는 나무와는 다르게 내가 상상했던 나무 모습 그대로, 손가락 마디만큼 움푹 패인 잎사귀를 왕성한 기세가 느껴질 정도로 무성하게 갖고 있는 가지가 튼튼한 노목이었다. 심포지엄이 끝난 일요일 그 나무 주변을 천천히 걷고 나무 전체와 가지 하나하나를 자세히 바라보고 있는데 캘리포니아 대학생이 자주 메고 다니는, 하지만 이미 유행이 지난 작은 가방을 옆에 두고 잔디밭에서 캔

맥주를 마시고 있던 젊은이가 "이 나무가 마음에 드나요?"라며 말을 걸었다.

"마음에 듭니다. 그런데 이 나무를 당신들은 뭐라고 부릅니까?"라고 묻는 내게 몇 번이나 되물은 후 젊은이는 그것이 캘리포니아 오크라고 한다, 목공용으로 사용되고 재질은 오크 중에서 최고라고는 할 수 없지만 자신도 이 나무를 좋아한다고 가르쳐 주었다.

젊은이는 목공 일을 한다고 말하며 일본에도 가서 '시고토야'라는 가게에서 일한 적이 있다고 말했다. 그리고 '시고토야'가 어떤 의미의 일본어인지 물었다. 만약 그 단어를 번역하면 워크숍이라고 할 수 있다고 나는 대답했다. 그 나무와 위와 같은 대화의 추억이 아마도 나를 이번 여행으로 이끌었던 것 같다.

나는 젊은이가 말하는 캘리포니아 오크, 식물도감에는 코스트 라이브 오크라 명명된 이 나무가 내려다보이는 숙사에 우선 짐을 풀고, 세미나 이외에도 학생들이나 동료들의 일본 연구에 도움이 될 만한 행사에 참가하여 나의 의무를 다하는 한편 지금까지 써 오던 장편의 초고를 계속 써 갈 생각이다. 또한 카를로스와 친분이 있던 사람에게 그의 너무 빨랐던 만년에 대한 이야기를 듣고 싶다고도 생각하고 있다.

내가 쓰고 있는 소설은 시코쿠四国의 숲속 마을에서의 경험을 신화적 이미지로 재구성하는 것이 전략 가운데 하나였다. 도대체 이것을 캘리포니아에서 해 나갈 수 있을지 의문이 든다면 나는 엘리아데의 대화를 한 구절 인용하여 답할 수 있을 것이다.

> E : 모든 고국은 성스러운 지리학을 만들어 낸다. 고국을 떠난 자들에게 어린 시절과 청춘을 보냈던 도시는 항상 신화적 도시가 된다. 내게 부쿠레슈티는 마르지 않는 신화학의 핵심이었다. 그리고 그 신화학을 통해 나는 그 진정한 역사를 알 수 있었다. 아마 나 자신에 대해서도 역시.

나의 단편에서 카를로스라는 인물의 실제 모델은 이탈리아계 부모를 가진 아르헨티나인이었다. 그러나 그는 오랫동안 부에노스아이레스로 돌아가지 않고 멕시코 시티에서 결혼과 이혼을 하고, 또 재혼을 하고 캘리포니아 버클리 캠퍼스에서 연구 생활을 하던 중 또 이혼하고 멕시코 시티에서 죽게 된다. 그의 신화적인 도시와 그 자신에 대해 자세히 이야기할 수 있는 작품을 그가 남기지 않은 것에 메워지지 않는 공허한 마음이 든다.

10. 존 치버의 『단편 대전』과
루이즈 브룩스의 자서전

　캘리포니아 대학 버클리 캠퍼스의 '여성 교직원 숙사'에서 머무르고 있다. 이 대규모의 대학은 전체 건설을 지휘한 건축가, 화강암과 콘크리트의 거대한 건물을 하나하나 만든 존 가렌 하워드가—체류자를 위한 안내서에 따르면 여성 교직원을 중심으로 모은 자금으로—적은 비용으로 고상한 상상력이 깃든 건물을 만들고자 널판과 목재를 중심으로 세웠다고 한다. 입구를 사이에 두고 하얀 원기둥이 있고, 그 양쪽 옆에 대추나무 비슷하게 아래쪽이 갈라진 형태의 열매와 솜털이 난 꽃을 피우고 딱딱하고 둥근 잎을 피우는 나무, 아마도 오스트레일리아 유헤니아로 보이는 나무가 무성하다. 그리고 숙소의 거실 창에서는 내가 좋아하는 코스트 라이브 오크와 잉글리쉬 오크도 보인다.

60년도 더 전에 세워진 숙사지만 잘 관리되어 있다. 지금은 외국이나 동부에서 온 남성 교직원도 사용하고 있는데, 점심시간에 식당에는 정말 숙련된 학자 같은 노부인들이 모여들기 때문에 이른바 숨을 죽이고 생활하고 있다. 무엇보다 주변에 민폐만 끼치지 않는다면 캔맥주를 마시며 제멋대로 공상을 즐기는 정도의 자유는 체류자들의 것이다.

생활하는 데 불편한 점이 있다면, 아침 일찍 눈을 떴을 때 방이 소리나 진동에 취약해서 옆방 체류자들의 수면을 방해한다는 것이다. 그래서 식당이 열 때까지 나는 가벼운 책을 읽으며 엎드려 있는다. 그래서 지금은 존 치버John Cheever의 단편이 61편이나 수록된 대형 작품집을 벌써 두 달째 매일 아침 즐겁게 한 편씩 읽고 있는 것이다. (Vintage 판)

최근 일본에서도 어윈 쇼Irwin Shaw가 오랜 기간 써낸 단편들을 엄선하여 번역한 책이 출간되었다. 치버의 책도 학식이 높고 취미가 좋은 산문가가 같은 방식으로 번역을 해 주었으면 하는 생각이 든다. 치버의 수작인 장편 『팔코너』는 훌륭하게 번역되어 있지만, 그는 현대 단편 소설의 세계적인 대표 작가 중 한 사람이니 젊은 작가라면 단편 소설을 공부한다는 의미에서 번역해 보는 것도 좋지 않을까?

이런 말을 하는 데에는 까닭이 있다. 아쿠타가와상의 선고 회選考会 때마다 그 신랄한 비평가인 가이코 겐開高健의 신음 소리, 고함 소리 할 것 없이 부정·부정·부정의 한바탕 요설이 울려 퍼진다. "한 마디라도 한 줄이라도 빛나는 부분이 있으면 되는데 또 황량한 쓰레기 산이야!"라는 등등. 그 취지를 가이코 겐은 솔직하게 심사평에 쓰기도 하므로 젊은 후보자들의 자존심에 상처를 줄지도 모른다. 그러나 선고회에서의 그의 말투에는 때로 지나치게 다정하다고 할 만큼 소설가의 탄식이 담겨 있다는 것을 후보자들에게 전하고 싶다.

그렇다면 단편 소설의 한 마디 혹은 한 줄, 빛나는 부분, 그 실례를 보여 달라고 한다면, 치버의 단편은 최적의 예가 아닐까? 나는 시험 삼아 치버의 『존 치버 단편 선집The Stories of John Cheever』이라고 번역할 수 있는 책의 첫 번째 단편 「참담한 작별Goodbye, My Brother」로 단편 소설의 빛나는 한 마디, 한 줄의 실례를 살펴보고자 한다.

"우리는 정신적으로 언제나 매우 밀접하게 연결되어 있는 가족이었다." 이렇게 시작하는 이 단편은 부친이 익사했는데 특히 모친이 남은 가족들에게 그 사실을 강조해 왔다고 설명하고 있다. 제2차 세계 대전이 진행되는 동안 가족들은 성인이 되고 차남인 화자 '나'는 현재 고등학교 교사이다. 가장 성공한 장남을 비롯해 다른 자매들도 중산층 상위의 생활을 하고 있는데, 딱 한 명, 아침을 먹으러 내려오는 슬리퍼 끄는 소리가 'Tifty, tifty, tifty' 하고 울려서 티프티라는 별명이 붙은 막내만이 잘 풀리지 않았다. 일류 대학을 — 전입했지만, 어쨌든 — 졸업하고 변호사가 되었지만 언제나 주위 사람들과 부딪쳐서 점점 좁고 낮은 생활권으로 밀려났다. 어느 해 여름, 형제들의 가족들과 배우자들이 어머니를 중심으로 리조트 지대의 섬 별장에 모였다. 몇 년 만에 만난 막내가 형들에게 건넨 인사는 "나를 티프티라고 부르지 마."였다. 막내의 성격을 보여 주기도 하는 이 tifty라는 슬리퍼 소리를 빛나는 한 마디라고 말하는 것은 타당하다고 생각한다.

그럼 소설로 돌아가자. 티프티는 별장에 와서는 가족의 즐거운 분위기에 찬물을 끼얹는 듯한 말만 했고 그의 아이는 주눅 들어 불행해 보였고 세탁과 옷을 수선하고 있는 자폐적인 아내도 모두 단란한 가족과 어울릴 수 없었다. 그렇다고 해서 그가 형제들에게 간섭하지 않느냐 하면, 그건 큰 착각! 얼마 안 되는 돈을 걸고 카드 게임을 즐기는 어머니와 가족들에게 법을 어기고도 부끄러운 줄 모른다고 비판한다.

이 가족을 위해 정성스레 식사를 준비하는 것을 삶의 보람으로 여기는 폴란드계의 가정부한테는 노동 조건이 열악하다고 시끄럽게 훈계를 해서 오히려 반발을 샀다.

"나 역시 다른 가족들과 마찬가지로 안락한 생활을 하고 있어요. 그렇게 비쩍 마른 사람에게 맨날맨날 내가 얼마나 비참한지 듣고 싶지 않아요!"

가족들은 지쳐서 뒤에서는 티프티의 험담을 하지만 일단 해변으로 수영을 나가면 비난할 마음이 사라진다는 것을 '나'는 깨닫게 된다. "마치 수영에는 세례에 필요한 인간을 정화하는 힘이 포함되어 있는 것처럼." 이 문장을 빛나는 한 줄이라 부르는 것도 타당하다 느끼지 않는가? 수영으로 피곤해져서 해변에 나체로 누워 있는 가족들이 막내의 불행을 제각기 생각하고 험담할 마음이 사라지는 정경.

'나'는 어렸을 때부터 게임에 질 때마다 싸웠던 큰형에게 그 나이가 되어도 여전히 카드 게임에서 진다. 가끔 처음부터 끝까지 티프티가 지켜보면 '나'는 더욱 불쾌해진다. "나는 테라스로 나가 어둠 속에서 차디에게 질 때마다 항상 느끼는 분노를 참고 있었다."

어느 저녁, 티프티와 해변으로 산책을 나간 '나'는 — 원해서가 아니라 어쩌다 그렇게 됐는데 — "좀처럼 교장이 되지 못하고 주임조차 안 돼서 나도 울적하지만 그래도 여름을 즐기려는 거야, 너도 여기 있는 동안 기운 좀 차려."라고 티프티에게 말했다. 계속 번역하지는 못하겠지만 다음 문장이 치버다운 빛나는 한 줄이라고 생각하는데, 그것은 "It's only a summer day"가 아닐까라고.

그 말에 대한 대답으로 티프티는 더욱 '나'의 기분을 우울하게 만든다. "별장의 권리 지분을 큰형에게 팔고 이제 이곳에는 오지 않고 싶다."고까지 말하는 것이다. 여기에서 일본 사소설의 화자에 익숙한 독자에게는—다른 누구도 아닌 나 자신 또한 그렇다는 것을, 이국의 숙사 침대에서 이른 아침 눈을 뜨고는 깨닫게 되었는데—색다른 충격적 전개가 이어진다. '나'가 떠내려온 나무 막대기를 주워 동생의 머리를 내리친 것이다. 파도가 들어오는 곳에서 끌어내긴 했지만 쓰러진 동생을 그대로 놔두고 돌아가 버린다. 자신이 죽인 동생의 장례 장면까지 떠올리면서. 밤이 되어 돌아온 티프티는 "형에게 맞았어, 돌 같은 걸로 내리쳤어!"라고 어머니에게 울부짖듯 말했다. 그리고 위로하는 아내에게 내일 아침 돌아간다고 명령한다. 처음 들어갔던 대학이나 조건이 좋았던 첫 직장, 또 그런 사람들이 사는 주택가에 언제나 '안녕'을 고했던 동생이 지금은 형제와 어머니에게까지 '안녕'을 고하고 떠나 버리는 것이었다.

"아, 저런 남자를 어쩌겠어?" 그렇게 탄식하고 나서 '나'는 평안을 되찾고—원래 그 평안은 동생보다 더 상처 입었던 자의 평안이다—자매들과 아내가 아침 해변에서 수영하는 모습을 바라본다.

> 나는 그녀들이 물에서 나오는 것을 본다. 나체로 부끄러워하지도
> 않고 아름답게, 심지어 우아하게. 나체의 여인들이 바다에서 나
> 오는 것을 나는 지켜보고 있었다.

또 한 권의 책으로 단지 즐거움만을 위해서 읽은 책은 루
이즈 브룩스Louise Brooks의 자서전 『헐리우드의 룰루*Lulu
in Hollywood*』였다. 혼자 외국에서 살다 보면 사람이 그리워
져 대형서점의 전시대에서 스스로를 위한 책을 찾으면서 그
친구라면 이 책을 즐겁게 읽겠지 하면서 손이 가는 일이 종종
있다. 어제도 새로운 고릴라의 생태 관찰에 관한 거대한 책
을 서점에서 읽다가 — 이것저것 읽는다, 영어로 browsing
(훑어보기)에 좋은 서점은 여기도 대학 주변의 큰 서점 외에
는 사라지고 있는 것 같다. 특히 미국 학생들은 양장본 가격
이 너무 비싸기도 해서 (그것은 그들의 평균 점심 식사비의 8배에
서 10배에 달한다), 버클리에서는 이른바 심야까지 열려 있는
코디즈 북이나 모즈 북 같은 대형서점에서 서서 시간을 들여
책을 읽고 있다 — 나는 야스오카 쇼타로安岡章太郎 대신 이
책을 읽고 있다!는 기분이 들었다.

1929년 독일에서 영화 『판도라의 상자』가 개봉되었을 때

주연 배우 루이즈 브룩스의 포스터를 표지로 한 대형 페이퍼백을 나는 룰루의 신화학·민속학에 대한 권위자인 문화인류학자 야마구치 마사오라면 얼마나 기뻐하면서 집어 들었을까 생각하면서 샀다. 물론 야마구치 마사오는 이미 양장본으로 갖고 있겠지만. (Alfred A. Knopf 판)

이 책은 독립된 7개의 장이 각각 영화론, 회상, 인물 비평으로 구성된 확고한 작품으로, 여배우의 자서전이라는 나의 선입견과는 전혀 다른 종류의 책이었다. 깔끔한 흑발로 넓은 이마를 가리고 응시하는 듯한 큰 눈을 가진 여자. 본래 춤이 천직이었고 다부진 다리가 멋진 캔자스 출신의 젊은 여성이 정신적으로 헐리우드를 얼마나 거부하면서 이류 영화에 출연했는지, 결국 독일로 건너가 모든 베를린 여성들을 제치고 룰루 역을 따내어 『판도라의 상자』와 함께 영화사에 길이 남을 또 다른 작품에 출연하기에 이르렀는지?

신문왕 허스트의 연인으로 유명해진 헐리우드 스타의 조카가 상류 사회의 소비 생활 속에서 자멸해 가는 모습을, 역시 비슷한 생활을 하면서도 댄서로 자립하고자 하는 결연한 의지를 갖고 있었기에 무너지지 않았던 자신의 청춘기를 회상하는 등 중편 소설로서 충분히 통용될 수 있는 작품이다.

소설의 빛나는 한 마디, 빛나는 한 줄이라는 표현으로 돌아가면 그에 해당하는 부분은 얼마든지 찾을 수 있다. 22세의 스타였던 루이즈가 부랑자들도 엑스트라로 고용했던 촬영지에서 매우 위험한 역할을 그녀 대신 해냈던 스턴트맨에게 매혹된다. 바위 골짜기에 뛰어내리다가 다친 그 스턴트맨이 죽은 줄 알고 감독이 소리를 지를 정도의 연기였다. 루이즈는 촬영지 산속 호텔에 갇힌 듯한 생활 때문에 감독과 부딪치기도 했다. ─그날 밤 잠시 침실로 와 달라고 그녀는 청년의 귀에 속삭인다. 그리고 다음 날 아침의 사건.

하비와 부랑자들이 한가한 호텔의 현관 앞을 가로질러 아침 식사를 끝내고 내가 방으로 돌아가려고 했을 때, "부디 잠시만, 미스 브룩스.", 현관 지붕의 가로대에서 일어나 내 쪽으로 흔들흔들 걸어오는 하비가 큰 목소리로 말했다. "좀 묻고 싶은 것이 있습니다." 한 손으로 내 팔을 잡고 다른 손으로 문을 닫고 들어가지 못하게 하면서 그는 말했다. "제 직업이 오직 건강에 달려 있다는 것은 당신도 알고 계실 거라 생각합니다." 그는 그러고 나서 내가 만난 적도 없는 영화 회사 중역의 이름을 대며 말을 이었다. "누구나 말입니다, 당신이 그 사람의 여자란 것을 알고 있습니다. 게다가 그 사람이 매독에 걸렸단 것도 말입니다. 내가 묻고 싶은 것은 그래서 당신도 매독에 걸렸는가 하는 겁니다."

루이즈 브룩스는 댄서로 일하던 극장에서도 헐리우드에서도 충돌을 반복해 왔다. 이것도 야마구치 마사오의 관용구인데, 쉽게 상처받아서 다른 사람들의 공격을 유발하고 마는 종류의 인간이다. 그렇다고 해서 그런 자신을 굽히려고 하지 않는다. 그러다가 독일에서 전보가 오고 『판도라의 상자』의 룰루 역에 기용되어 1920년대 말부터 30년대에 걸쳐 세계적인 여성 이미지를 대표하며 활동한다. 거기에는 바로 신화적 특질이, 그것도 현대 도시 문명 세계의 신화적 특질이 선명하게 나타나고 있다고 생각한다.

　　말하자면 결코 타협하지 않는 루이즈 브룩스가 만만치 않은 자들의 세계에서 희생양으로 끌려다니는 동안 어느새 동시대 여성의 핵심을 표현하게 되었다. 룰루 역으로 성공했지만 헐리우드로 돌아가자 또다시 소외되어 버리는 그녀는 영화 속 역할에서도 명백하게 희생양이었다.

　　정체를 모른 채 살인마 잭과 한밤중 도심에서 만나 매혹된다. 남자가 돈이 없다고 말하지만 개의치 않고 유혹하여 밤을 보내고 살해당하는 여성. 이 장면의 긴박한 매력이 담긴 사진이 그라비아 페이지에 실렸는데, 그 연기 당시 '무구한 행복'을 그녀가 표현할 수 있게 하기 위해 팝스트Georg Pabst 감독은 계속 찰스턴의 피아노를 연주하게 했다고 루이즈는 회상했다. 이런 종류의 비극적인 '무구한 행복'은 마를린 먼로를 비롯해 동시대 여성성을 한 번에 표현해낸 듯했다. 그리고 이것은 애처로울 정도로 상처받기 쉬웠던 그녀들에게서 우리들이 보아 왔던 특징은 아닐까? 루이즈 브룩스는 팝스트 감독이 헐리우드에서는 느낄 수 없었던 decency와 경의를 갖고 자신을 대해 주었다고도 쓰고 있다.

11. West와 East 그리고 나의 문학, 영역하여 말하기 위한 초고로서

　나는 시카고 대학의 문학 강연회에 초청되었는데, 출발하기 3일 전에 도착한 편지에 따르면 강연의 연설 제목은 임시 타이틀이라는 부연 설명과 함께 "To Escape from Western Literature"라고 되어 있었다. 이 타이틀을 정한 시카고 대학의 시브리 교수와 버클리 캠퍼스의 미요시 교수 사이에 아무래도 의사소통의 문제가 있었던 것 같다. 사전에 미요시 교수에게 들었던 것은 "To Escape from Japanese Literature"였다. 우리들은 세 사람 모두 이 착오에 대해 유쾌하게 웃어 버렸는데, 특히 나는 이 두 문구의 대비가 재미있다고 생각했다.

나의 의식 속에서 두 문구는 단 하나의 의미를 나타내고 있는 것처럼 느껴졌기 때문이다. 두 문구는 표면적으로는 다르지만 그 내부에서는 동일한 하나의 의미를 나타내고 있다고 나는 느꼈다. 의식의 깊은 곳에서는 "from western literature" 및 "from Japanese literature"는 제일의적 의미를 갖지 않는다. 핵심적 의미를 갖는 것은 두 문구의 공통된 "to escape"였다. 서구 문학이든 일본 문학이든 먼저 거기에서 벗어나 독자적 문학을 만들어 낸다는 것이 내게는 무엇보다 중요했다고 지금 느껴진다. 게다가 내게 "to escape from western literature"라는 것은 결국 서쪽에서 도망쳐 동쪽으로, 일본 문학으로 도망치는 것이 아니었다. 반대의 경우 역시 동일하다. 굳이 말하면 나는 western literature 로부터도 Japanese literature로부터도 도망쳐서 새로운 문학을 만들어 내고자 했던 것이다.

그것은 독창적인 작업을 하고자 하는 모든 작가들이 바라는 것이라고도 말할 수 있다. 확실히 말 그대로이다. 하지만 젊은 시절 나는 도망친다, 그래서 새로운 장소로 간다는 것에 대해 특별한 감정을 갖고 있었다. 소년 시절 내가 깊게 영향받았던 첫 번째 문학이라고 말할 수 있는 작품은 『허클베리핀의 모험』이었다. 이 작품은 이후 청년기, 그리고 작가로서 출발했을 때도 나에게 영향을 주었다. 게다가 그 영향은 다면적이었다고 말하지 않으면 안 된다. 그 중심적인 한 가지는 내가 처음 허클베리와 만났던 번역에서 인용하면 —결국 이와나미 문고판의 나카무라 다메지中村爲治의 번역본이었는데—다음 구절이었다.

내가 바랐던 것은 어딘가로 가는 것이었다. 내가 바란 것은 단지 변화였다. 다른 곳이면 어디든 좋았던 것이었다.

대모험 후 집으로 돌아온 허클베리는 바로 도망치지 않으면 안 된다고 생각하기 시작한다. 어디로? 역시 나카무라의 번역문으로 말하자면 '토인 부락'으로였다. 허클베리와 마찬가지로 젊은 작가였던 내가 지향했던 것은 단지 도망치는 것, 어딘가로 가는 것, 변화였다. 그리고 가능하다면 문학의 새로운 '토인 부락'으로 떠나고 싶었던 것이었다.

상상력의 작동은 —가스통 바슐라르Gaston Bachelard가 멋지게 정의한 것처럼 —현재 존재하는 이미지를 바꾸어 새로운 이미지에 도달하는 작업이다. 이 작동은 무엇보다 먼저 눈앞에 현존하는 것에 대해 '그것은 원하는 것과는 다르다, 이것이 아닌 다른 것에 도달하고 싶다'라고 자각하는 것에서 시작될 것이다. 그 결과 어떤 새로운 이미지에 도달할지는 알 수 없다. 그래도 어쨌든 현재 눈앞에 존재하는 이미지를 부정하고 바꾼다는 시도이다. 그것은 결국 도망친다는 행위 역시 포함하고 있는 것은 아닐까?

청년 작가로서 다름 아닌 상상력의 작업을 시작한 나는 처음부터 지금 거기에 있는 것과는 다른 것을 만들어 낸다는 것, 다른 세계에 도달한다는 것을 지향하고 있었음에 틀림없다. 거기에 덧붙여 나는 자신이 의식적으로 새로운 '토인 부락'으로 향하고자 결심한다, 또 하나의 출발점을 갖는다, 그리고 확실히 새로운 작가다운 것을 향해 걷기 시작했다는, 그런 생의 분기점을 경험했었다고도 생각한다.

이에 관해 이야기하기 전에 말해 두고 싶은 것이 있다. 나는 엘리아데의 『노 스베리어즈 일기No souvenirs: Journal 1957~1969』를 읽고 많은 것에 대해 다시 생각하게 되었다. 특히 1961년 1월 10일경에는 다음과 같은 단어를 발견했다. 앞서 소개한 대화 중에 엘리아데는 아내와 이야기할 때, 또 꿈을 꿀 때, 그리고 일기를 쓸 때 루마니아어를 사용한다고 말한 바 있다. 그리하여 루마니아어가 그와 같은 난민에게 모국의 역할을 한다는 것도. 이 일기도 원래는 루마니아어로 쓴 후 그가 직접 프랑스어로 번역한 것은 아닌가 생각된다. 프랑스어로 출판된 책의 영역본에서 나는 강한 인상을 받았다. 특히 다음 구절이 그랬다. (Harper & Row 판)

엘리아데는 젊은 시절에 읽었던 바벨리언W. N. P. Barbellion의 일기를 문고판으로 구해 다시 읽어 나간다. 바벨리언은 소라스의 『고대의 사냥꾼』을 읽고 구석기 시대에 대한 통찰이 비참과 질병의 생을 사는 그를 위로했다고 썼다고 엘리아데는 말한다. 그리고 그 통찰로 바벨리언은 현현顯現으로서 불멸성에 대해 밝히고 있다고 엘리아데는 말한다.

엘리아데는 바벨리언의 설명을 인용한다.

> 왜냐하면 어떤 것도 내가 살았던 I have lived라는 사실을, 내가 있었던 I have been이라는 사실을, 그것이 비록 짧은 시간일지라도 그랬었다는 사실을 바꿀 수는 없기 때문이다.

덧붙여 바벨리언은 진정 그것을 현현으로서 인간 존재의 파괴될 수 없는 것이라 부르고 싶어 했다고 엘리아데는 부연한다.

이 구절에는 바벨리언의 박물학자로서의 사고의 전개와 엘리아데의 고대 신비가들의 사고 전개가 대비되는 부분이 이어진다. 그것도 재미있지만 — 엘리아데 일기의 재미는 마르지 않는 샘과 같다는 생각이 든다 — 나는 이를 계기로 다음과 같은 생각을 하게 되었다.

그랬다, 나의 경우는 장애를 갖고 태어난 아들에게서야말로, 현현으로서 인간 존재의 파괴되지 않는 것이 나타났던 것이라고. 물론 나는 이렇게 말하는 것만으로는 일반적으로 이해할 수 있는 의미를 잘 전달할 수 있으리라고 생각하지 않는다. 나는 오히려 이해하기 어려운 말을 하는 한 명의 신비가로 보일 뿐이라고 생각한다.

나는 자신이 갑자기 장애를 가진 아이의 아버지가 되었던 것, 그리고 미래에 그와 공생해 나가지 않으면 안 된다는 사실에 실제로 당황했었다. 아직 젊었던 나는 먼저 그 의미를 이해하지 않으면 안 되었다. 나는 23살의 나이에 단편 『사육』을 발표하여 작가 생활을 시작했는데, 그로부터 5년 뒤에 일어난 이 사건을 통해 작가로서 자신을 다시 만들지 않으면 안 되었던 것이다. 명확히 이 사건 이후는 장애가 있는 아들과 공생해 간다는 것은 어떤 의미인지에 대해 계속 생각해 가는 것이 내 소설의 첫 번째 주제가 되었다. 게다가 그것은 오늘의 핵 상황에서, 즉 핵무기의 위협에 놓여 있는 시대에서 장애를 가진 아들과 무력한 인간인 아버지가 어떻게 살아갈 것인가 하는 것이었다. 내가 장애를 가진 아들과의 공생의 시작을 주제로 소설을 쓰는 것과 병행해서 히로시마 원폭 피해자를 주제로 한 르포르타주를 — 그것은 『히로시마 노트』를 축으로 해서 초기 피폭자 치료에 참여했던 의사의 연구를 포함하여 다방면으로 전개해 갔는데 — 써 왔던 것은 그러한 이유에서였다.

『히로시마 노트』는 단적으로 말하면 핵 시대를 사는 인간의 조건에 대한 연구였다. 그래서 나는 피폭 사망자에 대한 증언과 생존자의 증언에서 핵 시대의 인간의 절망의 깊이를 읽어 냈다고 생각한다. 게다가 동일한 증언의 텍스트에서 절망의 깊이에도 불구하고 오히려 인간적인 것을 부활시키는 힘, 인간을 재건해 가는 힘 또한 읽어 냈던 것이다. 나는 그것들로부터 힘을 얻었다.

내가 『히로시마 노트』를 쓰는 동안 계속 품어 왔던 근본적인 감정은 다음과 같은 구절에 나타나 있으리라.

피폭 다음 해 겨울, 이 악질의 급성 원폭증에 사로잡힌 사람들은 모두 죽음으로 사라지고, 그리고 압도적인 악의 공격을 받아서 전쟁은 인간 쪽의 패배로 끝났다고 해야 할 것이다. 의사들은 큰 핸디캡이 있었고 결정적으로 너무 늦었다. 그러나 시게후지 박사는 여전히 굴복하지 않았다. 굴복하는 것은 허락되지 않았다. 백혈병이라는, 그의 적들 중에서 가장 공포로 가득한 측면이 계속 명백해지고 있었기 때문이다.

적의 위력의 압도적인 거대함은 점점 명확해졌지만 시게후지 박사는 굴복하지 않았다. 말하자면, 그들은 단순히 굴복하기를 거부했던 것이다. 굴복하지 않고 견딜 수 있게 해 주는 조짐 같은 것은 아무것도 없었다. 다만 그들은 굴복하기를 거부했다.

여기에서 내가 사용한 단어와 사고의 형태는 프랑스 현대 문학의 학생이었던 사람의 용어법과 사고법이므로, '서방'의 영향이 분명히 나타나 있을 것이다. 그러나 그 내용은 내가 히로시마 피폭자나 의사들의 가혹한 체험을 통해 계속 살아간다는 사상을 배운 것으로, 지금까지의 프랑스 현대 문학 학생으로서의 사상을 뛰어넘고자 했다는 것도 분명하다.

사실 나는 장애를 가진 아이가 태어난 이후 썼던 소설에서 이런 노력을 하기 시작했다. 짧게 설명하기는 어려워서 여기에서는 다만 그런 노력을 했었다는 것밖에는 말할 수 없지만, 나는 이 사건을 계기로 그때까지 5년 동안 써 왔던 소설은, 현재의, 또한 앞으로의 나 자신에게 도움이 되지 않는다고 생각했다. 그래서 그때까지의 소설과는 다른 언어, 다른 이미지, 다른 상징, 나아가 다른 사상으로 소설을 쓰지 않으면 안 된다고 생각했던 것이다. 요약하자면 장애 아들과 내가 공생하기 위해 도움이 되는 소설을 쓰지 않으면 안 된다, 그리고 그것은 지금까지 내가 써 왔던 소설과는 다른 소설이지 않으면 안 된다고 하는 것이 너무나 확실히 느껴졌다.

돌아보니 비로소 명료해졌는데, 처음 5년간의 소설은 너무나도 자연 발생적인 것이었다. 일본어 환경에서 자라고 솔직히 동시대의 문학을 읽고 영향받으며 프랑스 현대 문학을 공부하는 학생으로서 수용한 것에서도 자연스럽게 영향을 받았다. 그렇게 만들어진 표현으로 나는 소설을 쓰고 있었다고 생각한다.

그때의 나는 장애 아들의 탄생과 함께 이 아이와 공생해 갈 내일을 위해서는 그때까지의 문학은 만약 그것이 나의 것이라고 하더라도 도움이 되지 않는다고 생각했다. 아니, 더 정확히 실제로 느꼈던 대로 말하면, 나는 그때까지의 자신의 문학이 아니라 그것과는 다른 방향의 문학을 원하고 시행착오를 겪으면서 어떻게든 나만의 새로운 문학을 만들어 가는 과정이었다. 처음 표현으로 돌아가면, 그것은 나 자신이 자연스럽게 그 환경 속에 있었던 일본 문학의 영향에서도, 있는 그대로 배우고 받아들였던 서구 문학의 영향으로부터도 어쨌든 벗어나고자 했다. 즉 끊임없이 싸우면서 벗어나려 했다고 생각한다.

그런 소설 쓰기 방식에서 자기 개혁에 힘쓰고 있던 내 목표를, 지금 엘리아데의 말을 빌려 의식화한다면 그것은 장애를 가진 아이를 매일 보고 있는, 현현으로서의 인간 존재의 불멸성이었다. 다시 말하지만 그 시기에 내가 그렇게 파악할 수 있었던 것은 아니다. 당시 나에게 처음부터 현현으로서의 인간 존재의 불멸성이란 사상은 아직 미지의 것이었다.

그렇지만 지금 그때의 내 소설을 다시 읽으면, 거기에서 나의 언어가 표현하고 있는 것은 분명히 장애 아들을 통해 깨닫게 된 현현으로서의 인간 존재의 불멸성이었다. 소설이라는 언어의 장치는 젊은 작가가 잘 의식하지 못하는 부분도 뛰어넘게 만드는, 그러한 자기표현을 가능하게 하는 불가사의한 기술이라고 생각한다.

더 구체적으로 바벨리언의 표현을 빌려 말하면 다음과 같다. 어떤 것도 이 장애아가 살았다 He has lived라는 사실을, 그가 이 세상에 있었다 He has been이라는 사실을 취소할 수 없다. 그 아이의 삶에 대한 소설을 쓰는 것을 통해 나는 그것을 확신할 수 있게 되었다.

만약 그때 이미 내가 이 단어를 알고 있었다면, 소설을 써 왔던 23살부터 5년의 시간을 포함해서 그때까지의 자신의 삶에 대해 아직 현현으로서의 인간 존재의 불멸성을 경험한 적은 없었다는 사실을 깨달았으리라. 그대로 표현하진 않았지만, 사실 그처럼 근본적인 것이 그때까지의 나 자신과 작업에 결여되어 있다는 점을 내가 깨달았던 것이다.

더욱이 나는 장애 아들과의 공생을 둘러싸고 소설을 계속 써 나가면서 현현으로서의 인간 존재의 불멸성을 확인할 수 있을 것이라고 예감하고 있었다. 이렇게까지 말로써 잘 인식하고 있었던 것은 아니지만….

12. 블레이크를 매개로 독해하다

엘리아데에서 출발하고 이를 넓혀 현현으로서 인간 존재의 파괴되지 않는 것에 대해 생각할 때, 떠오르는 것은 윌리엄 블레이크의 예언시의 사상이다. 그것은 궁극적으로 예수 그리스도와 하나가 되는 인류 총체의 그 파괴되지 않는 것의 현현이지만…. 나는 20년 동안 대부분은 눈에 보이지 않는 형태로 때때로 매우 분명히 블레이크를 매개로 하여 장애를 가진 아이와의 공생을 소설로 써 왔던 것이다.

심각한 기형을 가진 아이가 태어난다. 수술로 아이가 생존할 수 있게 하고 그 아이와 공생해 갈 결의를 한다. 그런 결론에 이르기까지 젊은 아버지의 망설임과 시행착오. 『개인적인 체험』은 지금 다시 읽으면 집필 중에 의식하고 있었던 것 이상으로 당시 나 자신의 경험과 겹친다고 느낀다. 결국 일부러 자신의 일상생활에서 분리시키려고 했던 묘사에서도 생생할 정도로 그리운 자신의 내면을 발견할 수 있었는데, 장애를 가진 아이와의 공생에서 출발한 이 첫 번째 작품에 이미 블레이크의 구절이 인용되어 있었다.

> 아기는 요람 속에 있을 때 죽이는 편이 좋아.
> 아직 움직이기 시작하지 않은 욕망이 자라나 버리기 전에.

이것은 『천국과 지옥의 결혼』의 「지옥의 속담」에서 인용한 것이다. 그리고 지금 생각해 보면 소설의 전략의 하나로서 의식적으로 사용되었는지 아니었는지—결국 블레이크에 대해 지식이 미천한 나의 오역이었는지—모르지만, 명확한 번역이라 할 수 없다.

> Sooner murder an infant in it's cradle
> than nurse unacted desires.

블레이크가 결코 긍정하지 않은 것은 '실행되지 않은 욕망' 이었고, 이를 거부하는 것이 그의 사상의 기본적인 태도였다. 따라서 블레이크는 '지옥의 속담'으로—지옥은 특별히 나쁜 의미가 아니라 천국과의 대비를 이루는 다른 한쪽이다—'실행되지 않은 욕망'을 비판하는 것이 경고의 핵심이었다. '요람 속에서 살해당하는 아기'는 비유적인 제2의의 형용에 지나지 않는다. 그러나 경고의 부분이야말로 기형의 후유증이 이후까지 계속될 영아를 수술하여 살게 하고 평생 책임진다는 어려운 결단 앞에 선 젊은이를 자극하는 시구로 소설에 도입되었던 것이었다. 블레이크의 시적 언어의 다의적인 환기성의 선물이라 생각할 수 있겠지만….

반쯤 잘못된 방식의 이 인용을 시작으로 나는 이후의 소설에는 장애 아이와 아버지의 공생이라는 주제를 둘러싸고 몇 번이나 반복해서 블레이크를 인용하게 되었다. 그렇게 해서 소설 속에 도입된 블레이크는 어떠한 역할을 했을까? 이미 20년도 넘는 작업 속에서 시간차를 두고 각각 다른 문맥으로 나타나기 때문에 전체를 의도적으로 계획하여 내가 블레이크를 인용했을 리는 없다. 최초의 인용에서 알 수 있듯이 처음 나는 블레이크의 전체상을 잘 몰랐다. 그렇다고 해서 나와 장애 아이와의 공생을 그리기 위해 블레이크의 시의 상징이 유효하다고 처음부터 느꼈던 것도 역시 아니었다. 그것은 나의 예견력이라기보다 블레이크의 시 자체의 압도적인 힘에 의한 것이라고 말하지 않으면 안 된다.

그렇다면 반쯤 무의식적 감이 작동하는 대로 내가 소설 속에 도입한 블레이크는 실제로 어떤 역할을 했을까?

작가가 장애 아이의 아버지이면서 다른 한편에서는 소설 속에 장애아를 가진 아버지와 그 아이와의 공생을 그린다. 이때 자연스러운 방식은 이른바 사소설의 방법이었으리라. 그러나 내게는(사실 결단코라고 강한 표현을 사용하고 싶을 정도로) 사소설을 쓸 의지가 없었다. 일본 문학에 독특한 사소설의 방법은 소설을 쓰고 있는 작가=나를 소설의 화자이자 주인 공인(작중에서 큰 역할을 수행하는 제3자가 나타나 그와 나란히 서게 되는 경우도 종종 있지만 어쨌든 소설의 소우주 전체에 통용되고 있는 것은 작가=나 외에는 아무것도 아니다. 그 작가=) 나와 같은 레벨에 위치시켜 양자를 중첩하는 방식이다.

역시 화자=주인공=내가 소설을 진행시키는 존 치버의 단편「참담한 작별」에 대해서는 이미 앞서 이야기 한 바 있다. 동생의 비협조적인 태도에 화가 난 내가 (그때까지는 일본의 사소설에도 흔히 있을 수 있는 경우지만, 그렇다고 해도) 적당한 나무 막대기를 주워 머리에서 피가 흐를 정도로 세게 동생을 내리친다. 이러한 전개에서 화자=주인공=나는 그 소설을 쓰는 작가=나로부터 분리되어 버린다. 여기에서 두 개의 나는 별개의 층위에 속한다는 것이 분명해진다. 즉 그것은 사소설이 아니게 된다. 사소설에서는 화자=주인공=내가 소설을 쓰는 작가=나와 언제나 동일한 층위에 존재하고 중첩되지 않으면 안 된다.

나는 소설을 사소설이 되지 않도록 만들기 위해 이 작가=
나의 층위에서, 화자=주인공=나의 층위를 분리시키려 했다.
그리고 그렇게 쓴 소설의 핵심에 장애아인 아들과의 공생에
있어 실제로 경험한 것과는 다른 것을 그릴 수 있다고 생각
하지 않았다. 내가 쓰고자 한 일련의 장애아와 젊은 아버지
의 소설은 아이와 나의 현실에서 공생에 대한 의미를 전체적
으로 이해하기 위한 연구 외에 아무것도 아니었기 때문이다.
장애아인 아이와의 현실의 공생, 그 경험. 그러나 어제, 오늘
새로운 경험을 하면서 실생활에서의 나=작가와 소설의 인물
'나'는 분리하고 싶었다. 실생활과 연결된 층위와 소설의 층
위 사이에 고도차를 만들고 후자를 확실히 다른 층위로 확립
시키고 싶었다.

진정 그 전략의 하나로 블레이크의 시를 소설에 인용했다
고 지금은 명료하게 의식할 수 있다. 거기에는 구체적인 계
기가 있었다. 이 20년 전의 블레이크의 활용과는 별개로, 이
번에 새롭게 정면으로 블레이크의 시를 도입하여 일련의 단
편들을 썼기 때문이다. 이 연작집『새로운 사람이여 눈을 떠
라』는 선천적 장애에 새로 나타나는 장애까지도 매일매일
극복하며 살아가는 20세를 맞은 아들과 가족 모두의 공생을
전체적으로 조망하는 작업이었다. 그리고 이 작업을 통해 새

삼 나는 스스로 블레이크의 중요성을 잘 인식할 수 있었다고 말하지 않을 수 없다.

다시 말하면, 내가 블레이크의 초기의 시와 후기의 예언시의 상징과 신화를 매개로 자신과 아들이 공생한다는 의미를 이해했던 실례는 얼마든지 있었다. 나는 실제로 그 하나하나를 소설에 쓰기도 했다. 예를 들어 다음의 유명한 시에서도 나는 이 현실 세계의 자신과 아들의 관계를 파악하게 하는 핵심적인 사상을 깨닫게 되었다.

> 아버지! 아버지! 어디로 가십니까?
> 아아, 그렇게 빨리 걷지 마세요!
> 말씀해 주세요, 아버지,
> 그렇지 않으면 저는 미아가 되고 말 겁니다.

이 『무구의 노래Songs of Innocence』의 인용과 아래의 『피커링 초고The Pickering Manuscript』의 인용이 그 예이다. 그것들이 소설 속에서 살아 움직이기 시작할 때 시 속의 '아버지'라는 단어는 젊은 아버지를 나타냄과 동시에 그의 아들을 나타내고, 또한 그 아들을 통해 보는 인간을 초월한 것까지도 표현하고 있다. 즉 '아버지'라는 말의 의미는 항상 전환되며 계속 교차하고 있는 것이다.

아버지, 아아, 아버지! 우린 예서 무엇을 하고 있나요?
이 불신과 공포의 땅에서
꿈의 나라는 저토록 멀리
샛별의 빛 위에 있는데

시코쿠의 숲속 골짜기에서 태어나 도시로 나와 프랑스 문학을 중심으로 서구 문학을 공부했지만, 항상 그 학문은 나에게 일시적인 것이며 나의 본질과는 무관하다고 생각했다. 그런 나에게 『네 개의 조아*The Four Zoas*』의 다음 구절은 내 인생 전체에 대한 기조와 같았다.

인간은 노동하고 슬퍼하고 배우고 잊고 돌아와야 한다
어두운 골짜기로 다시 노동을 시작하기 위하여

또한 자기 자신의 결코 너무 멀지 않은 죽음에 대해, 한편으로는 점차 인간이 죽는다는 것을 자신의 과제로 생각하게 된 것 같은 아들의, 그 죽음에 대해 생각할 때, 마찬가지로 『네 개의 조아』의 물질 그 자체를 나타내는 신인神人 서머스의 한탄의 목소리는 가슴 깊은 곳에서 메아리치는 듯했다.

나는 한 개의 원자와 같다.
아무것도 아닌 채 어둠 속에 놓였지만 나는 살아 있는 개체다.
나는 바라고 느끼고 울고 신음한다. 아아, 끔찍해, 끔찍해!

나는 내가 썼던 작품을 검토하고 한편으로는 앞으로 나아가기 위해 상상력의 기능에 대해 계속 생각해 왔다. 나의 상상력론은 처음에 사르트르에서 출발하여 바슐라르로 이어졌는데, 그들을 거쳐 결국은 역시 블레이크의 상상력으로 더욱 강하게 이끌려, 그것을 중심으로 스스로의 생각을 새롭게 전개시키게 되었다. 바슐라르도 블레이크의 상상력론을 사고의 핵심에 두고 있었다. 그는 말한다. "블레이크가 분명하게 말하고 있는 것처럼 '상상력은 상태가 아니라 인간의 생존 그 자체이다'"

블레이크의 텍스트는 실제로 상상력이라는 단어로 가득차 있다. "인간의 영원한 육체는 상상력이다. 즉 신 그 자체이고, 신의 육체인 예수이고, 우리들은 그 사지를 이룬다." "인간은 모든 것의 상상력이다. 신은 인간이고, 우리들 안에 있으며, 우리들은 신 안에 있다." "모든 것은 인간의 상상력 안에 있다."

블레이크에게는 신의 실체도 궁극적으로 인류의 총체도 상상력으로 이루어져 있다. 또 인간은 상상력을 매개로 해서 신에 이른다. 신의 왕국에서 지상으로 떨어진 착오의 현세로부터 인간이 구원받는 것은 인간 모두가 신의 육체와 하나가 되는 때인데, 거기에 이르는 과정·수단은 상상력 외에는 없다. 결국 모든 인간이 하나의 영원의 육체로 신과 합일되는 때,

바로 그것은 상상력이 성취되는 때이다.

블레이크의 상상력론의 도달점, 즉 예수와 전 인류의 합일이라는 사상을 나는 처음에 잘 실감할 수 없었다. 그렇지만 다케미츠 도오루武満徹의 작품만을 집중적으로 연주하는 음악회에서 예언시『예루살렘』의 명료한 비전이 음악과 함께 떠올라 처음 블레이크의 '생명의 나무'에 묶여 책형磔刑을 당하는 예수의 표지 그림의 의미와 함께 깊이 이해하게 되는 경험을 했다.

> 예수는 대답했다. 두려워하지 말라, 알비온이여, 내가 죽지 않으면 너는 살 수 없나니.
> 하지만 내가 죽으면 내가 부활할 때 너와 함께 하리라.
> 이것이 우정이고 동포애다. 그것 없이는 인간이 아니니라.
> 그렇게 예수가 말할 때
> 어둠 속에서 다가오는 수호천사
> 그들에게 그림자를 드리우며 예수는 말했다. 이렇게 영원 속에서도 인간은 행동하느니라.
> 한 명은 다른 자가 모든 죄에서 벗어나도록 용서함으로써.

예수의 죽음으로 인간 전체의 부활에 대한 비전은 거기에 장애를 가진 아들과의 공생을 비추어서 생각하는 것을 통해, 미리 그것을 받아들일 준비가 되었다고 느껴졌다. 또한 장애를 갖고 태어난 아들에 대한 원망과 '죄의 사면', 자신에게 오고야 말 죽음과, 아들과 함께 부활한다는 생각, 그 모든 것들이 블레이크의 비전을 통해 다시 이해할 수 있었다는 생각이 들었다.

'생명의 나무'의 예수와 그를 올려다보며 이야기를 건네는 알비온의, 즉 하나의 인격, 하나의 인체로 나타난 인류 전체와의 대화 광경은 실로 현현으로서의 인간 존재의 파괴되지 않는 것을 종합적으로 나타내는 비전이다. 그리고 거기에는 죽음과 재생의, 한편에서는 '죄의 사면'의 사상도 통합하여 나타내고 있다. 기독교에 그다지 익숙하지 않은 나에게도—블레이크의 비전은 신플라토니즘의 전통을 포함한 비밀 종교적인 측면이 있어서 단순히 기독교적이라고 말할 수 없는 면이 있지만—블레이크가 생애를 통해 이룩한 그 비전에는 깊이 마음을 흔드는 것이 있다.

그리고 나는 완전히 동일하다고 할 수 없지만 역시 근본적으로 이어져 있는 현현으로서의 인간 존재의 파괴되지 않는 것이라는 비전을 장애가 있는 아이의 탄생과 그 이후 그와의 공생을 통해 발견했고, 그 비전의 의미를 잘 파악하기 위해 아들과 가족 모두의 생활을 소설로 써 왔다고 생각한다. 그것도 블레이크를 매개로 '사소설'과는 다른 언어 세계도 만들어 낼 수 있었다고 말이다.

13. 지역 세미나에서의 이야기,

Can I find myself in Ōe's work?

내일 나는 3개월간 지냈던 버클리에서 떠난다. 그리고 지금부터 3시간에 걸친 'Ōe on Ōe'라는 타이틀의 지역 세미나가 캘리포니아 대학 버클리 캠퍼스에서 이야기하는 마지막 기회가 된다. (그래서 나는 이 초안을 영역으로 고쳐서 이야기할 생각이다. 영문과 교수인 미요시 마사오를 중심으로 4명이 토론할 예정인데 여러 조건을 추가해서 이야기는 자유롭게 진행되겠지만, 이 지역 세미나는 버클리 캠퍼스뿐 아니라 스탠포드 대학을 포함해 샌프란시스코 주변의 이른바 베이 에리어Bay Area 전체에서 참가자가 모이는 공개 세미나라고 할 수 있다.)

작가가 자기 자신을 읽는다. 즉 자신의 작품을, 그리고 자신을 논한 평론을 읽는다. 그 방식이 때때로 그 작가의 내면을 보여 주기도 한다는 것을 나는 경험을 통해 알고 있다. 고바야시 히데오小林秀雄는 생전 자신이 쓴 문장을 다시 읽는 일은 거의 없다고 말했었다. 항상 앞을 향해 변화하는 그에게 고유하지만 그때마다 새롭게 만들어지는 스타일이 모두 히데오 그 자체이면서도 새로운 글이 이전 글에 대한 가장 신랄한 비판이기도 했다. 그러한 고바야시 히데오의 일생의 작업의 성격을 여기에서 읽어 낼 수 있지 않을까?

지난 10월, 나는 휴가 비슷하게 도쿄로 돌아가 지내는 동안 아베 고보安部公房와 만났다. 그는 전 세계에서 고정 독자들이 기다리고 있는 신작의 3분의 1, 내지는 2분의 1을 워드 프로세서로 인쇄하고, 또 너무나 그답게 정성스럽게 수정한 완성 단계의 원고를 견고한 케이스에서 꺼내어 보여 주었다. 아베 고보는 이전에 출판된 자신의 작품을 매우 세밀하게 개정하는 것으로 잘 알려져 있는데, 진행 중인 작품도 집요하게 다시 읽으면서 작업을 계속하는 작가이기도 하다. 거기에 아베 고보가 이루어 낸 완벽한 소우주의, 일종의 닫혀 있는 것 같은 인상의 비밀이 숨겨져 있을 것이다. 덧붙여 말하면 아베 고보가 사용하는 워드 프로세서의 제품명이 '문호文豪'라고 어디서 읽은 적이 있는데….

그렇다면 나는 어떠한가? 모든 작업에 대해 나 역시 수정을 반복하여 최종 원고를 만든다. 집필 중의 작업을 다시 읽으면서 진행한다는 점에서 아베 고보에 가깝다고 생각한다. 물론 원래 과학자였던 그의 철저함에는 미치지 못하지만. 또 일단 간행된 책은 오탈자를 찾아 정정하기 위해 처음에는 열심히 다시 읽지만, 곧 전혀 읽지 않게 된다는 점에서는 고바야시 히데오 쪽에 가깝다고 할 수 있다. 때때로 부정적 평론으로 인해 가시에 찔린 상태가 되어 아직 박혀 있는 가시를 만지기 싫어서 다시 읽지 않게 되었다고도 생각하지만….

그런데 이번에 나는 미국의 학생들과 내 작업에 대해 이야기하기 위해 특별히 영역된 작품을 반복해서 다시 읽었다. 오늘 세미나에서 나의 최초 발언의 타이틀은 'Can I find myself in Ōe's work?'인데, 정말 이를 주제로 구체적으로 생각하게 되었던 것이다. 사실 자신에 대해 몇 가지 다시 깨달았다. 작품의 번역 자체에서, 또 번역자가 쓴 서문에서도.

그 예로, 지금 영화로 옮겨 간 존 네이던John Nathan이 번역한 나의 중·단편집과 그가 작성한 서문을 들 수 있다. 원래 학자나 번역가보다는 창작에 재능이 있다고 젊을 때부터 친구로서 생각해 왔던 네이던의 지금의 작업에 나는 납득하고 있지만. 어쨌든 그는 나보다 5살 연하로, 그가 20대였을 때부터 내게는 거의 유일한 가족 같은 외국인 친구였다.

그가 독자적으로 편집하고 번역한 『우리들의 광기를 참고 견딜 길을 가르쳐 달라』라는 중·단편집은 내게도 의미 깊은 작품의 다양한 경향을 잘 통합하고 있어서, 나는 번역의 방식은 물론이고 작품 선택의 방식에서도 새삼 자극을 받았다. 그런데 네이던의 뚜렷한 열정은 서문에 나타났는데, 거기에 문제가 있었다.

문제는 이 중·단편집의 번역이 미국에 나오자마자 다음과 같은 형태로 현재화되었다. 교토의 엔야마공원 근처의 찻집 주인이, "댁의 전화번호를 고생해서 찾았고 댁에게 전화를 걸고 싶다는 사람을 바꾸겠다"며 일방적으로 통보했다. 이어서 물론 내가 전혀 모르는 외국인의 '항의'가 쏟아졌다.

자신은 영국인 대학교수이며, 현재 교환 교수로 규슈九州에서 근무하고 있다, 당신이 미시마 유키오三島由紀夫의 부인에게 한 온당치 못한 말은 너무 부당하지 않은가? 해명하라. … 영어를 잘 모르면 프랑스어로 말해 줄까? 당신은 자신이 한 행위의 중대함에 대해 깨닫는 바가 없는 건가?

나는 너무 놀라서 처음으로 출판사로부터 받은 번역서를 서고에서 꺼내 네이던의 서문을 읽었다. 아울러 미시마 가문과 관계 깊은 편집자에게 사정을 묻자, 그는 이미 알고 있었으며 자신들은 내가 그 서문을 읽고 출판을 승인한 것으로 생각하고 있었다. 그것이 미국 출판계의 관습이라고 알고 있다며 차갑게 답했다. 그러나 서문에 언급된 에피소드는 전혀 근거 없는 것이었다. 네이던 역시 상황이 나빴는지 그 책의 번역이 진행되고 있다는 것조차 알리지 않았는데, 갑자기 출판사로부터 책이 도착한 것이었다.

어쨌든 서문의 첫머리에 그려진 것은 네이던이 나와 처음 만났던 밤이라는—거기서부터 이미 사실과 다른데, 극적 효과를 위한 윤색으로 인정하겠다—미시마 유키오의 집에서 있었던 크리스마스 파티의 다음과 같은 묘사였다. 먼저 희화화된 것에 대해서는 나는 전혀 불만이 없다. 나는 작가가 기본적으로 희극적이라고 진심으로 생각해 왔기 때문에.

(*Teach us to outgrow our madness*, Grove Press)

> 작가는 올빼미처럼 땅딸막한 살찐 남자로 축 늘어진 검정 정장에 변변찮은 넥타이를 하고 있었다. 둥근 얼굴에 둥근 어깨, 부드럽게 튀어나온 배, 그는 철저하게 무력한, 일본 너구리처럼 보였다. 그리고 무엇보다 놀랄 만한 일이 일어났던 것이다.

Something astonishing happened! 네이던, 그건 내가 할 말이라고 말해 주고 싶은 심정이다. 왜냐하면 다음 사건은 역시 결코 일어나지 않았던 일이었는데, 그 궁상스러운 남자는 미시마 부인에게 다가가 경박한 말을, 그것도 영어로 내뱉은 후 처음 만나는 네이던을 향해 "노먼 메일러Norman Mailer의 소설에서 이 말을 발견했어!"라고 득의양양하게 말했던 것이다.

네이던이 스스로 집필한 미시마 전기의 일본어 역이 절판된 사정에 미시마 부인도 관련되어 있다는 것을 알고 있다. 그와 함께 네이던이 번역하기 곤란한 나의 문장과 격투하는 과정에서 화가 쌓였을 수도 있을 것이다. 그러나 그 일 이후, 나는 내 작품의 번역 출판에 대한 열정을 잃었다는 것도 확실하다. Something astonishing happened! 이 세미나에 네이던도 출석하기로 되어 있으므로, 반대 비판은 비판차의 면전에서 한다는 원칙대로 나는 위의 말을 하고 싶다. 그의 그리운 박장대소도 기대하면서.

그럼 번역에서 나의 작품을 읽고 재발견한 것. 그것은 특히, 마찬가지로 번역본을 읽어 준 다양한 분야의 미국 학자들과 그들의 연구를 바탕으로 한 토론으로 대개 엄호 받은 자기 발견이었다. 예를 들면 앞에서 언급했던 영역 중·단편집 『손수 나의 눈물을 닦아주시는 날』이 포함되어 있다. 이 중편은 전쟁 말기 지방의 한 소년이 퇴역 군인인 아버지와 천황을 동일시하여 절대적인 광휘로서의 천황에게 격렬한 정열을 갖는다는 이야기이다. 소년과 어머니와의 대립이 보여 주듯이, 이 감정생활의 중축에 모성적인 것은 없다. 소년이 갖고 있는 천황의 절대성에 대한 환영은 다음과 같다. 소년의 아버지는 **그 사람**이라고 표기되고 환영과 소년을 연결하는 과격한 매개 역할을 한다.

> 그리고 **그 사람**은 그 죽음의 순간에 개인의 한계를 뛰어넘어, 역시 보랏빛 오로라에 빛나며 675,000평방킬로미터의 황금 국화를, 일본 전 국토를 다 덮을 위치에서 나타냈다. … 소년만이 혼자 살아남았다. 그것은, 누군가 단 한 명 그것도 선택받은 자가 그의 죽음의 순간에 하늘을 광휘로 메운 황금 국화를 끝까지 지켜봐야 했기 때문에 그 사람이 그렇게 하늘의 신들에게 요청했던 것이다.

한편 일본연구센터에서 내 옆방은 저명한 일본사학자 로버트 베라의 방이었다. 대학 근처 식당에서 샌드위치를 먹으면서 나눴던 이야기는 그의 논문 『일본 천황의 어머니 표상』에 관한 것이었다. 어머니의 복장을 한 일본 천황이라고 번역해도 좋을지 모른다. 일본인에게 천황은 언제나 남성적 상징이었지만, 어머니의 상징이라 할 만한 특징도 갖고 있다는 것이—그에게는 꽤 이전의 논문으로 이렇게 소개하면 폐가 될지도 모르지만—내 관심을 강하게 끄는 논지였다.

이 견해를 계기로 떠올린 생각은 전시 중 '폐하의 적자'라고 어른들의 말투를 흉내 내어 말하면서 천황의 아기인 내가 황후의 아이라는 식으로는 생각하지 않고 직접 천황과 연결된 아이라고 생각하고 있었다는 것이다. 결국 내 경험에서 천황 상징은 진정 모친 표상으로서의 천황이었다. 그것을 깨닫고 나자 그렇게 느꼈던 방식은 이전의 내 작품에도 확실히 표현되어 있었다.

마찬가지로 일본의 근세·근대를 전공한 역사학자 어윈 셰이너Irwin Shaner는 내가 소속된 일본연구센터의 소장이었는데, 네이던과 마찬가지로 유대인 지식인인 그와 점심식사를 할 때마다 화제가 되었던 유대교의 카발라와 메시아니즘은 당시 내가 쓰고 있는 장편의 주제와 겹치는 것이었다. 너무 그와의 얘기에 열중해서 그가 소개한 책을 사 모아 읽은 덕분에, 그 장편의 토대를 이루고 있는 부분에 새로운 구상이 추가되어 제1고를 전면 수정하게 되었다고 편집자에게 말하지 않으면 안 되는 괴로운 상황이 되기도 했다. 어쨌든 그의 논문 『어진 군주와 백성님』에서 '축제로서의 봉기'라는 견해는 바로 『만엔 원년의 풋볼』의 주제였다.

나는 그 소설의 영역본(*The silent city*)을 사이에 두고 그와 이야기하고, 동시에 마우쩌둥毛澤東의 연구로 유명한 그의 동료 웨이크만 주니어의 연구로 이야기의 축을 넓히면서 새삼 내 작품의 핵심을 재발견하는 기분이 들었다. 『만엔 원년의 풋볼』을 썼을 때 내가 앙리 르페브르의 『파리 공동체』를 읽

고 있었던 것은 확실하다. 제의祭り·축제로서의 파리 공동체라는 사상이 내가 태어난 산촌의 봉기를 축제로 그리는 방향으로 나를 이끈 것은 확실했다. 그리고 야마구치 마사오의 저작군과 그가 소개한 저작군, 그리고 교수 본인과 만날 수 있었기 때문에 축제라는 주제는 거의 파노라믹한 전모를 내 앞에 드러낸 것이다. 이 책들과 셰이너가 소개한 게르숌 숄렘 Gershom Scholem을 중심으로 한 많은 책들은 내게 하나로 연결된 사건으로서 더욱더 전개되었다.

이처럼 지금까지의 내 삶의 여러 경험과 독서가 연결되어 모습을 드러내고 오늘로 이어져 내일로 확대되어 가는 느낌이 적지 않은 나이를 먹는 즐거움 중 하나이다. 또한 야마구치 마사오도 이곳 버클리에서 열린 어떤 세미나에 참가하고 카리브해로 향했다.

그러면 내가 번역된 나의 저작을 읽고 발견한 소설의 표층을 덮고 있는 얇은 막 아래의―나의 일본어로는 그것이 훨씬 두꺼운 것 같은 기분이 든다― 적나라한 나 자신. 거기에서 지금 두 가지 특성이 보이는 것 같다. 첫 번째는 내가 이전에 다른 콜로키움에서 말했던 핵 상황의 악화에도 불구하고, 그로 인해 더욱 인간의 현재와 미래에 대한 희망을 갖고자 한다는 것이다. 즉 나의 문학을 엘리아데가 말하는 인간 존재의 파괴되지 않는 것으로의 현현으로 만들고 싶다고 생각하는 것이다.

무엇보다 내가 단적으로 내일을 향해 희망이 있다고 말하면 그것은 정확하지 않다. 시카고 대학의 페르미Enrico Fermi를 기념한 당당한 조각, 즉 인류 최초의 핵에너지 '공개'를 기념하는 무어Henry Moore의 조각 옆에 히로시마 핵무기의 '투하'를 표현하는 원폭 돔이라는 기념물을 두고 싶다 — 이 두 기념물의 공개에 대해 우리들의 주의를 환기시킨 것은, 경제사학자이자 언어의 장인인 우치다 요시히코內田義彦였다 —, 나는 그것들이 한 세트로 핵 상황의 상징이 될 것이라고 생각하는 종류의 인간이므로….

두 번째는 나의 사적인 측면에 대해 희극화하고 골계화한, 특히 애처로운 유머를 그것도 폭발적인 기세로 표현하고 싶은 나의 바람이 번역본에도 잘 표현되어 한편에서는 외국 독자들에게 유머의 표현자로 내가 인식되었다는 것이다. 그러면 나의 발언은 일단 이 정도로 하고, 앞서 말한 유머의 완성된 표현자로서 도시 유대인의 개인적 생활을 그린 동시대 작가 레너드 마이클스Leonard Michaels의 비평으로 이야기를 이어 가도록 하자.

14. 오든 '독학'과, 시가 소설을 비평하는 이야기

발레리Paul Valéry 연구라는 본래의 전공과 함께 폭넓은 연구를 했던 시미즈 도오루清水徹는 내가 학생 시절부터 형처럼 생각해 온 학자다. 작은 술집에서 그가 유럽 시인에 대해 동료들과 얘기하며 "너는 오든Wystan Auden을 독학한 셈이네"라고 했을 때 나는 정말로 그렇다고 생각했다.

독학이라는 말은 영어권의 시인들과 나의 관계를 정확히 표현하고 있다고 생각한다. 오든의 시는 후카세 모토히로深瀬基寛가 번역한 원문과 주석이 포함된 번역 시집으로 읽기 시작했다. 30년이 지난 지금도 오든의 원문과 후카세의 번역문이 동시에 떠오른다. 그렇게 좋아했지만, 또 후카세 모토히로가 글을 통해 나에 대해 호의적으로 썼다는 것을 알면서도 영어 실력이 약한 것도 마음에 걸려 그를 만난 적은 없었다. 강의실 안팎의 어떤 강의에서 우연히 마주치는 일도 없이 계속 독학을 해 갔다.

독학의 좋은 점은 내가 좋아하는 방향으로 얼마든지 진행할 수 있다는 것이다. 확실히 부족한 점도 분명 있다. 특히 시의 경우, 전문가의 원시 낭독을 듣지 못한 것은 매우 치명적이라고 생각한다. 오든이 직접 낭독한 레코드를 반복해서 들었지만, 역시 강의실에서 교수와 한 줄씩 읽어 나가면서 그에 대한 해석을 듣는 수업에는 미치지 못한다.

마사무네 하쿠초正宗白鳥의 소설에, 고향에서 자기 방식대로 영작문을 하고 있는 동생에 대한 연민을 표현한 구절이 있는데, 내가 낭독한 오든도 그 우물 안에서 벗어나지 못할 것이라도 생각한다. 결국 영어권의 인간의 귀에는 어떻게 해도 오든의 시로 들리지 않는 발음이라 생각한다. 따라서 대개 낯 두껍게 내 방식대로 영어로 말하면서도 감정이 고조되어 오덴의 시를 인용했다가 숨이 막힐 것 같은 기분이 들어 단념하게 되는 일도 종종 있었다.

내가 젊었을 때부터 혼자 읊조리면서 특히 즐겨 암송했던 오든의 시 중 하나는 예이츠William Butler Yeats의 시와 희곡을 전혀 몰랐을 때인데, 기묘한 얘기지만 후카세 모토히로가 다음과 같이 번역한 「W. B. 예이츠를 추도하며」였다.

> 그는 겨울 한밤중에 사라졌다
> 개울은 얼어붙었고, 공항은 인적이 뜸했다
> 쌓인 눈으로 광장의 조각상은 누추했다
> 죽어가는 날 입속에서 수은주는 가라앉았다.
> 오오, 모든 온도계는 일치했나니
> 그가 죽던 날은 어둡고 추운 날이었다.

몇 년 전 한겨울 학창 시절부터 알고 지냈던 친구가 죽었을 때 나는 머릿속에서 이 시구를 펼쳐서 지나치게 감상적이되는 자신을 억제하려고 했다. 그로부터 1, 2년이 지나 반핵운동을 보도하기 위해 방송국 팀과 유럽을 여행했을 때 새로운 도시에 도착할 때마다 호텔 창가에서 내려다보이는 거리를 향해 중얼거렸던 것도 이 시의 다음 부분이었다. 진행자였던 젊은 여성에게는 오든이 너무나 오래된 이름인 듯하여그녀 앞에서는 입에 담지 않았다.

> 어둠의 악몽 속에서
> 유럽의 모든 개들이 짖어 댄다
> 살아 있는 국민들은 기다리네
> 각자 증오 속에 틀어박혀.

한편 밤늦게 다음과 같이 기도하고 싶은 마음도 있었다.

따르라, 시인이여, 따르라
컴컴한 밤의 밑바닥까지
그대의 조용한 목소리로
늘 기뻐하도록 우리를 설득하라

더 나아가,

노래를 경작하여
저주의 포도밭을 만들어라
인간의 실패를
비탄의 환희로 노래하라

이렇게 나는 오든의 시를 통해 예이츠라는 이름을 마음에
새겼기 때문에, 이 아일랜드의 위대한 시인의 긴 생애에 대해
알고 있으면서도 오든으로부터 연결되는 예이츠에게 어떤
젊음의 인상을 갖고 있었다. 오든이 거장 예이츠를 추모한
것을 후카세 모토히로도 이 젊은 시인의 어조를 존중해서 번
역했다고 생각한다. 그렇다고 해도 어째서 늙어 죽은 예이츠
까지도 젊음이 느껴지는 시인이라는 인상을 남겼던 것일까?
하지만 독학하는 자의 굳은 믿음에 대해서는 경애하는 영문

학자, 다카하시 야스나리高橋康也와 예의 단란한 시간을 함께 보내면서 절대 입에는 올리지 않은 것 같기 때문에 무사태평한 나도 조심스러운 면이 있었던 듯하다.

그 W. B. 예이츠를, 새로 출판된 정평이 자자한 주석서를 서점에서 발견하여 최근 매일같이 다시 읽고 몇 수를 번역해 보고 있다. 그중에서 예이츠의 중년 말부터 노년의 작품이 가장 재미있었다. 앞에 말했던 젊디젊은 오든의 예이츠 추도 시에 깊이 끌렸던 것은 말할 것도 없이 내 청춘기였다. 여기 서 한 예로 제퍼즈A. Norman Jeffares의 주석서에 바탕을 두고 내가 번역한 시를 하나 옮겨 쓰겠다. 결국 다음과 같은 시가 마음에 들어와서, 중년부터 초로의 시기의 시인에게 나는 지금 새롭게 끌리고 있는 것이다. (The Macmillan Press)

수많은 꿈에 지쳐 버린 나는
물살 속에서
비바람을 맞는 대리석 트리톤(남자 인어)
그래도 온종일
이 귀부인의 아름다움을 바라보며 지낸다
책에서 찾은
아름다운 그림이라도 보듯이
눈에 가득 차고
명민한 귀로 듣는 것을 기뻐하며

오직 현명해진 것에 기뻐하나니
왜냐면 남자는 세월 따라 나아지니까
그렇지만, 그러하지만
그것은 나의 꿈인가, 현실인가?
오오, 불타는 젊은 날에 우리가 만났더라면
하지만 수많은 꿈을 꾸다 늙어 버린 나는
물살 속에서
비바람을 맞는 대리석 트리톤.

그러면, 예를 들어 위와 같이 「남자는 세월 따라 나아진다 Men improve with the Years」를 발표할 의도도 없이 번역해서 어쩔 것인가? 자신의 기억 창고의, 그것도 바로 앞 책장의, 언제라도 꺼내 들고 뒤적거릴 수 있는 장비로 예이츠의 원시와 함께 머릿속에 담아 둔다. 그리고 조금 멀리 걷거나, 혹은 긴 시간 수영하다가, 그것을 꺼내어 읊어 본다, 머릿속에서 묵독하듯이 전개해 본다, 그러기 위해서 그 외에는 아무것도 아니지만….

얼마 전 야마구치 마사오가 야외 조사의 현지에서 기념품을 가져오는 취미는 없다고 하면서도 한 가지 목각 파이프 같은 것을 아프리카 부락의 노파에게 샀다고 종합 잡지에서 말한 것을 읽었다. 거기에서 내 흥미를 끈 것은 기대 이상의 금액에 기뻐한 노파가 옛날이야기를 두 가지, 덤으로 해 주었다고 말한 부분이었다.

나도 지금 나의 내부에, 아끼는 물건처럼 주머니에 마음에 드는 물건을 넣고 다니던 어린 시절처럼, 몇 수의 시를 갖고 있다고 느낀다. 게다가 그것이 일본의 고전이나 현대의 시가 아닌 경우, 예를 들어 하카세 모토히로의 번역처럼 훌륭한 것이든 내가 한 번역이든 원문과 함께 기억하고 있다. 그래서 양자의 언어적인 긴장 관계가 일본어 소설가인 나에게 무엇보다 중요하다고 생각한다.

그리고 지금 자유형의 팔 동작을 몇 주에 걸쳐 연습할 때 수영장 물속에서 "For men improve with years, / And yet, and yet, / Is this my dream, or the truth? ― 왜냐면 남자는 세월 따라 나아지니까 / 그렇지만, 그러하지만 / 그것은 나의 꿈인가, 현실인가?"처럼 머릿속에서 두 종류의 언어가 헤엄치고 있는 셈이다.

그럼 그렇게 내 안에서 시의 환기를 통해 결국은 어떤 방향으로 이끌리는가 하면, 역시 그것은 소설의 방향이다. 그것도 내가 쓰는 일본어 소설의 방향인 것이다. 그렇다고 해서 예이츠의 시 세계를 내 소설에 번안하려는 것은 아니다. 그것은 처음부터 불가능하다는 것을 알고 있다. 나의 소설이 어떤 부분에서 이 시를 내포하고 있다고 하더라도 질량으로 어떻게든 대응하여 빛을 발하는 것은 불가능한 것일까? 그

몽상을 계속하면서 시적 언어의 바다에 영혼을 적시고 있다. 육체는 실제로 수영장의 소독된 물에 담그고 있을 뿐이지만.

특히 이 시에 대해서 종종 다음과 같이 생각하고 있었다는 생각이 든다. 중년도 끝나갈 무렵 새로운 성관계를 만들겠단 의지는 없지만, 매우 아름다운 여성과 만나 버렸다. 자신은 나이를 먹은 만큼 지혜도 생기고 분별력도 있지만, 그렇지만, 그러하지만, 이라고 탄식하는 남자. 그것을 단편으로 쓰고자 하여 완성된 작품은 이 짧은 시의 풍부함과 긴장에 미칠 수 있는 것일까? 어떻게든 소설의 형태로 같은 시도를 해도 먼저 어찌할 도리가 없는 상태가 되겠지, 수많은 꿈에 지쳐 버린 나는, 수영장 물속에서 중년을 넘긴 트리톤, 나에게는….

내가 특히 이 시를 내 작가 생활에서 중요하다 생각한 이유는 그것이 너무도 구체적으로 소설의—특히 단편 소설의—비평으로 기능하기 때문이다. 예를 들어 한 명의 시인의 죽음을 유럽에 닥친 전란의 예감 속에서 오든의 시처럼 훌륭히 표현한 단편 소설은 없기 때문이 아닐까?

대부분의 작가가 그렇듯이 나도 작가로 출발했을 때 단편 소설을 여러 편 썼다. 그 후 장편 소설을 쓰고 싶어 서둘러 몇 편인가 단편 소설 쓰기를 그만두고, 성공에 대한 확신도 없이 장대한 소설을 계속 써 왔다. 그중 여러 계기가 겹쳐서, 4, 5년 전부터 『'레인 트리'를 듣는 여인들』의 연작을 썼다.

역시 연작 형식의─그것은 충분히 단편의 기능을 충분히 사용하지 못한 글쓰기였다고 생각하지만─『새로운 사람이여 눈을 떠라』로 연결하여 특히 최근 1년간은 한 작품씩 독립된 단편으로 각각 수법을 달리하여 10편의 단편 소설을 썼다.

아직 초고 상태이거나 전면적으로 수정해야 하는 원고도 있어서 편수로 하면 거의 3분의 2를 발표했을 뿐이지만, 작가로서의 지금 단계에서 내가 단편 소설로 쓸 수 있는 것은 써냈다고 느낀다. 그래서 단편 소설의 수법을 통해 확인한 것을 활용해서 중단했던 장편 소설 작업으로 다시 돌아가려고 하고 있다.

수년 전에 그때까지 써 왔던 장편의 초고를 노트 등과 함께 치우고, 단편을 당분간 계속 쓰려고 결심했던 데에는 이유가 있다고 말했는데, 그 이유 중 하나는 문예 잡지와 관계되어 있다. 작가로서 나는 문예 잡지의 편집자에 의해 성장했지만 ─ 단행본 장편 소설 편집자의 경우, 이제까지 작품의 성립 단계에서 비평하는 관계는 아니다─ 몇 번인가 연재를 시도한 결과, 장편 소설을 문예 잡지에 매월 연재하는 것은 나와 맞지 않아 단념했기 때문에 가끔 평론으로만 문예 잡지와 관계를 가졌다. 그래서 이번에 단편 소설을 계속 써 나가면서 문예 잡지 편집자들의 게으름 피우지 않는 비평 능력이 건재함을 재확인한 것은 실로 유쾌한 경험이었다.

또 다른 이유는, 너무도 세속적이지만 10년 가까이 아쿠타가와상 선고 위원으로 활동한 것과 관련되어 있다. 나 같은 딱딱한 비평 용어를 늘어놓는 인간에게 경험에서 나온 자신만의 표현으로 비평하는 소설의 명수들과의 담론은 즐겁고 유익한 것이지만, 수상작이 없었던 선고회가 끝나면 종종 우울해지는 날이 계속되기도 했다. 자신의 비평에 스스로 중독되어 버린 것처럼….

새로운 단편 소설을, 현대 세계를 살고 있는 인간으로서 절실한 탯줄을 끌고 다니면서 다른 한편에서 독립한 소우주로 만들어 낸다. 그와 동시에 지금까지는 없었던 언어의 취향을 제시한다, 그것은 진정 지금이라도 가능한 것일까?

신인들에게 그것을 바라면서도 기성작가 자신은 제대로 해내고 있지 않다, 그런 경우 어떨까? 눈앞에 외국의 이른바 문학 선진국에서 무엇보다 단편 소설의 분야가 쇠퇴하고 있는 것은 아닐까? 그래서 내가 단편 소설을 다시 쓰기 시작하게 된 것이었다. 내가 쓴 단편이 과연 비평을 잘 견딜 수 있을까? 그와는 별개로, 적어도 나는 지금 손안을 속속들이 드러낸 구세대로서 신인들 앞에 서 있다고 할 수 있을 것이다.

그럼 다시 장편 소설의 작업에 임하면, 이때도 나는 나의 머리와 가슴 속에 있는 시가 역할을 하고 있다고 느낀다. 그것은 특히 장편 소설의 경우 주제의 총체를 뒤흔드는 비판적인 힘으로서다. 예이츠를 예로 든다면 다음과 같은 시구가.

> 오오, 그러나 우리들은 꿈꾸었다
> 무엇이든 인류를 괴롭히는 재앙을 바로잡으려고
> 그러나, 지금 겨울바람이 불어오는데
> 배우지 않으면 안 되는가,
> 꿈꾸고 있을 때 우리의 머리는 부서졌다는 것을.

이는 예이츠가 한때 쓰고 한때 상상했던 것을 모두 묻어 버리려 하면서, 황량한 하늘로 날아가는 백조들에게 계시받고 그에 대한 생각을 표현한 시행이지만….

15. 응석받이, 무례, 사악한 정신에서
보니것의 셀린론으로

장애를 가진 장남이 양호학교를 졸업하고 구립 복지 작업
소를 다니게 되었다. 인근 주민들의 반대에도 불구하고 세워
진 작업소였기 때문에 특히 오고 갈 때 시민들에게 폐를 끼
치지 않도록 주의해 달라는 연락을 받아서 가족 모두 긴장하
며 5월의 작업 개시를 기다렸다. 그에 덧붙여 4월, 5월에는
나처럼 반은 세상과 분리되어 서재에서 생활하는 인간에게
도 평소와는 다른 세간의 풍파가 매년 불어오는 것 같다.

어느 아침, 막 대학에 들어갔다는 네댓 명의 학생들이 찾
아와서 와타나베 가즈오의 저작을 윤독하고 싶다고 말했다.

그래서 저작 몇 권을 빌리고 싶다, 구하기 어려운 논문을 복사한 후 돌려주겠다고 했다. 나는 마침 『일본 현대의 휴머니스트 와타나베 가즈오를 읽다』(이와나미서점)라는 책을 꺼냈지만 독서회에는 텍스트를 빌려주는 것에 대한 책임을 느끼고 그들이 원한 책을, 즉 내 메모가 적혀 있는 것 대신 보호지로 싸 놓았던 깨끗한 책을 빌려주었다. 열흘 정도 지나서 어느 아침 우편함에 들어 있었던 세 권의 책은, 어떻게 하면 이렇게 더럽힐 수 있는지 의심스러울 만큼 무참한 상태였다. "윤독회의 개시를 축하하며 술을 마시며 걷고 열심히 논의하다가 책을 더럽힌 것 같습니다. 양해해 주시기를!"이라는 카드가 들어 있었다. 이런 경우, 나는 와타나베 가즈오의 말투를 떠올리면서, "어쩔 수 없습니다!"라고 말한다.

그에 앞서 올해부터 교직에 몸담게 되었다는 여대생들 3명이 방문해서 젊은 세대에게 이런 점은 좋지 않다고 생각하는 것이 있다면, 그것을 색종이에 써 주십시오, 스스로의 경계로 삼고 싶다고 말했다. 나는 마침 그때 청년 시절의 친구나 그 후에 만난 사람들과 서로 불쾌한 일이 있었던 몇몇 관계에 대해 이미 돌이킬 수 없다고 생각하고 있던 참이었다. 그래서 나는,

"응석받이, 무례, 사악한 정신"

이라고 써서 건네주었다. 그날 저녁 아내가 장을 보러 나갔

다가 바로 돌아와서는 터져 나오는 웃음을 참으면서 "여기"라고 말하며 내민 것은 내가 서툰 글씨로 쓰고 서명까지 한 색종이였다. 음식물 쓰레기 더미 옆에 있었다며 아내가 "충분히 정중하게 세워져 있었다"고 말했다. 생각해 보면 확실히 이 색종이를 처음 부임하는 학교 교직원실에 모토라고 걸어 둘 수는 없었을 것이다.

이 이야기는 처음 말하는데, 아들과 단둘이 집을 보고 있었을 때의 일로 — 아들은 음악을 듣고, 나는 소설의 교정쇄를 정정하고 있었는데, 마침 전화벨까지 울리기 시작했다 —, 현관 벨이 울려서 아들이 나갔는데, 남녀 2인조가 찾아왔다고 했다. 일단 전화를 한 친구에게 기다려 달라고 말하고 현관에서 대답을 하자, 소설을 읽어 주었으면 한다는 남자의 목소리가 들려 왔다. 나는 우편으로 오는 동인지는 모두 읽지만, 자필 원고는 오랫동안 결말이 나지 않은 어떤 불쾌한 사건 이후 일절 읽기를 거절해 왔다는 뜻을 전했다.

잠시 후 아들이 어렸을 때 좋아하던 파이쿠탕면을 오랜만에 먹으러 가자고 해서 함께 현관을 나서는데 우편함에 종이 꾸러미가 들어 있었다. 좀 전에 왔던 사람들이 두고 간 소설 원고였다. 소설 이전에 이상한 의도가 있다고 해야 할지, 그 중년이 지난 작가가 자신은 서문을 쓴 적이 없지만 이 소설에는 재능이 분명히 나타나 있어 간과하기 어렵다며 잡지에 추천할 것이라는 형태로 시작하고 있었다. 그 작가는 장애아가 있었고 그에 대해 이야기한 강연회에서 이 소설의 작가의 질문에, 그는 여성 동행자와 함께 왔는데, 전혀 대답을 못했다고 한다. 그것이 계기가 되어 소설을 어쩔 수 없이 읽게 되었고 그리하여 재능을 깨달았다는 부분에서 읽기를 멈추고, 방문했을 때 직접 이야기했던 원칙에 따라 쓰여 있는 주소로 원고를 보냈다. 수일 후 500엔짜리 지폐와 장애아에 대한 신문 기사의 복사본을 동봉한 짧은 편지가 도착했다. 맺음말에는 "그러나 아드님에 대해서는 동정합니다."라고 써 있었다. 20년 동안 나는 이런 종류의 함축적 편지에는 익숙해서 곧 태워 버리고 잊기로 했고, 보내는 사람이 적혀 있는 경우에는 특히 이름도 잊어버렸다. 따라서 이 재능에 자부하고 있는 듯한 청년(중년?)이 드디어 하나하나 작품을 발표하기 시작하여 내가 그의 이름이 불쾌한 편지의 주인이라는 것을 확인하는 일은 있을 수 없고, 짧은 시간이었지만 불타올랐던 분노도 잊을 수 있을 것이다.

"응석받이, 무례, 사악한 정신"

그건 그렇고, 이러한 속성은 문학을 만들어 내는 인간과는 관계가 없기를 바라지 않는가? 혹은 문학을 읽는 인간과는 무관한? 이런 자문자답을 하면서 그날 나는 아무래도 소장할 마음이 생길 것 같지 않은 나의 서툰 색종이를 바라보며 몹시 술에 취했다. 결국 "어쩔 수 없습니다"라고 이 말의 원래 주인의 사진에 가볍게 인사하고 침대로 들어갔지만….

응석받이, 무례와는 또 다른 이야기로, 사악한 정신은 특히 근대 소설에서 문학의 중요한 주제였다. 무엇보다 스메르쟈코프의 사악한 정신에 대해 생각하면서 도스토옙스키의 인간적 특질과 사악한 정신을 연결하는 것은 일반적인 문학 연구의 태도가 아닐 것이다. 때로 그러한 발상의 논문을 발견하지 않는 것은 아니지만….

그러나 적어도 한 사람, 현대 문학의 거장 중에 그의 생애 전체에 대해 사악한 정신의 현실화라고라도 말하는 듯한 철저한 적의가 집중된 작가가 있었다. 루이페르디낭 셀린Louis-Ferdinand Céline. 나치 협력자·반유대주의자로 제2차 세계 대전 후에 프랑스에서 살아 있지만 죽은 것이나 마찬가지였던 셀린.

최근 일본에서도 셀린의 첫 번째 장편과 함께 첫 작품만큼이나 매우 중요한 작품이라 할 수 있는, 세계 대전이 끝난 후 처참한 유럽의 도피 생활을 그린 3부작이 번역되었다. 프랑스 본국에서 셀린이 플레야드 총서에 포함되기 얼마 전의 일이다. 이를 계기로 시작된 셀린에 대한 재평가는 일본으로, 그리고 거의 동시에 미국으로 파급되었다고 할 수 있다.

특히 미국에서는 『성에서 성으로』, 『북쪽』, 『리고동』 3부작이 펭귄북에서 출판되었는데, 커트 보니것이 서문을 썼고 그 서문이 에세이집『종려의 주일』에 보니것의 주석으로 수록되었다. 그것은 명확히 응석 부리지 않고, 무례하지 않으며, 사악한 정신을 갖지 않은 인간이 쓴 셀린 옹호라 할 만한 것이었다. 보니것이 국제 펜 대회를 위해 일본을 방문한 적도 있어 조금 상세히 소개하고 싶다. 덧붙이자면 예수의 예루살렘 입성을 이르는 말로 부활절 전 일요일을 가리키는 '종려의 주일'은 지금은 유럽 기독교도에게 새로운 의미를 나타내는 경축일이 되었다고 생각한다. (Delacorte Press)

올해 4월 15일 영국의 '핵 군축 운동 CND'의 여성 멤버들에 의한 10만 명 규모의 시민운동이 미군 기지로 확대되었다. 이 운동은 영국 내에 있는 135개소의 미국 군사 시설에 대한 실태 공개를 목적으로 하여 '종려의 주일'에 시작되어 부활제까지 계속되었다. TV 뉴스가 이날의 반핵 운동과 예루살렘의 '종려의 주일'의 의식 행렬을 함께 방송한 것이 인상적이었다.

본론으로 돌아가서, 보니것은 때때로 기분 나쁜 말을 할 뿐 아니라 때때로 그것을 행동으로 옮겨 결코 용서받을 수 없는 인간이라 생각되는 그런 작가에 대해 썼다고 먼저 밝힌다.

그는 스스로도 충분히 때때로 세계적으로 경멸당하는 노인, 혹은 전쟁 범죄자로서 다음과 같이 말한 적이 있다. 그에게는 무엇 하나 변명하지 않으면 안 되는 것은 없다, 만약 그가 용서받으리라고 말한다면, 그것은 바로 얼간이들로부터의 새로운 모멸이라고.

보니것은 이 서문에 올리브 잎 아래 이름 두 개를 기록한, 즉 작가로서 필명과 의사로서 본명을 나란히 적은 묘비의 스케치도 곁들였다. Louis-Ferdinand Céline / Le docteur Destouches / 1894~1961. 먼저 보니것다운 유머러스한 착상으로 셀린의 특징이었던 인쇄 활자의 독창적 표현 등을 다양하게 사용한 스타일이 현재는 가십 중심의 칼럼니스트에게 애용되고 있다.

이상한 활판 인쇄술의 특별한 도움 없이도, 나의 의견으로는, 셀린은 그 소설에서 두 번의 세계 대전을 통한 서구 문명의 전적인 붕괴에 대해 무서울 정도로 상처받기 쉬운 평범한 남녀의 증언이라는 형태로 기술된 매우 훌륭한 역사를 우리들에게 건네주었다.

이어서 보니것이 매우 그다운 어조로 말하고 있는데, 셀린과 헤밍웨이가 모두 1961년 7월 2일에 죽었다는 것, 그들은 모두 노벨상을 받을 만했으나—셀린은 특히 최초의 한 작품으로—실제로 상을 수상한 것은 헤밍웨이뿐이었는데, 헤밍

웨이는 자살했고 셀린은 자연사했다는 것이다.

문학과 의료를 통해 이기적이지 않고 때때로 훌륭하게 수년간 인류에 대해 봉사한 후, 그는 열렬한 반유대주의자가 되어 나치스의 동조자임을 스스로 분명히 했다. 그것은 1930년대 후반의 일이었다. 나는 이에 대해 납득할 만한 설명을 들은 적은 없다, 그가 얼마간 미쳐 있었다는 것 외에는. 그는 스스로 미쳤다고 주장한 적은 없었고 어떤 의사도 그렇게 언명한 적은 없었지만.

셀린이 쓴 말에 너무 심취하는 것은 좋지 않다고 주의하면서 보니것은 일단 셀린의 글에서 다음을 인용한다.

죽음과 고통은 내가 그렇다고 동의할 정도로 두려운 것일 수는 없다. 왜냐하면 그것들은 너무나도 흔한 것이기 때문이다. 내가 그것들을 매우 중대한 것이라고 생각한다는 것은 결국 내가 미쳤다는 것을 의미함에 틀림없다. 나는 보다 온전한 정신으로 돌아가도록 노력하지 않으면 안 된다.

덧붙여 제1차 세계 대전에서 셀린이 전투 중에 머리에 상처를 입었다고 회상하기도 한다. 무엇보다 이것 역시 보니것다운 괴로움으로 가득 찬 우스움을 사고의 전개에 추가하기 위한 절차이지만.

그는 매우 머리가 이상해지는 일이 가끔 있었음에 틀림없다. 그래서 나는 그 주된 결함에 대해 추측하는 것이다. 내 생각에 그에게는 우리들이 보통 갖고 있는 제동 장치가 결여되어 있었다. 그것은 우리들이 실제로 인생에 수없이 존재하는 믿을 수 없는 것에 의해 침수되지 않도록 보호해 주는 장치인데도.

셀린이 죽기 직전 자신의 이름이 플레야드 총서의 수많은 위대한 작가들과 나란히 이름을 올린 것을 자랑스럽게 말하고, 2, 3세기 안에는 고등학교 교과서에까지 실릴 것이라 생각하고 있었다고 보니것은 말한다.

내가 이 글을 쓰고 있는 지금은 1974년 가을인데, 정신적으로 제동 장치가 제대로 움직이고 있는 정상적인 인간들에게도 셀린이 말한 것처럼 인생은 위험하고 가차 없으며 비이성적이라는 것이 명확해졌다. 셀린을 고등학교에서 가르칠 만큼 성숙한 문명을 준비하기에 충분한 2, 3세기를 우리들이 여전히 가질 수 있을지 아닐지는 조금 의문이지만.

보니것은 이 에세이 끝에서 셀린의 완전히 다른 종류의 문장에 대해 이야기한다. 데투슈라는 이름으로 의사로서 썼던 박사 논문 「이그나츠 필리프 제멜바이스(1818~1865)의 생애와 업적」이라는 문장에 대해.

젊은 데투슈는 거의 영웅 숭배의 정신에 입각해 제멜바이스I. P. Semmelweis라는 헝가리인 의사의 업적에 대해 썼다. 빈의 한 병원의 산부인과 병동에서 산욕열을 예방하기 위해 힘썼던 의사. 희생자는 가난한 사람들이었다. 제대로 된 주거를 갖고 있던 사람들은 오히려 집에서 출산하기를 바라던 시대였다.

몇몇 병동에서 사망률은 충격적인 것으로, 25퍼센트 또는 그 이상이었다. 제멜바이스는 산모들이 의과 학생들에게 살해당하고 있다고 추리했다. 학생들은 병균으로 구멍투성이가 된 사체를 해부한 후 바로 병동에 들어오는 일이 종종 있었다. 그는 학생들이 산모들과 접촉하기 전에 비누와 물로 손을 씻게 하여, 자신의 추리를 증명해 냈다. 사망률은 하락했다.
제멜바이스의 동료들의 질투와 무지는 그를 퇴직시켰다. 사망률은 다시 올라갔다.
데투슈가 이 실화에서 배운 것을 만약 가난함에 피폐한 소년기나 군대의 고역에서는 배우지 못했다고 한다면, 이 세계의 발전 방식은 지혜보다도 오히려 허영으로 결정된다는 것을 의미하리라.

셀린의 문학은 철저해서 악취미적인 부분까지 포함하여, 이것이 제1급 문학자의 업적이라고 자타가 설명하지 않아도 받아들일 수 있는 것이었다. 셀린의 문학에 대한 평가가 일반적인 것이 되고, 한편 나치즘의 기억도 일정 거리를 두고 바라보게 된─절대로 그렇지 않다고, 예를 들면 역시 국제 펜 대회에 왔던 스타이런William Clark Styron 같이 말하는 작가도 있지만─시기에 새삼 그렇게 말하는 것은 반드시 어려운 일은 아닐 것이다. 그러나 특히 보니것이 셀린의 '사악한 정신'과 우리 사이에 들어와서 나타내는 매개에는 진정 다른 류를 보지 않는 decent한 배려가 있는 것은 아닐까?

16. 포크너와 제임스를
윌리엄 스타이런이 애도하다

커트 보니것과 함께 국제 펜 대회를 위해 일본을 방문한 작가들 중 특히 윌리엄 스타이런에게 나는 강한 인상을 받았다. 직접 그와 이야기를 나눈 것은 알란 알랭 로브그리예 Alain Robbe-Grillet를 포함한 텔레비전 토론과 그 전후였는데, 나는 한 명의 진정한 작가와 만났다는 기쁨을 느꼈다. "문체에 이만큼 흉내 내기 어려울 정도로 충실하게 작가 자신이 반영된 예술가를 본 적이 없다"는 스타이런의 말을 그의 어조나 표정이 담긴 문체로 사용하고 싶다고도 생각한다.

한때 나는 스타이런의 『소피의 선택』의 결말 부분에서 아우슈비츠에서 행해진 '절대적 악'에 대한 질문과 대답과 관련해서 이야기한 적이 있었다. "질문, '아우슈비츠에 있어서, 가르쳐 주십시오, 신은 어디에 있는 것입니까?'" 아직 외국의 신간 서적을 구하기 어려웠던 때 고정 관념 때문이기도 한데, 나는 내가 읽고 감동한 책들을 젊은 연구자에게 주곤 한다. 그리고 줄 책이 없어지면 기억을 더듬어 그 소설을 소개하는데, 아직 번역이 나오기 전이었지만 몇 명의 독자들에게 내가 잘못 기억하고 있는 부분을 지적받았었다. 이를 통해 일본에서 스타이런이 착실히 읽히고 있다는 것을 알게 되었다.

지금 페이퍼백으로 다시 읽고 실제로 만났을 때의 스타이런의 목소리와 말투로— 데뷔작을 썼던 당시의 경험을 이야기하면서 그는 작품의 문체의 근본에 있는 것을 voice라고 불렀다. 프랑스 문학에서 말하는 voix와 연결하면 같은 방식으로 나도 생각해 왔다— 결말의 한 구절을 인용하고 싶다.

친구들과의 관계에서 고통스러운 경험을 하고 그들을 결국 잃게 된 청년이 어느 날 해변에서 밤을 보냈다. 산 채로 매장 당하는 악몽에 괴로워하다가 눈을 떴는데, 아이들이 그의 몸을 모래로 덮고 있었다.

나의 재생을 축복하면서 내가 인정한 것은 어린아이들이 나를 보호하듯이 모래로 덮고 있었다는 것, 그리고 내가 이 깨끗한, 나를 감싼 코트 아래에서 미라처럼 안전하게 누워 있었다는 것이다. 이 시기였다, 내가 다음 말을 가슴속에 새겨 넣은 것은.

"차가운 모래 아래에서 나는 죽음을 꿈속에서 보았는데 / 새벽에 잠에서 깨어나 본 것은 / 영광 속의, 그 빛나는 아침의 별." 그것은 심판의 날이 아니었다 — 단지 아침이었다. 아침, 훌륭하고 정당한 아침.

본론으로 돌아가, 스타이런과 만난 후 내가 새로 읽기 시작한 것은 『이 조용한 먼지This quiet dust』라는 에세이집이다. 20년에 걸쳐 각각 여러 시기에 나눠 쓴 문장을 수록한 것으로 내가 책 전체에서 느낀 것은 이 책에서 일관되게 나타나 있는 순수한 비탄의 감정이었다. (Random House)

스타이런 자신의 문장뿐 아니라 「F. 스콧 피츠제럴드를 위한 비가」라는 문장에서 인용한 피츠제럴드Francis Scott Fitzgerald의 편지에서도 이 비탄의 감정을 직접 읽어 낼 수 있을 것이다. 1937년은 피츠제럴드에게도 고통스러운 시기였다. 프랑스 리비에라에서 머물던 시기에 가까이 지냈던 친구, 제럴드와 사라 부부로부터 3명의 자녀 중 2명을 2년도 안 되는 사이에 잃었다는 연락을 받고 바로 그는 다음과 같이 애도의 편지를 썼다.

너무나 친애하는 제럴드와 사라

전보는 오늘 도착했다. 그리고 오후 내내, 우리가 한때 함께했던 행복한 나날들이 떠올라 너무나 슬펐다. 두 사람을 연결해 준 또 하나의 고리가 부서져 버렸구나. 그것도 너무나 무정하고 잔혹해서 두 번의 타격 중 어느 쪽이 더 악의에 찬 것이었는지 말하기 어렵다. 최근 7년간의 싸움 후 지금 너희들이 길을 헤매고 있는 침묵이 내게는 보인다. 이 순간 두 사람에게 할 수 있는 적당한 말, 그것은 전쟁에서 네 명의 자녀를 잃은 어머니에게 보내는 링컨의 편지 속의 말일 거라고 나는 생각한다. 당신들이 받을 동정은 이미 당신들이 서로에게 받아 온 것일 것이고, 그리고 길고 긴 시간 동안 당신들은 위로받지 못할 테지.

그러나 나는 호노리아 주변에서 다음 세대가 자라고 있는 것을 볼 수 있다. 그래서 궁극적 결과인 평화는 어딘가에 있고, 우리들이 죽음을 향해 항해할 때 불시에 들르는 항구도 있는 것이다. 운명의 여신에게 그 정도로 당신들을 상처 입힐 수 있는 화살이 그녀의 화살통에 남아 있을 리는 없다. 누가 말했던가, 너무나 깊은 비탄이라 할지라도 시간에 따라 일종의 기쁨으로 바뀌는 놀라운 이유를? 황금의 항아리는 진정 부서져 버렸지만, 그것은 황금이었다. 어떤 것도 결코 이 소년들을 지금 두 사람에게서 빼앗아 갈 수는 없다.

스콧

이 책에서도 이미 말한 적이 있는데, 비탄이라는 단어를 중심에 둔 어떤 인물의 이미지의 핵심에 관하여 나는 『'레인

트리'를 듣는 여인들』을 썼다. 이 인물은 학생 시절 포크너 연구자로, 『야생의 종려』에서 중요한 비탄이라는 단어를 축으로 한 구절을 버지니아 대학 강의에서 포크너가 다시 사용했다고 학교 친구인 소설 작가들에게 전한다는 설정이었다. 마찬가지로 앞의 서술을 필요상 반복하는데, 나는 그 구절과 같은 표현을 50세 전후의 포크너가 젊은 연인과 이별한 후 편지에 썼다는 것을 발견했다. 포크너는 처음 교사이지만 아버지를 대신하는 마음으로 대했던 젊은 존 윌리엄즈를 사랑하게 되고, 많은 일을 거친 후 사랑이 끝나기 위해서는 먼저 사랑의 시작이 없으면 안 된다는 슬픈 간원을 하여 성관계를 갖는다. 그러나 시작은 곧 끝을 향한다는 것 또한 깨닫고, 포크너는 존에게 너는 슬퍼하지 않아도 좋다, 자신의 비탄은 두 사람 분이라고 쓰고 결국 헤어질 때 이렇게 말한다. "그것도 또한 좋을 것이다. 나는 너에게 이런 말을 하지 않았던가? 비탄과 무 사이에서 나는 비탄을 선택하겠다고."

스타이런은 1962년 7월 7일, 포크너의 장례식에 참석했을 때 작성한 문장 앞부분에 역시 비탄이라는 단어를 적었다. 유족들은 그를 기쁘게 맞았지만, 그는 고인이 싫어했던 사생활을 침해하고 있는 듯한 기분도 들었다고. "비탄, 그것은 다른 사소한 것들과 마찬가지로 개인적인 것이기 때문이다."

그리고 문장의 끝은 다음과 같다.

포크너의 초기 소설 『야생의 종려』의 결말에서 죄를 언도받은 주인공은 무와 비탄 중 어느 쪽을 선택할지 심사숙고한 후 비탄을 선택하겠다고 말한다. 확실히 비탄조차도 무보다는 나은 것임에 틀림없다. 오늘 이 뜨겁고 건조한 곳에서 사람들이 느끼는 슬픔과 상실감을 표현하는데 필요한 것은 아마도 단지 포크너 자신이 '나의 묘비명'이라고 제목을 붙인 젊은 시절의 시의 언어들뿐이라고 생각한다.

만약 비탄이 있다고 한다면, 비를 내리게 하라
그리고 그 은의 비탄으로 하여금 슬픔을 위해서만 존재하게 하라
그리고 이들 녹색 숲으로 하여금 꿈꾸게 하라,
나의 가슴 속에 눈뜰 때까지
만일 내가 다시 일어서지 않는다면.
그러나 나는 잠들 것이다, 왜냐하면 어디에 죽음이 있는 것인가
덮쳐 오는 졸음을 부르는 녹색 언덕에서
나는 나무처럼 뿌리를 내리고 있는데? 내가 죽어 있다고 해도.
나를 단단히 붙잡고 있는 흙은, 숨 쉬는 나를 보고 있을 것이다.

이 책에는 제임스 존스의 너무 이른 죽음을 몹시 슬퍼하며 쓴 문장도 포함되어 있다. 스타이런이 데뷔작 『어둠 속에 눕다』를 쓴 후 다시 해병대로 소집되었다가 한국 전쟁에서 괴롭게 살아남아 귀국한다. 그때 타임지의 베스트셀러 표에는 이 작품과 함께 『호밀밭의 파수꾼』과 『지상에서 영원까지』가

올라와 있었는데, 이 작품들을 한데 묶어 미국 문학에 새롭게 나타나 우울하게 만드는 부정적인 경향이 있다는 평이 있었다고 스타이런은 쓰고 있다. 즉 존스는 그와 완전히 동시대 작가였다.

이야기가 나온 김에 언급해 두고 싶은 것은, 국제 펜 대회를 조롱하는 한 칼럼에 스타이런의 발언과 관련된 부분이 있었다는 것이다. 게스트 작가의 기자회견에서 스타이런이 이렇게 말했다고 한다. 자신은 히로시마의 원폭에 도움을 받았다, 그것이 없었다면 일본 상륙 전투에서 죽었을 것이라고 말했는데, 이것이 일본어 신문에는 나오지 않고, 영문 신문에만 나왔기 때문에 소개한다면서 득의양양해 했다. 스타이런이 때로 그런 어조로 말한다는 것은 알려져 있다. 그러나 그것은 암담한 아이러니를 담고 있을 때이다.

구체적으로 한국 전쟁으로 죽음을 각오하고 군에 소집되었을 때 세 번째 원폭이 사용되어—최근 공개된 미국 기밀문서에도 명시되어 있듯이, 사용 프로그램은 상층부에서 검토되고 있었다—자신의 목숨을 보전하기를 그는 바라고 있었을까? 그렇지는 않았을 것이다. 출정하는 그가 뒤에 남긴 데뷔작은 남부의 젊은 소녀의 불행한 죽음을 주제로 한 것이었는데 자살 소식을 듣고 슬퍼하는 어머니가 침대 옆에서 본 조간신문의 표제어는 이런 것이었다. "The Bomb again, a truce in the offing with the Japanese" 두 번째의 폭탄, 즉 나가사키의 원폭은 여기에서 명확하게 알 수 있듯이 슬픔에 잠긴 어머니의—20년 동안 어머니였으나 더 이상 어머니가 아니며, 앞으로 더더욱 어머니가 될 수 없다고 절절히 깨닫는 여성의—깊고 큰 죄책감의 은유인 것이다.

제임스 존스의 독자적인 자질에 대해 설명하기 위해 처음 인용한 단어를 포함해서 스타이런의 문장은 이 오랜 친구의 죽음에 대해, 친구를 향해 호소하는 어조는 애절하다.

> 그렇다면, 짐, 그것은 완전히 끝났다 — 죽는 부분은 어찌 됐든.
> 죽는다는 그 추한 과정, 우리에게 생리학자와 형이상학자들은 그
> 것이 생의 일부분이라고 말하지만, 그 부분은 끝났다. 어찌 됐든
> 감사하게도, 그것은 끝났다.

도대체, 이것은 어떤 의미인가? 라는 상투적인 표현을 던지면서 파리나 피렌체, 또는 아이티·자메이카를 함께 거닐던 추억을 회상하고 스타이런은 말을 잇는다.

> 그곳에서 짐, 너는 나를 발견했다 — 샬롯 포드 포스트만이 기증
> 한 엘리베이터 속에서 너를 위해 울고 있던 나를. 사적으로도 그
> 렇고 공적으로도 이런 감정을 드러내는 것이 품격을 떨어뜨린다
> 고 생각하지 않는다. 사실, 나는 네가 이전에 울고 있는 나를 본

적이 있다고는 생각하지 않지만, 나는 한 번 네가 울고 있는 것을 목격했었다. 너는 매우 감상적이지 않은 인간에 속한다. 그 불굴의 강인함은 (그렇지만 그 안에는, 몹시 우아함이 있었는데), 예술가로서 너의 최대의 힘이었다. 그러나 너는 인생의 비극적인 측면을 우리에게 짐작하게 만든다, 벗어날 수 있을 것 같지 않은 현실 앞에서는 우리 모두 감정적으로 나약해지는 경향이 있다. 물론 너에게 이러한 현실 상황들은 끝없는 전쟁의 격렬한 시련 속에 괴로워하는 남자들을 통해 때때로 상징되었던 것이었다.

그러고 나서 스타이런은 너무나 미국인의 강한 개성을 나타내고 있던 제임스 존스의 작품이 때로 비평가들로부터 한결같이 냉대받는 것이 부당하다고 말한다. 예를 들어 『어떤 자들은 뛰어서 왔다*Some came running*』와 같은 작품에 대해. 이러한 냉대는 스타이런에게도 마찬가지였는데 『이 집을 불태워라*Set this house on fire*』도 그러한 대우에서 자유로울 수는 없었다. 실제 우리들 작가의 눈에는 부동의 개성을 갖춘 작가의 작품들이 독창적이고 아름답다는 것이 너무나 분명해서 비평가의 실패작 논의가 이상하게 보이는 경우도 있다.

"도대체, 이것은 무슨 뜻이야?"
"빌, 나는 한 줌의 먼지에 지나지 않아."
네가 예전에 그렇게 대답한 적이 있다. 또 한 사람, 요즘뿐 아니라 당시에도 현재에도 부당하게 과소평가되어 온 작가, 토마스 울프Thomas Wolfe의 메아리치는 말투로. 우리는 파리에 있었다. 조금 취해 있었고 그 말이 맞다고 생각했고 나는 동의했다─똑같이─우리들은 한 줌의 먼지에 지나지 않는다고.

게다가 여전히 생의 여러 빛과 어둠을 겪으면서 살아냈고, 결국 지금 먼지가 된 친구는 여전히 계속 살고 있다고. 너는 우리들을 위해서 썼다, 그리고 살아 있다고 스타이런은 문장 끝에 강하게 새겨 넣듯이 쓰고 있다.

17. 아쿠타가와상에 대한 개인적 회고에서
   하야시 다쓰오의 히피 평가와
   케루악의 평전으로

　다음 회부터 아쿠타가와상 선고 위원회를 은퇴하게 되었다.
나는 문학적 고집이 강한 면이 있어서 내가 좋아하는 타입의
작가에게 지나치게 열중한 나머지 그렇지 않은 작가에게는
불공평하다고 하기 직전까지 잘 살피지 못하는 경우가 자주
있다. 그러나 세계의 혹은 일본의 문학적 유행이 짧다는 것은
잘 알고 있고—나는 생명력이 긴 작가가 되고 싶지만, 소설
이라는 형태의 본질로 인해 생명력이 짧은 유행 속에야말로
진실이 있다고 생각하기도 한다—, 신진 작가들에게 중요한

이 아쿠타가와상의 선고 위원으로서 나의 유효 기간은 10년 미만일 것이라고 처음부터 생각했다.

돌아보면 유쾌했던 수상자로 먼저 가라 주로唐十郎가 생각난다. 최근 버클리에서 동료로 다니자키 준이치로谷崎潤一郎 연구자인 미국 여성과 오랜만에 가라의 연극을 보러 가서, 전위 예술답게 순결을 파괴한 원숙함을 보고 매우 즐거웠다. 나 역시 팬인 이예선李礼仙과 가라 주로가 두 사람 다 햄릿을 연기하는 상황 극장의 『햄릿』을 몽상했던 것이다. 수상 이후 가라의 소설은 신작마다 깊은 취향이 있고, 모두 그의 인간관의 중심에서 벗어나지 않는 독특한 것이라고 생각한다.

또 한 사람, 이쪽은 수상했을 때 가라 주로처럼 많은 독자에게 인상을 주지 못한 것을 안타깝게 생각하는 아오노 소青野聰이다. 짧은 기간의 현대 문학사를 쓴다는 생각으로 말하자면, 무라카미 하루키村上春樹 타입의 신미국파가 나타나기 전에 아오노 소 타입의 고풍스러운 히피 문화의 미국파 붐이 있었으면 좋았겠다고 생각한다. 버클리 대학 주변의 길거리에는 사회에 적합하게 나이를 먹지 않았지만 이미 청년이라고 말할 수 없는 히피들이 항상 모여 있었다. 미국에서도 그들의 시대는 지났지만, 그래도 그 사회적 퍼포먼스가 문명에 새겨 놓은 것은 역사를 거슬러 올라가도 독자적이었던 것은 아닐까. 거기에서 비롯하여 오늘날 게리 스나이더Gary Snyder

의 생활과 작품을 꿰뚫는 듯한 감독도 탄생할 수 있었던 것은 아닐까 하고 나는 생각한다. 그리고 일본 작가에게는 드물게 히피의 세계관·인간관을 계승하면서 지적 표현을 해 왔던 아오노 소에게 주목한 것이다.

히피 문화에 대해 내가 지금 새삼스럽게 말하는 데에는 다른 이유가 두 가지 있다. 먼저 내가 말하고 싶은 것은 대체로 히피와는 관계가 먼 듯 보이는 앎의 거장 하야시 다스오林達夫가 사망했을 때, 새로운 마음으로 그 저작을 다시 읽고 새삼 깨닫게 되었던 『사상의 드라마투르기*Dramaturgie*』의 구절이다. (헤본샤선서 증보판)

구판은 10년 전에 나왔는데, 철학자 구노 오사무久野收와의 대담에서 하야시 다스오는 유럽 여행에서는 직접 접촉하지는 않았으면서도 "뭔가 히피 인터네셔널이라는, 조직은 아니지만 연대 단체로 무질서의 질서 같은 것이 만들어져 있는 것처럼 보였다"고 말했다. 그 부분을 발췌하면 하야시의 히피 평가가 얼마나 본질적이고 정신사의 과제와 관련되어 있는지 확실히 나타난다.

> 그것은 일종의 커뮤니케이션 센터였다. 과장해서 말하면 명승고적이 있는 곳마다 반드시 세계 각지에서 온 히피들의 무리가 있고…. 일본에서는 교토라 할 것이다, 가장 눈에 띄는 곳은.

그리고 지금 새로운 혁명파의 예술 운동. 리빙 시어터, 그로토스키, 그리고 일본에도 왔던 '20세기 발레단'의 베자르. 그리고 세계 속의 앙그라나 상황 극장을 하고 있는 비슷비슷한 자들.—굳이 인용자들이 주를 단다면, 대학자 다스오에 의한 보통명사로서 상황 극장으로 다루어, 가라 주로는 예의 강하고 천진난만한 미소를 짓지 않을까? 말하자면 빙그레한 엷은 미소를—모두 이 히피 인터네셔널의 '민족 대이동'의 중심에 완전히 매몰되어 있는 듯한 착각마저 일으켰다.

하나의 정신적 풍토가 생겨나고 있다. 당신이 말하는 디오게네스적인 대유학자 같은 측면도 있고, 중세의 의구심 많은 학생, 대학에 넘쳐 흐르는 '술, 여자, 노래', 카르미나 브라나의 방랑 학생과도 닮아 있고, 십자군의 몇천몇만 명의 순례자가 우왕좌왕하는 것과도 닮아 있다. 그리고 원조인 미국의 예로 갑자기 발생하는 종교 운동, 시골에 오천 명 정도가 몰려와서 진짜인지 가짜인지 알 수 없는 리더의 선창에 열광한다.

그것은, 큰 문제입니다, 앞으로의. 사상적으로 말하자면, 아마도 서양과 동양의 충돌로 새로운 혼효주의가 싹 트기 시작하겠지요. 지금 말한 예술 단체의 선·요가, 거기에 성력파의 원좌 예배 등에 기괴하게 열중했던 일을 생각하면 말이지요.

세계 각지의 도시에서 도시로 대이동하는 맹렬한 속도의 표현이나, 외국인 남녀와 매개적 허구 없이 부딪치는 일본인의 영혼과 육체의 표현에 뚜렷한 재능을 보였던 아오노 소가 동양과 서양의 impact에 의한 새로운 혼합주의syncretism의 현대 신화를 계속 써 나가 주기를 기대한다. 이렇게 말하는 것은 히피적 특질을 갖춘 인간은 그 주장에 입각해 적극적으로 앞으로 나갈 때 힘이 있지만, 일단 소극적 삶의 과정에 들어서면 때로 약해지기도 하는 것을 걱정하기 때문이다.

실은 이렇게 쓰러져 버린 히피 선구자 중 한 사람, 잭 케루악Jack Kerouac의 평전 『기억의 아기Memory Babe』를 읽은 것이 지금 다시 히피 문화에 대해 생각하게 된 이유 중 다른 하나이다. 나는 『길 위에서On the Road』 이후, 케루악을 애독하고 그 히피 신화의 원형 딘 모리아티에게 미친 것은 물론이고, 케루악에게 유령처럼 붙어 있는 어린 시절 죽은 동생 제랄드로부터 비롯된 시적인 작품도 좋아했다. 그러나 1969년 사후에 사회사적 사건이라 할 만한 생애 덕분에 많은 평전이 나온 케루악의 다른 한 권의 평전은 내게도 '10일의 국화'('때늦음'의 비유)라는 느낌은 있었다. (Grave Press)

그럼에도 불구하고 내가 이 책들을 읽은 것은 제럴드 니코시아Gerald Nicosia라는 젊은 작가가 이 평전의 일부를 전미국 규모의—아쿠나가와상을 문학의 전 장르로 확대한 것 같은—콩쿠르에서 수상하여 출판하게 되었는데, 미국에서도 상당히 어려운 출판 상황 속의 신재능인 발굴 시스템에 관심을 가졌기 때문이었다. 거기에는 모리아티의 모델, 닐 케시

디와 케루악의 히피 시대의 폭풍 같았고 한편에서는 지적 탐구심에 몰두했던 생활이, 다른 한편에서는 그의 가족에 대한 고착이 극명하게 그려져 있다. 게다가 케루악만큼 재능이 있었고 새로운 문명의 지표적인 존재였기 때문에 얼마나 미국 문단과 출판계의 문이 열리기 어려웠는지도 적혀 있다.

케루악은 성공했지만, 그와 동시에 그를 둘러싼 세계를 휩쓸었던 열광의 고리로부터 점차 떨어져 나간 앨런 긴즈버그 Allen Ginsberg처럼 오래 지속될 정도로 성장하지는 못했다. 붐 자체도 뿌리가 약했고, 그가 신작으로 각광을 받는 일도 없이 대체로 알콜로 몸과 마음이 피폐해져 갔다.

죽기 몇 년 전 시골 마을에서 은둔 생활을 하고 있던 케루악은 자주 다니던 당구장에서, 이 술 취한 중년 남자가 작가 본인이라고는 생각도 못하고 『길 위에서』 등에 대해 심취해서 말하는 예전의 닐 케시디와 닮은 청년 크리프를 만나게 된다. 그와의 교류가 쓸쓸한 생활에 약간의 활기를 준 나날 중 어떤 날의 기록.

> 9월 19일 밤, 크리프와 집으로 돌아온 잭은 어머니가 집 출입구에서 울고 있는 것을 보았다. 그녀는 말했다. "네 여동생이 죽었어." 이상한 느낌으로 마음이 흔들려 잭은 술집으로 되돌아가 술을 마셨다. 그는 여동생의 장례식에 갈 수가 없었다. 몇 개월이

지나도록 그는 거의 매일 같이 울었다. 자신을 위로하기 위해서 그는 언제나 앞마당에 앉아 바람이 거대한 조지아 소나무를 뒤흔드는 소리를 들었다. 그것은 제럴드와 티닌의 영혼의 목소리 같았고 그에게 말을 걸었던 것이다.

그리고 마지막으로 결혼한 스텔라와 지내던 — 이 평전에는, 그의 장례식에 나타난 매우 특이한 전처가 자신이 케루악의 아내라고 호언하는 에필로그가 딸려 있다. 스텔라는 작가가 처음으로 함께 위안을 주고받았던 반려자라고 느꼈다 — 케루악은 47세에 죽음을 맞이한다. 거의 같은 연배로 술을 좋아하는 나는 다음과 같은 기술에서 남의 일 같지 않다고 말할 수밖에 없다. 역시 나무를 편애하는 사람으로서도….

10월 17일 금요일, 옆집 부인이 사람을 고용해서 집 앞의 거대한 조지아 소나무를 베어 버렸다. 그것은 우연히도 동생이 죽은 후, 그 가지들을 지나는 바람 소리가 자신에게 말을 건다고 잭이 생각했던 나무였다. 무슨 일이 일어났는지 알게 되었을 때, 그는 심하게 떨기 시작했다. 이마의 혈관이 너무 긴장해서 파열하는 건 아닌지 스텔라는 걱정했다. 그는 밖으로 나가 옆집 사람을 살인자라고 비난하며 소리 지르기 시작했다. 그녀는 자신의 형제자매를 죽이고 있다고….

10월 19일, 일요일 밤, 그는 잠들지 못하고 침대 의자를 밖으로 가지고 나가 별을 보면서 누워 있었다. 다음날 아침은 약간의 참치를 먹은 후 텔레비전 앞에서 노트북으로 새로운 소설 계획을 세우기 위해 앉았다. 작품은 부친의 낡은 가게 이름을 따서 『스포트라이트 인쇄』라는 표제가 될 예정이었다. 마침 침대에서 일어났을 때 스텔라는 욕실에서 비명 소리를 들었고, 그가 무릎을 꿇고 피를 토하고 있는 것을 발견했다. 그는 그녀에게 병원에 가고 싶지 않다고 말했지만 구급대원이 왔을 때는 협조했다. 그들이 집을 나왔을 때 "스텔라, 나 아파"라고 그가 말했기 때문에 그녀는 충격을 받았다. 왜냐하면 그가 처음으로 불평하는 것을 들었기 때문이다. 그러고 나서 그는 그녀에게 더욱 큰 충격을 주었는데, 결혼하고 두 번째로, "스텔라, 사랑하고 있어"라고 말했기 때문이다.

하루도 채 지나지 않은 10월 21일 아침, 26번의 수혈 후 세인트 안소니 병원에서 장 루이 케루악은 죽었다. 고전적인 술주정뱅이들의 병, 식도정맥류 출혈로.

디지 길레스피Dizzy Gillespie의 생일에.

이처럼 비참한 죽음을 맞은 히피 문화의 선구자 케루악에 비해, 마찬가지로 히피적 문명 수립에 지도적 역할을 했던 긴즈버그는 건강하게 살아남아 이스태블리쉬먼트establishment로서 문화계에서도 중요한 존재가 되었다. 그의 경우 주로 앎의 영역에서 자신을 뛰어넘고, 뛰어넘을 수 있는 지식인 타입으로 위기를 회피할 수 있었다고 말할 수 있을 것이다. 나는 하와이 대학의 심포지엄에서 그를 만나 영어와 일어로

Haiku=하이쿠를 합작한 적이 있다. 대학 식당의 종이 냅킨에 삽화를 그려 넣어 그가 깨끗하게 써 준 것이 서고 어딘가에 있을 것이다. 그때도 긴즈버그는 진정 지적 인간, 그것도 연구자 타입의 인간이라는 인상을 주었다. 그것은 결국 그의 시가 최근작 특유의 멋을 갖고 있다고 해도—나는 동서고금을 불문하고, '학자 시인'의 애호자이다—또다시 열광적인 독자를 만들어 낼 것 같지는 않은 그 속사정을 설명하기라도 하는 것처럼 생각되었다.

또 한 명의 히피 문화를 대표하는 상징적 존재, 게리 스나이더도 긴즈버그와 함께 케루악과 친분을 쌓고 케루악의 만년인 1962년에 이르기까지 교류가 있었다. 그는 일본인 여학생이 썼던 『지하 생활자 The Subterraneans』의 분석을 케루악에게 보내 분노하게 만들었는데, 그것이 그들의 관계를 끝내게 만든 원인이었다. 스나이더의 근직謹直한 괴상함을 엿볼 수 있는 일화인데, 케루악이 긴즈버그와 스나이더의 힌두교 사상에 근거한 성에 대한 태도를 비판하자, 일본 여학생들의 분석을 통해(그것은 개인 공격이라고 받아들일 수 있는 것이었다) 반격했던 것이다.

내가 스나이더의 이름을 마지막에 거론한 것은 케루악이나 긴즈버그보다도, 확실히 본질적인 의미에서 하야시 다스오가 기대했던 내일을 향해 열린 히피 문화를 스나이더가 달성했다고 생각하기 때문이다. 특히 그의 우주관·세계관·인간관과 시민적인 실천에 있어서.

스나이더는 1975년에 시집 『거북섬*Turtle Island*』으로 퓰리처상을 수상했다. 케루악적 요설과는 반대로 단어를 철저히 단순화한 화법은 영어의 강함·솔직함·아름다움을 강조한 것이었다. 여기서는 선언문 같은 산문의 한 구절을 사카키 나나오ササキ·ナナオ의 번역에서 발췌하고 싶다.

> 끝없이 "성장해 가는 경제"는 건강은커녕 이미 암이라고밖에 말할 수 없다는 것을 끝없이 호소하겠다. 그리고 경쟁이라는 이름 아래 용서되고 있는 범죄적 낭비―특히 그 정점, "공산주의" 또는 "자본주의"의 열전이나 냉전이라는 소비적이고 불필요한 경쟁―는 맹렬한 정력과 결의로 제지하자. 경제학은 생태학 속 하나의 작은 부분으로 간주해야 할 것이다.

18. 아쿠타가와상 사임의 여파에서
'생의 방추형' 이론,
그리고 쿠시나다히메 신드롬설로

「오오나미 코나미大波小波」라는, 주로 문단에 대한 익명란을 갖추고 있는 신문은 도쿄가 유통 범위일 것이다. 문단과는 연이 없는 대다수의 읽지 않는 사람들에게는 오랫동안 유지되어 온 칼럼의 특성을 잘 전달하기는 어려울 것이라 생각한다. 나도 최근에는 읽지 않게 되었다. 그렇지만 일부러 어느날의 부분을 잘라 엽서에 붙여 원고지 작성에 익숙한 숙련된 서체로 "귀하도 아쿠타가와상의 '허명'으로 원고료 벌이를 하는 것을 그만두는 것은 어떻습니까? 적당한 때가 왔습니다."

라는 권고가 왔다. '허명' 운운은 동봉된 칼럼에도 나오는 돌려 말하기였는데, 설마 칼럼 투고자 본인이 쓴 것은 아니겠지 하고 생각했다.

칼럼의 비판의 골자는 전에 이 책에서도 말했던 아쿠타가 와상 선고 위원의 사임이 상을 주최하는 출판사를 '위협'하는 것이 아닌가 하는 것이었다. 내가 상의 선고 위원을 사임한 것에 대해 신문기자가 알게 된 것은, 우연히 상의 선고회 날 오후 펜클럽의 이사회가 있었고, 동석했던 한 명의 기자가 다음에 이어지는 아쿠타가와상 모임에 참석하는지 인사 대신 물어서 아니, 집으로 돌아가서 책을 읽을 생각이라고 말하며 블레이크 연구의 신간을 보여 주었는데, 그것이 힌트가 되었을 것이다. 그날밤 늦은 시각에 전화벨이 울리기 시작해서 '위협'과는 전혀 관계가 없다는 사임의 이유를 나는 계속 답해야 했다.

일본문학진흥회 회장으로부터 이전에 받은 편지가 증거가 되겠지만, 이미 사임 의사는 원만하게 받아들여진 상태였다. '협박'이라고 한다면, a 이런저런 조건을 넣어라, 그렇지 않으면, b 이런저런 행동을 하겠다는 의지 표명이 없으면 안된다. 핵 억제라는 단어를 일본어로 번역하고자 홀로 고민해 온 deterrence에 대해, 그것이 deter(두렵게 만들어 그만두게 한다)라는 단어에서 파생한 이상, 핵 위협이라고 할 만하지 않은가라고 나는 때때로 써 왔다. 그래서 '위협'이라는 단어에 관해서라면 계속 생각해 오고 있었다.

나는 처음부터 a의 모든 조건 설정을 제시할 생각도 없고, b의 행동을 취했는데 그것은 상대가 받아들였다. 어디에 '위협'이 성립하는 걸까? 목도리도마뱀이 가엾게도 일본의 텔레비전 방송국 직원이 되어, 뱀한테든 사람에게든 간에 목 주변의 피부를 펼쳐서 '위협'한다. 그러는 사이 너무 상대가 강해서 바로 도망친다. 오히려 나는 목도리를 펼치지도 않은 채로 도망친 남자라고 익명 비평란에 비웃음을 사는 것이 아닐까 생각할 정도였다.

아직 청춘이었다고 말해도 좋은 시절 그 나이에 여전히 내가 절교라는 것을 자주 하는 것에 대해 엄격한 비평력은 탁월하지만 온후한 생활자였던 시인 다니가와 준타로谷川俊太郎에게 왜 그러는지 질문받았던 적이 있다. 그래서 나는 '생활의 방추형' 이론이라는 지론을 설명했다. 생의 시작, 혈연을 제외하면 이 세상과 얽매이는 것은 없는 것과 마찬가지이다. 지인·친구가 조금씩 출현하고 증식하고 어느 정도에 이르면 멤버 교체는 있어도 늘어나거나 줄어드는 일 없이 현상 유지를 한다. 그리고 점차로 얽매인 관계를 끊고 — 끊어지는 일도 있지만 — 제로가 될 때까지 인간관계를 축소하고 조용히 죽는다. 이러한 인간관계 총체의 겨냥도를 '인생의 방추형'

이론이라 부른다고.

실제로 50세가 곧 손에 닿을 만큼 가까이 오면, 방추형의 끝이 줄어들기 시작하는 커브는 원하든 원하지 않든 간에 시작된다. 젊은 시절에는 생각해 보지도 않았던, 보기 싫을 정도의 절단 흔적을 잠들지 못하고 하나씩 세고 있는 것 같은 경험도 하게 된다. 그러나 예를 들어 10년 전에는 어떤 사람이든 어떤 조직이든 상대와의 상관관계에서 벗어나기 전에 끈질기게 이야기를 나누었었다. 그것도 '위협'이라는 형태는 아니었다. 이쪽은 어떤 권력도 갖고 있지 않았고, 원래 권력적인 것이 개입할 수 있는 관계는 피해 왔었다. 그러나 지금은 그야말로 목도리를 펼치지 않는 목도리도마뱀처럼 도망치는 일이 많아졌던 것이다.

앞에서 인용한 「오오나미 코나미」의 맺음말은 투고자의 권고를 발췌한 것인데, 내게 문예 잡지와의 관계를 모두 끊으라는 것이 주된 내용이었다. 익명의 비논리로 이어지는 내용은 잘 알지 못하지만, 당신이 핵 포기를 중요하게 생각한다면 그런 시민운동에 찬물을 끼얹는 논문을 게재하는 잡지와 어째서 뻔뻔스러운 관계를 계속 이어 가는 것인가? 수백 자짜리 익명 칼럼의 단골 기고자답게 아담한 악의도 보이는 도발에는 제대로 목표가 좁혀져 있었다. 익명의 투고자 쪽은 잡지의 편집부를 배려해서 그 부분을 얼버무리고 있었는데,

그 배려를 치하하기 위해서도 "자, 메세지는 전달되었다"라고 말해 주고 싶다.

얼마 전에 나왔던 『신쵸』에 NHK의 의뢰로 이루어진 커트 보니것과 나의 대담「테크놀로지 문명과 '무구innocent'의 정신」이 수록되었다. 새로운 잡지가 배달되는 것은 기쁜 일이지만 목차를 보며 '이런이런' 하고 생각한 것은 대담을 포함한 국제 펜 대회 특집의 요점에 에토 준江藤淳의「펜의 정치학」이 자리 잡고 있었기 때문이다. 무엇보다 나의 말에 대한 인용으로 다음 구절이 언급되고 있어 이를 약간 정정하고 싶은데, 에토 준의 최근의 역작이라 인정하면서 읽었다.

> 오誤 : 이사회와 총회 사이 휴식 시간에 내가 총회 회장 구석에서 잠시 쉬고 있는데 오에 겐자부로 씨가 옆에 와 앉더니 명랑하게 말했다. / "에토 씨, 당신은 오늘도 실로 정확한 말씀을 하셨네요. 그 결의는 확실히 정치적인 것입니다. 아하하하하! 당신은 매우 열심이시네요. 30대 1인데도 반대를 하시니까요!"
>
> 정正 : … 에토씨, 당신은 오늘도 실로 성격('정확'과 동음이의어)대로 하시네요… 아하하하하! …

이 구절은 국제 펜 대회와 함께 열렸지만 동일한 행사는 아니었던 각국 펜 센터의 대표자회의 의결안에 대해, 사전에 서독·동독·스웨덴의 3개 센터에서 공동 제안된 초안에 대해,

이사 간사회의 회의 결과를 바탕으로 만든 일본 펜클럽 태도 표명의 문장을 내가 당일 이사회에서 읽고 설명한 후 승인받은 참에, 늦게 도착한 에토 준이 반론을 제기한 것과 관련된 사건의 묘사이다. 이사회에서의 발언이 일본 펜 뉴스에 기록되어 있어 인용하고자 한다. 대표 위원회에 제출할 결의 초안은 평화 위원회에서 검토할 예정이었다. 내가 평화 위원을 맡아서 처음으로 3개 센터에 회답으로 쓴 영문 편지를 일어로 번역하고 그것을 발표하여 의도를 설명했다.

"우리 일본 펜클럽은 1984년 3월 19일 베를린의 『독일 연방 공화국의 펜클럽이 제안한 도쿄 성명 초안에 대한 독일 민주 공화국 펜클럽의 보충 초고』를 평화 위원회에서 기본적으로 환영합니다." 처음에 서독의 원안이 있었고 그에 대해 동독에서 매우 구체적인 정치성이 내포된 수정안이 도착했습니다. 일본으로서는 원안으로 되돌리는 것이 좋지 않을까 제안했는데, 간사회에서 이미 찬성하는 쪽으로 새삼 서독에서 제3안이 도착했습니다. 서독에서도 같은 회의가 열렸다는 것을 알 수 있다고 생각합니다. 따라서 원래 근본적인 원안으로 되돌리는 것을 환영한다는 의미입니다.

"이번 국제 대회가 히로시마·나가사키의 경험이 있는 일본에서 열린다는 의의를 언급해 주신 것에 대해 먼저 감사의 말씀을 드립니다. 구체적인 정치 행동으로의 국제적인 호소에 대해 어디까지나 원리적으로 그리고 넓은 시야에서 문학 관계자의 특성을 살려 제안한 것에 공감하고, 이 태도가 결의안으로 관철되는 것을 확인하겠습니다."

확인이라고 말한 것은 다시 한번 동독이 제출한 것 같은 정치적인 것으로 바꾸는 것은 곤란하다는 뜻입니다.

"이것은 결의안에 있어서, 구체적인 국가명, 평화 회의, 정부 성명을 통해, 핵 폐기를 위한 현실적 계획을 논하기보다도 펜클럽의 결의안으로서 모든 참가국과 그 국가들에서 다양한 생각을 가진 사람들에 대해 보편적인 설득력을 갖춰야 하기 때문입니다. 펜클럽의 운동은 어떤 정치 세력으로부터도 독립적이지 않으면 안 됩니다."

이것이 확인의 이유입니다.

"일본 펜클럽은 히로시마와 나가사키의 피폭자들의 비참과 그들의 재생을 위한 노력을 그린 소설 앤솔러지 『아무것도 알지 못하는 미래로』를 독자적으로 편찬하고 그 영역본을 준비했습니다. 우리들은 국제 펜 대회의 참가국 모두 펜클럽이 각각의 언어로 이 앤솔러지를 번역·출판하고 보급하고자 노력한다는 항목을 결의안에 상정할 것을 제안합니다"라는 것입니다.

핵무기는 인류의 현재와 미래의 생사에 관련된 과제이다. 그것이 문학이나 문학자의 과제가 아닐 수는 없다. 그러나 정치적인 결론으로 연결되는 것을 피하고자 국제 펜 대회를 임하면서 여러 단계로 주도면밀히 준비에 준비를 더했다. 그렇지만 국제 펜 대회의 분과회 총괄이라는 역할이 주어지자 모든 출석자에게 영어로 직접 호소하는 방식으로 대표자 회

의와는 무관한 에토 준이 국제 대회와는 독립되어 있는 결의
에 대해 정치성을 비판하는 스탠드플레이를 했다. 갈채를 받
은 에토 준이 여세를 몰아 누구보다 그가 당사자였던 「펜의
정치학」에 대해 말하는 동안, 그것도 성격이겠지만 다음과
같은 고양된 모습을 나타내기도 했다.

> 다만 한 가지 확실한 것은 이번 국제 펜 도쿄 대회의 무대 뒤
> 에는 '평화'와 '반핵'의 미사여구를 표방하면서도 어떤 권력
> 의지를 갖고 그 '배제'의 논리를 강력히 행사하려는 사람들이
> 있다는 사실이다.
> 그 사람들이 야마타의 오로치처럼 신통력이 있는 존재인지,
> 아니면 양다리인지 세 다리인지 모르겠지만, 가령 그 이름을
> 오로치 X라고 하자. 적어도 일본 문단과 저널리즘에 관한 한
> 이 오로치 X야말로 그 속에 썩은 냄새를 풍기며 지적·정신적
> 퇴폐를 충만하게 만드는 원흉이라고 말하지 않으면 안 된다.
> 왜냐하면, 이 오로치 X는 '평화'를 들어 자유를 압살하고 '반
> 핵'과 다른 많은 이름으로 개인의 자유로운 발언을 빼앗으려
> 고 하는 다목적적인 권력 구조이기 때문이다.

이러한 고양된 어조는 정당한 것이 아니다. 에토 준 정도의
상식을 갖춘 사람이 위와 같은 다만 한 가지 확실한 것 등은
사실이 아니란 것을 어째서 모르는 것일까? 만약 그 정도로

다목적적인 권력 구조가 실존한다면, 편집부가 그러한 문장을 펜 대회에 착실히 임해 온 사람들의 문장 옆에 태평하게 인쇄할 수 없지 않았을까?

역시 『신쵸』에 한 여류 작가가 에토 준의 ○기라는 표기로— 설마 중풍은 아닐 것이다— 암시를 사용한 적이 있었다. 나는 그녀의 표현에 둔감했었는데, 정신의 자질, 감정의 타입이라는 점에서 오랫동안 에토 준을 보아 온 경험에서 어떤 발견을 한 것이었다.

에토 준은 그 명민한 정치성, 그리고 무엇보다 성격적으로 권력 구조의 편에 서는 부류이지, 힘 있는 자에게 배척되는 부류는 아니다. 일시적으로 그러한 상태에 있다고 해도 그것은 시력에 약간의 문제가 생겨 권력 구조를 잘못 선택한 결과일 뿐으로 에토 준은 곧바로 이를 바로잡아 왔다. 그런데 에토 준이 매우 고양된 문장을 쓸 때는 언제나 자신이 권력 구조에서 배척되어 '의로운 약자'의 입장에 설 때이다. 피점령을 둘러싸고라고 말하는 듯한 대세에 서는 경우는 물론이고 가마쿠라시에 대한 고정자산세의 불평등과 같은 경우에도….

야마타의 오로치의 비유와 연결해서 에토의 정서적인 고양을 지탱하고 있는 정체성은 스사노오노 미코토로서 야마타의 오로치와 싸운다는 입장이라기보다 구시나다 히메로서 박해가 두려워 떠는 입장에 더 가깝다. 무엇보다 일단 '의로운 약자'라는 감미롭고 비장한 자기 암시에 취하면—야마타의 오로치를 위한 술을 가로챈 것일 테지만—이 구시나다 히메는 스사노오노 미코토도 압도할 만한 용맹함을 발휘한다.

익명의 투고자들의 기대에 어긋난다고 하더라도 당분간은 도발에 응하지 않고 나는 문예 잡지가 이러한 번쩍번쩍하는 연극 무대의 미문美文 옆에 나와 같은 생각·글쓰기의 문장도 채용해 주는 한 지금까지와 마찬가지로 글을 쓸 생각이다. 보니것의 담론을 더욱 decent한 아름다운 단어라고 읽어 준 젊은이들도 그 수가 적다 할지라도 존재할 것이므로.

19. 장편 『여족장과 트릭스터』가
환상의 소설이 되기까지

『동시대 게임』의 신쵸 문고판이 가을 초에 나왔다. 내 작품이 양장본으로 발행됐을 때 많은 부수가 인쇄되었는지 하는 것과는 별개로 어떤 작품, 어떤 작품에 대해 이 책은 충분한 독자들과 만났다, 감사할 일이라고 기억되는 책과 수는 적더라도 이 책을 위한 진정한 독자가 있었을 것이다, 그들에게 전달되지 못했다, 아쉬움이 남는 책이 있다. 『동시대 게임』은 많지는 않지만 10만 부를 넘겼다는 것과, 그만큼의 부수에 달하면 특별한 장정본을 2권 받을 수 있다는 즐거움이 있었는데, 이 책의 경우 어떤 이야기도 나오지 않아 쓸쓸함과 함께 기억하고 있다.

　따라서 단순 계산으로 하면, 나와 같은 주제·문체의 작가로서 어떤 불만도 없는 독자에게 받아들여지는 방식이었던 것이다. 비평에서도 긍정·부정을 포함해서 환기되는 문장이 많았다고 기억한다. 그리고 이 책은 잘 독자에게 받아들여졌다고는 말할 수 없는, 소설과 독자 사이의 틈이 메워지지 않았다는 인상이 계속 남아 있었다. 그것은 단적으로 내게 원인이 있었으리라. 나 스스로도 독자와의 사이에 다리 놓기를 해냈다고 납득하면서 소설을 써냈던 것은 아니었다는 생각이 『동시대 게임』에 대해서는 들었다. 생각해 보면 이런 생각은 소설의 최종 원고를 출판사에 넘기고 나카무라 유지로中村雄二郎를 중심으로 최고의 여행 동료들과 파리에 갔던 그 여행 중에 이미 내 안에서 싹트고 있었다.

　그런 생각이 들고 나서 나는 바로 새로운 장편을 준비하기 시작했다. 다음 해 중반에는 실제로 쓰기 시작했고, 당시 카드와 각 부분당 몇 장에서 때로는 수십 장의 블록block별 첫 번째 초고는 정리되지 않은 채 서고 구석에 있다. 생각이 나서 아까 찾아보니, 초기 이 소설을 『여족장과 트릭스터』라는 제목을 붙이고 거기에 표현된 있는 그대로의 주제를 어떻든 친숙한 언어로 만들기 위해 시행착오를 겪었다는 것을 알 수 있었다. 발표하기까지 여러 형태로 바꾸어 갔는데, 어찌

되었든 그 단계마다 초고를 계속 써나가면서 일정 기간마다 일정 방향을 정해서 매일 얼마간은 작업을 진행시켜 가는 방식을 취해 왔다.

그 하나하나의 문장 초반 부분에 엘리아데를 소개하면서 다음과 같이 쓰고 있다. 그것은 2년 전 내가 이 소설의 집필을 계속 생활의 중심에 두고 완성을 의심하지 않았다는 것을 말한다.

> 우리는 소설 속에서 하나의 단어·관용구·이미지 또한 그 소설 전체의 각각의 층위에서 리얼리티를 느낀다. 그것도 반드시 현실에 입각하지 않고 현실 같지도 않은 것에서 여전히 리얼리티를 느끼는 경우가 있다. 그것은 즉 우리가 인간으로서 밑바닥에 갖고 있는 '원형'에 연결되어 있는 것을 거기에서 발견할 때 리얼리티를 느끼게 되는 것은 아닐까?
> 가설을 설명하기 위해서 학자가 아닌 내가 할 수 있는 것은 소설에서 예를 찾는 것이다. 『동시대 게임』과 대칭을 이루는 장편을 나는 지난 4년가량 집필한 후 수정 작업을 반복해 왔는데, 그것은 앞서 서술한 의도에 입각한 것이었다.

이 시점에서 새로운 장편의 근본적인 모티브는 이미 잘 파악되어 있었다는 것이 나타나 있다고 생각한다. 그래서 평소대로라면 올봄에는 『여족장과 트릭스터』를 완성하고 대칭으로서의 『동시대 게임』과 함께 독자를 위한 가교를 확실하게 만든다는 최초의 계획을 달성했어야 했다. 그렇지만, 그로부터 2년이 지나 얼마 전 나는 이 장편의 집필을 최종적으로 포기하게 되었다. 그것도 내가 이 작업을 하고자 한 의도는 달성했다고 생각하면서도 그렇게 결정했던 것이다.

이유는 명확했다. 최근 집중적으로 발표한 시코쿠의 숲속 골짜기라는 토포스를 주제로 한 단편·중편은 이미 완성된 결말의 작품 『어떻게 나무를 죽일까』까지로, 구상한 장편이 차지할 예정이었던 부분까지 확대되어 전체를 덮고 있다고 느꼈기 때문이다. 이 단편·중편을 모두 읽은 사람들이 문고판 『동시대 게임』을 읽는다면 더 이상 애매하지 않은 구체적인 세계가 파악될 것이고, 내가 『동시대 게임』을 통해 하고자 한 것은 이를 위한 보조 수단 같은 작업이었기 때문이라고 지금은 나도 이해하고 있다.

어째서 이렇게 진행되었는가? 이번 경우, 장편의 초고와 병행해서 두 권의 책으로 만든 단편·중편을 썼다. 그 방식이 지금까지의 단행본 장편과 달랐던 점인데 나는 이 단편·중편과 매일 써 나가는 장편을 분리해서 쓰고 있다고 확신하고 있었다. 『'레인트리'를 듣는 여인들』에 수록된 작품은 오랫동안 읽어 왔다. 맬컴 라우리Malcolm Lowry의 작품과 생애를 한편에 두고 쓰는 방식이었고, 또한 『새로운 사람이여 눈을 떠라』는 나에게 아마도 죽을 때까지 중요한 시인임에 틀림없는 윌리엄 블레이크를 역시 한편에 두고, 그 빛을 받으면서 자신의 세계를 만들어 내는 방법을 취하고 있었다.

그에 반해 이들 두 권의 책을 출판한 후 쓰기 시작한 단편·중편은 그 안에 『하마에 물리다』의 연작을 별개로 하면, 제작 중인 장편을 지금 유행하는 말로 표현하자면 탈구축하고 그 행위가 새로운 작품 제작이 되는 방식을 취한 것이다. 유럽과 미국의 새로운 문화 사상에 정통하고 자신만의 독자적인 문화 이론을 세우고 있는 미요시 마사오가 나의 단편·중편에서 현실의 모델과 사건이 소설화의 과정으로 이룬 환골탈태에 대해 하나의 탈구축이라고 비평해 주었다. 나는 장편의 초고를 개입시켜서 이중의 탈구축을 시도했다고 하지 않을 수 없는 것이다.

미요시와의 자극적인 대화를 주 2, 3회 나눌 수 있었던 버클리 일본연구센터의 내 방 책장에는 체재 중에 최종 원고를 완성할 예정이었던 『여족장과 트릭스터』를 장편의 구성으로 정리한 초고가 놓여 있었다. 겉보기에는 정연하게 문자를 연결한 천 매가 넘는 초고를 책상 위에 놓고, 그 속에서 상당량을 파기한 후에 연결하는 새로운 초고를 쓴다는 방식으로 최종 원고를 만드는 작업을 하는 일본의 작가. 그러한 호기심의 눈길도 받았을 것이고 전에도 이야기가 나왔지만 『역사와 의지*History and Will*』라는 마오쩌둥의 사상에 대해 출중한 전망을 쓴 역사학자 프레데릭 웨이크만Frederic Wakeman에게 역시 역사학자인 우리들의 센터 소장 어빈 쉐이너의 집 파티에서 그것도 확실하게 차분히 앉아서 설명을 정리해 준 적이 있다. 작가의 자녀였고 자신도 소설을 쓴 적이 있었던 활성화된 정신의 소유자 웨이크만에게서 나는 좋은 청자를 발견하고, 나의 생각도 정리하기 위해서 상세히 『여족장과 트릭스터』의 이야기를 했었다.

그 위에 나는 분량 면에서는 충분한 이 초고를 최종 원고로 만들면서도 또 다른 『동시대 게임』일 수밖에 없다고 느껴 불만이었던 부분을 극복해서 새로운 작품을 완성했고, 한편 이를 뛰어넘은 작업 자체가 『동시대 게임』을 조명하기 위해 진행할 생각으로 써 왔다고 말했다. 오히려 익명으로 이 초고를 출판하고 위작 『동시대 게임 part II』를 비판한다는 형태로 자신의 다음 소설을 쓰기 시작할 정도다. 이 초고를 어떻게든 정리해서 자유로워지지 않으면 나는 앞으로 나갈 수 없는데 초고 전체에 대한 불만은 어중간한 방식으로는 해소될 수 없다고 생각했기 때문에….

웨이크만이 위작으로서의 초고의 출판에 대한 이야기에 유쾌하게 소리 내어 웃고, 거기에 힘을 얻어 새로운 구상이 떠올랐다. 장편 초고를 열몇 개의 덩어리로 정리해서 하나씩 다시 읽고 비평적으로 극복할 의도로 단편·중편에 임할 수 있을 것이고, 거꾸로 초고의 그 덩어리 전체가 무의미하다고 깨닫게 되는 경우도 있을 것이다…. 나는 바로 다음 날부터 작업에 들어갔다. 단편 『튀긴 소시지를 먹는 방법』이 첫 번째 성과로서 하나의 자유로운 사이클을 거쳐 거기에 연결되는 중편 『어떻게 나무를 죽일까』를 완성하고 보니, 장편 『여족장과 트릭스터』를 완성한 것과 마찬가지로 깊은 면에서 완결된 느낌이 들었고, 게다가 『동시대 게임』의 견인력에서도 자유로워진 것을 느꼈다.

웨이크만과 재회한다면 나는 그와의 대화가 이러한 계기를 만들었다고 말하고, 또 현실과 상상력의 세계가 얽힌 이 단편·중편의 방법이 그의 저작의 한 구절을 통해 환기된 것이었다는 것도 말하고 싶다. 웨이크만이 『모순론』을 인용해서 "의지가 없으면 역사는 존재하지 않을 것이다. 그리고 역사가 없다면 결코 의지는 존재하지 않을 것이다."라고 그의 저작을 끝맺고 있는데, 현실이 없다면 상상력은 존재하지 않을 것이고, 상상력이 없다면 현실은 존재하지 않을 것이라는 것이 이 단편·중편의 방법의 핵심이었기 때문에. (Univercity of Califonia Press)

이렇게 해서 『동시대 게임』의 다음 장편으로 재출발할 준비를 완료하고 한동안은 저널리즘의 표층에서 모습을 감추게 된 것이고, 이 연재도 끝내는 방향으로 진행하고자 한다. 그래서 마지막 몇 편인가 내게 있어 소설의 전략, 앎의 즐거움이 갖는 빼놓을 수 없는 의미를 요약해 보고자 하는 것이다. 결국 쓰지 않을 수 없었다, 그리고 완성한 것같은 카타르시스를 가져다 준 『여족장과 트릭스터』의 운명에 대해 쓰면서 — 오랫동안 때때로 숲속 골짜기의 '위대한 여성'에 관한 소설에 대해 들어 왔던 야마구치 다스오는 그가 왕성하게 만들어 왔던 동서양의 독서 리스트에 이 전설의 소설이 완독한 책에 포함되어 있는 것은 아닐까? 그와 나 적어도 두 사람의 친밀한 독자를 그 책은 갖고 있었던 것이다. — 나는 이미 소설의 전략에 대해 근본적인 의의를 말한 듯하다.

이 5년 동안 나의 생활 전체를 핵심에서 관통하고 있는 것 같은 것은, 이러한 말투가 허풍이라면, 어쨌든 무엇을 하든 머리에 떠올라 자유로울 수 없었던 것은 『동시대 게임』에 착수한 지점에서부터 어떻게 해서 나의 세계를 전개할까 하는 문제에 멈추지 않고 지금 나는 어떤 인간으로 살아가고 있는가, 내일로 나아가는 것은 어떤 전망을 갖고 있는가라는 자기 검토를 반복하는 것이었다. 집필 중인 소설의, 점점 무거워지고 점점 부피가 커지는 초고를 들고 버클리로 떠났던 것도 그러한 사정을 반영하고 있었다고 생각한다.

최근에 갑자기 죽은 여류 작가가 재능의 집합체와도 같았던 젊은 시절 당신은 장편의 주제를 지금 몇 가지 갖고 있는지, 그녀는 10~15가지는 바로 보여 줄 수 있다고 말하면서 질문한 적이 있다. 단 한 번 참석했던 미시마 유키오의 파티 석상에서 가까이 앉아 있던 여러 작가들 모두에게 했던 질문으로 나는 대답하지 않았다. 굳이 대답을 요구했다면 나는 찬물을 끼얹고 말았으리라. '한 개, 항상 단 한 개, 하나의 주제를 다 쓰면 어느새 다음 주제가 나타나고 그러기를 반복하고 있습니다. 지금 내가 살아 있다는 것에 항상 주제는 그 시점에 하나밖에 없다고 느끼는데, 완전히 그것과 마찬가지로.' …

몇 년에 걸쳐 출처가 어디인지 알 수 없지만 어처구니없게도 내가 자살 기도를 했으나 미수에 그쳤다는 이야기가 언론사 관계자에게 흘러 들어간 적이 있었다. 이 연재에도 썼던 대학 친구로 문예지 편집부에 있었던 H가, 또 다른 여류 작가에게 전해 들었다면서 전화를 걸어 와 "친구로서 말하면, 자네는 그런 일에 실패할 리가 없는데, 즉 미수라는 것은 자네에게 어울리지 않아."라고 이상한 격려를 해 주었던 적도 있다. 덧붙여 신문 기자는 직접 우리 집에 전화를 걸고도 또 찾아왔다. 그에게 대답하던 아직 30대였던 아내의 미묘한 시제 구사는 아직도 기억한다. "최근 긴 소설을 쓰고 있어서 그걸 끝낼 때까지 그런 짓은 하지 않을 거라고 생각해요."
…

소설을 쓰는 것이 내 생활의 중심에 있고, 몇 가지 사회생활로의 확장이 있어 그쪽으로 끌려 나간다고 해도 용무가 끝나면 바로 서재로 돌아와 소설을 쓰는 것으로 내부와 외면의 계속성 및 균형을 유지하고 있다. 그것이 젊어서부터 소설을 쓰기 시작한 나의 삶의 스타일이 되었고, 그것은 지금까지 계속되고 있다고 나는 말할 수 있다. 덧붙여 생활자로서 일반적이고 평균적인 인간인 내가—그런 자기 인식은 대학에 들어가기 위해 도쿄로 올라가 눈부신 수재들에게 둘러싸인 후 내 안에 있기 때문에 수재형의 비평가에게 평범한 인간이라 불린다 해도 새삼 우울해지지는 않는다—뭔가 현실의 층層의 얼마간 깊은 곳까지 잠식하는 듯한 그것을 인식할 수 있는 것은 나에게 소설이라는 방법이 있기 때문이라고 느끼는 것이다. 소설의 전략을 통해서 비로소 나는 현재 여기에 존재하는 자신을 뛰어넘어, 새로운 자신을 계속 만들어 내고 있는 것이라고….

현실에서 나는 장애를 가진 아들의 문제를 비롯해 새로운 어려움이 일상생활에 생길 때마다 소설 초고의 어설픈 부분을 반복해서 고쳐 쓰고 실감할 수 있게 만드는 방식으로 나의 느끼는 방식, 생각하는 방식을 검토하고 점차 살아가는 방식의 최종 원고를 만들어 간다, 그 절차를 밟고 있다는 것도 깨닫고 있다.

20. 책을 읽는 나만의 방식에 대해, 레인을 매개로 하여 다음 단계로

한 장년의 작가, 즉 초로에 들어선 나보다 여남은 살 젊은 작가와 수년 전에 대담했을 때 로만 야콥슨Roman Jakobson의 저작이 '자신의 얼얼한 생각을 채워 주지 않는다'는 의미의 말을 실제로 그런 표현으로 말해서 마음에 걸렸었다. 야콥슨의 저작을 읽은 시기는 수년에 걸쳐 레비 스트로스를 읽은 시기와 일정 부분 겹친다. 이른바 자신의 앎의 기본 구조를 확인한다는 점에서 중요한 계시를 받았던 학자이다. 그러나 정신의 상처에 바르는 연고처럼 야콥슨을 읽는 것은 ― 레비 스트로스에 대해서도 마찬가지지만 ― 내게는 익숙하지 않은 방식이라고 생각되었다.

이 작가가 왕성한 앎의 정력에 이끌려 최근의 문장에는 베이트슨Gregory Bateson의 사상을 사용하여 아시아의 현실을 훌륭하게 헤쳐 나가고 있다. 이에 감동하면서 나는 어떤 사상가의 방식을 사용한다고 느끼면서, 그 영향을 내 작업에 활용하는 일은 없다고 생각했다. 즉 공식화해서 보면, 나는 어떤 사상가의 책을 나의 얼얼한 갈망을 치료해 주기를 기대한다는 면에서는 한 걸음 물러서서 책을 읽는다. 또한 어떤 사상가의 책을 거기에 있는 방법을 사용한다는 방식으로 읽기보다는 보다 수동적이고 종합적으로 영향받는다. 전자에 대해서는 너무 감상적이지 않게, 후자에 대해서는 너무 메마르지 않게 읽는 것이 나의 독서법이다.

내가 지금까지 매우 자주 어떤 갈망을 갖고 반복해서 읽었다고 한다면 그것은 와타나베 가즈오의 저작인데, 그래도 너무 힘들 때에는 라블레의 번역을 읽고 어느 정도 회복되면 라블레의 에세이·평론으로 방향을 돌린다는 식이었다. 그것은 오히려 작가에 대해서가 아니라 저서 자체에 대해 그렇게 느낀다. 친할수록 예의를 갖추고 특정 저작을 너무 가까이하는 것을 그다지 좋아하지 않는 것이다. 게다가 나는 여러 사상가의 작업에 대해 먼저 전체 작품을 읽는다는 식으로 시간을 들여 집중적으로 읽기를 반복해 왔던 것인데….

내가 소설의 방법에 대해 생각할 때 지금까지 가장 깊게 영향받은 사상가를 들자면, 상상력론에서 가스통 바슐라르, '낯설게 하기' 이론을 비롯한 러시아 형식주의자들, 중심과 주변 이론의 야마구치 마사오가 차례차례 떠오른다. 그러나 나는 그들의 방법론을 사용한다는 식으로는 자신의 작업에 사용하지는 않았다고 생각한다. 나는 오히려 그 방법론을 통해서 성장했다—내 안에 그것들이 환기시키는 새로운 방법 설정과 공생하는 과정에서 자연스럽게 발생하는 것에 입각해 소설을 써 왔다—고 생각한다.

『동시대 게임』을 쓰는 동안, 예를 들어 하루에 3시간을 원고를 쓰는데 사용한다면—소설의 수정 기간은 볼드윈James Baldwin의 말에 공감하면서 인용하면, 하루 24시간 일한다는 것이므로 작가의 생활이 그렇게 우아한 것이라고는 할 수 없는데 —, 오후 남은 시간은 집중적으로 레비 스트로스를 읽고 지치면 잡다한 다른 책으로 옮겨 간다. 이 책에서 이미 이에 대해 여러 번 썼는데, 그리하여 저녁에는 수영을 가고 집에 돌아오면 술을 마시고 잠드는 날들이었다. 그때 한 문화인류학 전문가와 레비스트로스론을 공동 집필하는 기획을 제안받고 진지하게 고민한 적이 있었다. 그것도 『동시대 게임』에 레비 스트로스의 그림자는 직접 드러내지 않는다는 면에서 내가 책을 읽는 방식이 나타나 있으리라. 말할 것도 없이 그 시기에 나는 레비 스트로스의 뉴트럴한 문체를 통해 매우 오랫동안 온화한 격려를 계속 받고 있었던 것이다.

일단 소설의 최종 원고를 완성하면 그 소설을 위해 썼던 카드나 여러 종류의 미완성 원고를 정리하기 시작한다. 무질 Robert Musil의 『특성 없는 남자』 마지막 부분의 미완성 원고 —거의 완성 원고에 가까운 것부터 메모에 이르기까지 여러 종류의—는 말할 수 없이 아름답지만, 나는 내 초고들에 관한 한 불특정 다수의 눈에 띄게 남겨 두고 싶지는 않다. 그런데 미완성 원고들을 처분할 때 그 소설을 쓰는 동안 읽었던 책들도 정리하고 싶다는 기분이 드는 것이다. 그래서 내가 독서의 근거지로 삼고 있는 거실의 책장은 완전히 모습을 바꾸게 된다. 소설의 자료는 물론이고 레비 스트로스의 저작처럼 소설의 간접적인 자료로도 사용되지 않았던 것도 그렇고, 레비 스트로스를 둘러싼 저작의 구상도 『동시대 게임』의 완성과 함께 자연히 소멸해서 전문가에게 폐를 끼치게 되었다. 올봄이 끝날 즈음 일본과 프랑스 회의의 프랑스 대표인 정부 문화 담당의 아름다운 여성은 몇 년 전에 읽었던 레비 스트로스 연구의 저자였다. 회의 후에 하코네 호수의 유람선에서 나는 전설의 나의 레비 스트로스론의 요점에 대해 말했는데, 그녀에게 아주 매몰차게 부정당하지는 않았다….

『동시대 게임』 후에 『여족장과 트릭스터』를 구상하는 동안 거실 서재를 채워 간 것은 맬컴 라우리와 윌리엄 블레이크의 연구서였다. 이 말을 하는 이유는 두 텍스트 자체는 몇 권인가 각각의 간행본을 구할 수 있었지만 (후자의 팩시밀리판을 빼면) 매우 적은 분량이었기 때문이다. 그것들을 읽는 동시에 한편으로는 장편의 초고를 써 가고 다른 한편으로는 계속 폐기하면서 결과적으로는 두 권의 연작으로 중편·단편을 발표했던 것이다. 이 두 권의 책에서 여성의 넓은 포용력으로 지탱된 위기 속의 남자라는 주제가 일관되어 있다는 재미있는 발견을 했다.

　그것은 비극적인―그로테스크나 희극이라고 비평할 수도 있겠지만 동시에 중년을 지나 술을 좋아하는 나 자신에게는 그렇게 말하고 싶지 않은 마음도 있다―알콜 의존증으로 자살에 가까운 사고사를 한 맬컴 라우리가 생애 후반을 두 번째 아내 마저리에게 의지했다는 것이 그 한 가지. 그것은 특히 『'레인트리'를 듣는 여인들』의 주제와 관련 있는데, 덧붙여 블레이크에 대한 가장 훌륭한 연구서라 해도 좋을 책들의 저자인 모나 윌슨Mona Wilson과 캐서린 레인Kathleen Raine이 여성이라는 사실이 재미있다고 느꼈다.

　고전이라 할 수 있는 모나 윌슨의 블레이크의 평전은 이미 새로운 연구자의 관심을 끌지 못할지도 모른다. 그러나 특유의 고풍스러운 문체로 블레이크의 죽음 전후를 묘사하는 기술에는 품격 있는 노부인의 억제된 고양이라 할 만한 인상과 뭐라 형용할 수 없는 훌륭함이 있다. 성 프란시스코의 대형 고서점에서 처음 그다지 좋지 않은 응대를 받던 중—일본인 중요 고객은 천리도서관 영업사원이나 원숭이 요리학교 주인이라고 생각하기 때문에 무리도 아니지만—내가 블레이크에게 관심을 보이자 안으로 끌려 들어가 『예루살렘』의 색채판 팩시밀리와 윌슨의 초판 양장본을 보여 주었다. 특히 후자는 처음 본 것으로 '뛰어오른다'고 스스로 부르는 현상이 일어나 사겠다고 약속했다. 다음 날부터 돈을 마련할 궁리를 하고 있었는데 그 책은 구매자가 정해져 있었다는 정중한 편지를 받게 되어 반은 낙담하고 반은 가슴을 쓸어내리는 상황….

캐서린 레인은 내게 더욱 중요한 사상가로 내 안에 자리 잡게 되었다. 블레이크를 매일 읽으면서 함께 연구서를—원래 독학의 미숙한 애호가로서 기초부터 더듬어 가며—읽어 가는 동안 블레이크의 청년기에서 오랫동안 계속되던 침묵의 시기까지 인생의 절반을 동시대의 정치적 콘텍스트로 읽어 가는 데이비드 어드만David V. Erdman의 평전이 강하게 나를 사로잡았다. 이 학자가 새롭게 엮고 주석한 블레이크의 텍스트나 흑백판 팩시밀리, 거기에 상세 내용을 깊이 연구한 용어 색인에 착실히 도움을 받은 나는 그의 평전이 블레이크가 살아 있던 사회와 연결되는 통로를 뚫어 준 것 같은 기분이 들었다.

어드만에게 결여되어 있지는 않지만 특별히 중시되고 있지도 않은, 블레이크의 밀교 사상과의 관계를 깊이 파고든 레인이 내 안에서 어드만과 좋은 균형을 잡아 주었다. 야마구치 마사오를 통해서 한 연구실에서 빌린 레인의 대저 『블레이크와 전통』을 젊은 연구자들에게 폐가 되지 않도록 잠자는 시간도 아까워하며 읽었던 일주일은 어쩌면 나의 깊숙한 곳에서 중요한 회심回心이 이루어진 날들이었는지도 모른다고 생각할 정도였다. 거기에 유대교의 카발라가 큰 역할을 하면서 그 역시 중요한 계기가 될 맬컴 라우리의 작업으로 마음이 옮겨 가는 식으로 몰두하게 되었다.

레인이 블레이크와 밀교적 전통에만 관심을 쏟았는가 하면 그렇지는 않고, 그것을 사회의 미래와 직접 연결하는 정열적인 사고의 주인이기도 했다는 것은 『블레이크와 신시대』에 나타난다. 나는 동시대 여성 사상가에 대한 앙케트가 있다면 레인을 언급하고 싶을 정도다. 어드만이나 레인에게 이끌려 블레이크와 나 자신 및 아들의 생을 엮어 낸 『새로운 사람이여 눈을 떠라』를 간행한 후에도 일단 블레이크와 관계된 거대한 책은 거실 책장과 작업 책상 주변에서 다른 곳으로 이동

하고—가장 아름답다고 생각하는 책은 내 책의 훌륭한 제조
자, 스카사 오사무司修에게 맡겼지만—그리고 다음 저작들,
구체적으로 미르치아 엘리아데 쪽으로 옮겨 가면서도 서점
에서 판매되는 대량 인쇄된 페이퍼백과는 반대 방식으로 제
작된 레인의 저작을 발견하면 읽지 않을 수가 없었다.

그렇게 읽은 레인의 저작으로 특히 깊은 인상을 받은 것은
예이츠 총서 중 『블레이크에서 '비전'으로』였다. 예이츠의
『비전』의 비밀 종교 사상과 블레이크의 연결을 표층에서 시
작하여 깊게 천착한 연구이다. 최근 예이츠의 시를 몇 편 번
역하면서 읽었는데, 그것은 내게 이 책이 레인의 업적으로서
『블레이크와 전통』의 증보판이라고 할 만한 것인데, 유쾌한
독서의 경험이었다.

내가 전설의 소설이라고 말한 『여족장과 트릭스터』의 해체
작업으로—라고 해도 독자적으로 중편·단편을 쓰고 그것이
내포하고 있다고 생각한 장편의 일부를 폐기해 가는 개별적
인 작업이었는데—썼던 작업의 마무리로 「'죄 사함'의 푸른
풀」이라는 단편을 썼다. '죄 사함'이 블레이크의 중요한 키
워드이고 소설 속에서 블레이크의 '지의 여행자'가 사용되고
있으며 장애를 가진 아들을 매개로 한 세계 발견의 이야기 중
하나인 이상 『새로운 사람이여 눈을 떠라』와 동공이곡同工
異曲이라 해도 어쩔 수 없다.

원래 내가 태어나 자란 숲속 골짜기 마을에서 어렸을 때 여족장 같은 존재라고 느꼈던 어머니와 그녀에게는 트릭스터 같았을 나의 길고 미묘한 관계를 장편의 축으로 하고 있었다. 그것을 중편으로 바꾸어 하나의 작품으로 독립시키고자 했던 것이다.

「'죄 사함'의 푸른 풀」에서 블레이크의 '지의 여행자'를 깊게 연구하지 않았다고 처음에 언급한 장년의 작가와 쌍벽의 실력파 여류 작가로부터 비판받았는데, 적확한 비판이라고 생각한다. 나는 다음으로 미뤄 둔 과제로서, 블레이크의 비밀 종교 사상에 뿌리내린 은유로 가득 찬 『피커링 초고』의 긴 시를 짊어지고 때로 번역을 시도하면서 항상 내 안에 살아 있도록 하고 있다. 그 단계 도중에 이 시에 대한 확신도 없이 메모장처럼 앞으로의 작업에 대한 가교로 「'죄 사함'의 푸른 풀」에 사용했던 것이다.

블레이크의 '지의 여행자'의 중요한 의미에 대해 내가 읽은 가장 훌륭한 해석은 역시 레인이었다. 또한 『블레이크에서 '비전'으로』는 여러 방식으로 나를 자극하는 언급으로 가득 차 있다. 레인은 블레이크에 있어 육체를 가진 세계와 육체에서 떨어져 나온 세계의 모순된 양자가 만나는 장소에서, 예이츠가 처음 주목한 것에 대해 말하고 그 결합과 성의 결합의 대비를, 또 유골 항아리로서의 현세와, 그것을 자궁으로 하는 영원한 생의 탄생을, 즉 블레이크의 근간을 이루는 이미지에 대해 예이츠를 통해 다음과 같이 읽어 간다. 그것은 예를 들면, 향토사가가 내 마을의 옛이름이 스보무라(항아리 마을)라는 것을 밝혀냈던 일을 떠올리지 않을 수 없다.

처음에는 앎의 즐거움에서 시작된 독서가 이어서 소설을 만들어 내는 고통으로 옮아가는 자신을 지금 나는 발견한다. 그리고 그러한 시기야말로 가장 생생한 정신과 정서가 활성화하는 때라는 것도 말하지 않을 수 없다.

21. 자작의 인용에서 시작하여, 인용이 모든 것을 덮는다고 생각되는 날을 향해서

　젊은 나이에 죽은 — 이라고 동세대로서는 생각하고 싶은데 더 새로운 세대에게는 충분히 이 세대의 방해가 되었다고 생각되었을까 — 눈부신 재능을 가진 데라야마 슈지寺山修司로부터 벌써 20년도 더 지난 일이지만 때때로 편지를 받은 적이 있었다. 그것도 결국은 동세대의 친분이라고 할 만하다. 데라야마의 편지에는 여러 인용이 꽃장식처럼 아로새겨져 있었다. 재미있었던 것은 내 소설의 한 구절까지 인용되어 시로 변신해 있었던 점이다.

　어느 날 그림엽서였던 것 같은데 다음과 같이 행을 나눠 시처럼 쓴 것이 다만 데라야마의 서명만 적힌 채 도착했다.

나무는 왜 수직으로 자라는 걸까?
뿌리처럼 지면을 기어다니듯이 자랄 수는 없는 걸까?
저기, 아빠, 나무는 왜 똑바로 하늘을 향해 자라는 거야,
지면을 기어다니며 자랄 수는 없는 거야?
그러면, 아가, 수집 불가능이야!

이것은 내가 언젠가 꾸었던 꿈속의 대화를 그대로 시로 만든 것 같지 않은가 하고 생각하며 가슴이 뭉클해졌다. 그러다가 깨달은 것은 그것이 『우리들의 시대』의 한 구절이란 것이다. 다른 사람도 아니고 나 자신도 논문·에세이에 인용을 종종 하는데, 그러면서 나는 다른 사람의 문장을 내 문장에 산문의 연속성을 위해 순화시키고자 했다. 데라야마는 명확히 그의 재능의 당연한 결과이지만 시의 단절성을 위해 우뚝 세우려고 했다. 나의 방식은 환유적 인용이고, 그의 방식은 은유적 인용이라고 할 수 있다. 우리들의 동세대 속에서 마주하는 영역의 선행자로서 데라야마 슈지를 그리워한다. 그는 나의 산문에서 시를 발견하고 그것을 행을 나누어 보여줌으로써 어떤 종류의 자기 발견을 할 수 있도록 해 주었다. 나는 그가 이끄는 대로 가는 대신에 서둘러 시를 단념한 채

—'글을 버리고, 마을로 돌아가자'는 것이 그의 행동 수칙이었지만— 계속 내 근거지를 책 옆에 두고 지내서 벌써 오래전에 이 연극적인 행위자·사상가와 소원해졌는데….

논문·에세이로의 인용과는 다른 방식으로 나는 소설에 인용이라는 것을 최근 해 왔다. 그것이 내 소설에 새로운 특징을 만들어 내지 않았나 생각한다. 특징이라고 말해도 그것은 내 생각에 지나지 않을지도 모른다. 실제로 이에 대한 비판도 있었다. 최근 4, 5년 동안 발표한 소설에 왜 내가 종종 인용을 하게 되었는가? 그것이 소설가로서 내 인생의 전환점을 나타내는 지표 중 하나인지도 모르기 때문에 다시 생각해 보고 싶다.

『'레인트리'를 듣는 여인들』에서는 맬컴 라우리의 소설을, 『새로운 사람이여 눈을 떠라』에서는 윌리엄 블레이크의 시를, 때로는 원어 텍스트 그대로, 때로는 내가 직접 번역한 텍스트를 덧붙이듯이 인용했다. 이 방식이 내 소설에서 도입된 인용의 형태였다. 나는 작가·시인 혹은 사상가의 평전을 읽는 것을 좋아한다. 그것도 대체로 그 사람들이 겪은 사건보다는 훌륭한 그들의 작품 인용에서 무엇보다 구체적인 그들의 인간적 실재감·리얼리티를 발견하는 것이다. 고바야시 히데오의 『모토오리 노리나가』를 관통하는 하나의 기둥은 사고하는 작가의 존재감 그 자체이지만, 또 하나의 기둥은 묘사적 혹은 논술적으로 표현된 노리나가의 생애보다는 선별된 노리나가의 문장 그 자체였다고 생각한다.

결국 본래 작가나 시인, 사상가들의 평전은 일본에서 종종 문학 서적과는 별개로 작가의 작품에서 선별된 인용을 얼마나 서술의 무대에서 표현하는가에 작가의 실력이 나타난다. 그것이 성공한 경우, 독자는 거기에서 직접 평전에 그려진 작가나 시인, 사상가의 작품으로 건너가는 것이다. 그들의 생애에 대한 세속적인 호기심을 채우기보다, 그것이 명확히 decent한, 또는 고상한 독서 방식이 아닐까?

나도 내 작품에서 라우리나 블레이크의 전기적 사실을 소설적 수법으로 배열하고 재현하기보다는—두 사람 모두 그들에게 호의를 갖지 않은 동세대인의 눈에는 아마 다의적으로 보이는 유별난 삶을 살았던 천재들이었지만—그들의 문장·시의 한 구절에 리얼리티를 부여하고 싶었다. 덧붙여 일어 문장에 외국어 텍스트를 도입하는 것은 잘만 되면 단순하지 않은 울림을 제시하는 데 효과적이다. 나의 문장은 오히려 억제된 어조로 쓰면서 인용은 어느 정도 톤을 높인 번역을 붙이면—예를 들면 라우리의 소설에서 기원의 언어나, 블레이크의 예언시에서 특히 고양되어 외치는 표현이라든가—그 효과는 강조된다고 생각한다. 내가 라우리나 블레이크를 인용하여 새로운 단편 연작의 문체를 만든 것은 그러한 방향

설정에 입각한 것이었다.

　나는 또한 다른 형태의 인용도 사용한다. 특히 『새로운 사람이여 눈을 떠라』에 나는 전에 썼던 내 소설에서 인용하여 반복 사용하였고, 동시에 이 방법은 「'죄 사함'의 푸른 풀」에 그대로 연결했다. 오히려 당연히 비판도 받았다. 그 비판에 대해 먼저 쓰자면 이러했다. 이전 작품의 인용이 많은데 그것은 자기 작품을 독자가 모두 읽었다는 자만에서 유래한 것인가? 적어도 이전 작품을 읽지 않은 독자에게는 이 새로운 작품은 이해하기 어려울 것이다….

　내가 예를 들어 「'죄 사함'의 푸른 풀」에서 사용한 인용은 주인공 나와 모친의 관계를 이야기하는 부분, 또한 나의 장애 아들의 내력을 이야기하는 부분이었다. 이른바 사소설의 경우―이것은 버클리의 영문 기록을 미요시 마사오 팀이 지금 간행 준비를 하고 있다고 여러 번 심포지엄에서도 이야기했던 것인데―화자=주인공의 가정생활에 대해서는 소설의 텍스트에 다시 쓰지 않는 양해 사항이 독자와의 사이에 약속되어 있다. 이른바 메타 텍스트로서 작가의 사생활을 독자가 함께 읽는 것에 의해 사소설의 텍스트는 의미 전달을 완료한다. 나는 그러한 메타 텍스트 없이 인용이 읽힌다면 소설의 회로는 독자에게 열려 있다고 말하고 싶었다. 이 중편이 완성되면 바로 번역할 예정인데, 나에 대한 어떤 정보도 없는 외국인 독자를 상정하여 썼다. 나는 번역을 통한 새로운 독자의 반응에 관심이 있다. 그것은 내 의도의 성공 여부를 단적으로 보여 줄 것이다.

『새로운 사람이여 눈을 떠라』에서 사용한 이전 작품의 다양한 인용은 작가의 의도, 즉 쓰는 쪽의 소설의 전략으로서 과거 다양한 시기의 작품의 문체와 이미지의 제작 방식과 현재 진행하는 작품의 제작 방식의 차이를 만들어 내고자 한 측면이 있다. 일반 문장과 인용 문장의 간극을 만들어 문체의 다양화를 기도했던 것이다. 다른 작가나 시인의 작품 인용과 효과 면에서 동일한 목적을 갖지만, 일정 시간을 지나 나의 문장들은 당연히 유사점과 미묘한 차이가 있고, 그것이 복잡한 재미의 간극을 나타낸다고 생각한다.

『새로운 사람이여 눈을 떠라』는 '사소설'의 요소에 크게 지지되고 있다. '사소설'이라고 할 때 왜 인용부호를 넣었는지는 메타 텍스트로서 사생활의 정보를 내 소설이 필요로 하지 않는다고 말했을 때 설명되었다고 생각한다. 또한 인용한 이전 소설의 문장 속에 부친=나와 아들=이요와의 조합, 젊은 아버지와 유아 이어서는 소년, 그리고 중년의 아버지와 장애가 분명한 청년이라는 형태로의 변화. 그 다른 조합을 인용을 통해 현재 양자의 조합에 대조하는 것으로 확실히 보이는 것.

그것은 나와 아들이라는 두 사람의 인간의 이미지를 구조화하는 힘을 만들어 낼 것이다. 장애 때문에 평범하지 않은 아들은 별개로, 앞에서도 말했으나 나는 나 자신에 대해 일반적·평균적인 인간이라는 생각을 항상 갖고 있었다. 그런데 그 평범한 인간의 내면도 인생의 다양한 측면에서 양상을 총합하면—즉 구조화하면—인간의 본질에 입각한 희소성, 확실함이 나타난다. 그러한 믿음이 나와 아들의 관계를 지속적으로 소설에 그려 왔던 동기였다. 나는 소설의 전략을 통해 현재의 나를 뛰어넘고자 계속 노력해 왔고, 이로써 계속 살아갈 방향을 확인해 왔다고도 말할 수 있다. 나는 소설을 쓰면서 소설의 전략이 가져다주는 결과를 통해 많든 적든 얼마간 위기에 처한 나 자신을 구조했다고도 말하고 싶다.

이 일련의 문장을 쓰는 동안, 내가 계속 읽으면서 앎의 즐거움을 느낄 수 있었던 것은 주로 엘리아데의 저작이었다. 그의 저작에 이끌리듯이 때로는 캐서린 레인에게 등을 떠밀려 나는 지금—이제까지 기회가 있을 때마다 읽어 왔지만, 이번에 처음 집중해서 읽었는데—플라톤을 읽고 있다. 덧붙여 비밀 종교 사상의 전통의 큰 흐름 속에서 때로는 기이함과 다의성을 나타내는 플라톤을 바탕으로 한 논고도 지금은 독학의 문외한에게도 눈길이 닿는 곳에 있다. 즉 플라톤을 내 방식으로 읽는 이치는 지금 잘 보이는 것이다.

끝으로 인용을 하나 더 덧붙이겠다. 『소피스테스』로 젊은 테아이테토스와 엘레아에서 온 손님이라 불리는 소크라테스 학교의 객원교수 같은 인물이 나누는 대화인데, 그림을 그려 자신은 무엇이든지 만들어 내는 능력이 있다고 아이들에게 믿게 만든 적이 있다고 말하는 부분에 이어지는 부분이다.

에리아에서 온 손님 : 그럼, 그럼 어떨까요, — 언론에 관해서도 뭔가 이것과 비슷한 기술이 있다고 생각하면 안 될까? 즉 이 영역에서도 그런 기술로 모든 사물에 대해, 말에 의한 영상을 나타내서 사물의 진상에서 아직 멀리 떨어져 있는 젊은이들을 귀를 통해 말의 힘으로 속여서 진실을 이야기하고 있다고 생각하게 만들어, 논객을 모든 것에 대해 누구보다도 가장 현명한 자라고 생각하게 만드는 것이 가능하지 않을까?

테아이테토스 : 당연히 그런 기술이 있을 겁니다.

에리아에서 온 손님 : 그러면 테아이테토스, 그때 이야기를 들은 사람들의 대부분은 충분한 시간이 지나고 그들이 나이가 들어감에 따라서 사물의 진상에 접근하고 여러 괴로운 경험을 통해 있는 그대로의 사실을 경험하게 되면, 반드시 전에 심어진 사고를 고치게 되고 그 결과 중대하게 보였던 사항이 사소하게 보이고 용이하게 생각했던 것이 곤란한 것으로 보이게 되어, 단어 속에서 보였던 겉모습은 실제 행동 속에서 만나는 사실에 따라 모두가 완전히 뒤집혀 버리는 것을 피할 수 없는 것은 아닐까?

테아이테토스 : 네, 내가 이 나이에 판단할 수 있는 한에서는.—
다만 지금의 나도 또한 사물의 진상에서 멀리 떨어져 있는 사람
들 중 하나라고 생각합니다만.

에리아에서 온 손님 : 그렇기 때문에, 우리 여기에 있는 자 모두
어떻게든 당신이 괴로운 경험을 하지 않고도 사물의 진상에 가능
한 한 가까이 갈 수 있도록 노력하는 것이고, 또한 지금 이렇게
노력하고 있는 것이다. (『플라톤 전집』 이와나미서점)

　나는 젊은 테아이테토스의 나이였을 때— 젊을 때부터 뛰
어난 자질을 나타내고 대수학자가 되어 코린토스 전투에서
용감하게 싸우다 죽은 이 인물과 나의 재능을 비교할 생각은
털끝만큼도 없지만— 소설을 쓰기 시작했다. 그리고 소설을
쓰는 행위에 대해서는 확실히 모든 것을 알고 있는 현자처럼
행동하는 면도 있었다. 단어에 의한, 만사에 대한 그림을 만
들어 내는 것이 작가의 일이기 때문에. 생각해 보면 이 행위
를 통해서 젊은 작가는 누구보다 다른 누구도 아닌 자기 자
신을 기만하고 있는 것은 아닌가 하고, 지금은 경험에서 얻
은 지혜로 생각한다. 그 작가가 나이가 들어감에 따라서 사
물의 진상에 접근하고, 여러 괴로운 경험을 통해 있는 그대
로의 사실을 확실히 경험하지 않을 수 없게 되면….

　현재 나는 젊은 시절의 나의 작업의 인용을 통해서 단어
속에서 보였던 겉모습은 실제 행동 속에서 만나는 사실에 따

라 모두가 완전히 뒤집혀 버리는 것을 확인하고자 하는 것처럼도 생각한다. 그러나 그 젊었던 때의 환상이 없었다면 나에게는 지금 인용해야 할 만한 어떤 단서도 없고, 내일에 대한 나의 작업도 없었을 것이라는 확고한 생각이 다른 한편에 있다.

머지않아 노년을 맞아 나에게 새로 쓰게 될 소설이 과거에 썼던 소설의 인용만으로 채워지게 된다면, 자연스럽게 작가로서의 인생을 매듭지어야 할 때가 찾아왔다는 것이리라. 여러 괴로운 경험의 하나이기도 했던 소설의 전략에 번민하는 시간의 끝이다. 그래서 에세이·평론을 쓰고자 하고 그것이 생애를 통한 앎의 즐거움의 인용으로 뒤덮이게 된다면 역시 나는 펜을 내려놓고 상기想起(anamnesis)의 작은 행복 속에 침묵할 것이라고 생각한다. 만약 세계가 또다시 핵의 불길 속에 불타지 않는다면….

Ⅲ

편지와 제언

핵 시대의 유토피아

— 홋타 요시에 씨에게 보내는 편지 네 통

그 첫 번째

홋타 요시에堀田善衛 씨

내가 미국에서 지내고 있는 곳이 서해안, 캘리포니아 대학 버클리 캠퍼스라고 말씀드리면 당신은 먼저 '원폭의 아버지' 오펜하이머Julius Oppenheimer 박사를, 그리고 베트남 전쟁 당시 학생들의 운동을 떠올리시지는 않습니까?

그곳에서 방문한 중서부의 시카고 대학에서 처음 공개된 핵에너지를 기념한 무아의 조각을 보고, 그 거대한 규모에도 불구하고 여전히 20세기 후반의 인류는 핵에 희망을 걸고 있다고 생각하지 않을 수가 없었습니다. 그 옆에 역시 첫 번째 핵무기 투하를 기념하는 히로시마 원폭 돔을 두지 않는다면, 우리가 처한 핵 상황을 완전히 표현할 수 없다고 생각합니다만….

이어서 미국 전역의 많은 시민들과 함께 텔레비전 영화 『그날 이후*The day after*』를 보게 되었습니다. 제네바의 핵 군축 회의에서 소비에트가 퇴장하는 계기가 된 미국 핵미사일의 유럽 배치가 있었던 주입니다. 영화의 한 장면에서 결국 파멸하는 아칸소 시민이 "이 시는 아무것도 아닌 장소no-where다, 핵공격을 받지는 않을 것"이라고 낙관하는 대사가 있고, 그 말을 들은 친구의 대사는 이러했습니다.

"Nowhere? There is no nowhere any more."

이 세계에서 핵무기의 위협으로부터 자유로운 장소는 더이상 있을 수 없다. 그것은 방영 후 토론회에서 과학자 칼 세이건이 전 지구적인 환경 파괴와 관련해서 말한 견해이기도 했습니다. 나는 대학 초년생을 대상으로 유토피아라는 단어의 성립에 대해 가르쳤던 것이 떠올랐습니다. Utopia, 합성된 각각의 그리스어 어원을 살펴보면, Ou=not+topos=a place, 즉 Nowhere. 이 핵 상황 아래 세계는 유토피아 같은 것은 어디에도 존재하지 않는다는 한탄의 목소리가 앞의 대사를 쓴 작가의 본심이지 않았을까요? 종교 전쟁의 파급으로 영국에서 큰 책임을 느끼며 번민하며 살다가 결국은 가혹한 죽음을 맞은 토머스 모어Thomas More의 일생의 사상에 이를 비추어 보고 싶다고도 생각합니다만….

이러한 나쁜 시대에 계속 살아가지 않으면 안 되는 이상, 어떻게 살아갈까? 말할 것도 없이 희망을 가지고가 아니면 안 되겠지요. 예를 들어 작은 것이라고 해도 확실한 희망의 씨앗을 항상 품고 있지 않으면 핵 상황이 나날이 악화되고 있다는 생각에 짓눌려 버리고 말 테니까요. 그것은 솔직히 나 자신이 반복해서 경험해 왔던 일입니다.

그래서 지금 내가 내 안에 희망의 불꽃을 일으키기 위해서 의지하고 있는 단어는 단 하나. 그것은 앞에서 말했던 시카고 대학 교내에 살고 있는 종교사가 미르치아 엘리아데의 일기에서 발견한 것입니다. 엘리아데는 불운한 인생을 보낸 지식인이 고대의 사냥꾼에 대해 쓴 책을 읽고 인간인 자신의 파괴되지 않는 것에 대한 계시를 받았다고 말하는 부분에 주목하여 생각합니다. 구석기 시대 인류의 삶의 방식에서조차도, 한 사람의 인간이 살아 있다는 것, 살았다는 것은 삭제할 수가 없다. 이에 비추어 보면, 현대의 어떠한 비참한 인생이라고 해도 그 개인의 존재에는 indestructibility라 부르지 않을 수 없는 것이 있다. 그리고 엘리아데는 다음과 같이 정의

합니다. 그렇다면 우리들은 인간 존재의 파괴될 수 없는 것에 대한 현현顯現과 만나게 되는 것이라고….

현현, 이 단어를 신앙을 갖지 않는 내가 인용하는 것도 웃기는 일이지만 실은 나도 엘리아데로부터 계시를 받은 경험이 있습니다. 첫 번째 아이가 장애를 갖고 태어났을 때의 일로 매일 병원을 다니며 인큐베이터 속의 아기를 들여다보고 있는데 갑자기 그렇게 느꼈던 것입니다.─이 가여운 하나의 생명체가 있다는 것은 누구도 지울 수 없다. 그것이 사실인 이상, 나는 이 아이와 함께 살아가기로 하자, 또한 그가 살아 있다는 것을 글로 기록해 두기로 하자.

그렇게 살아가다가 20세가 된 아들과 가족 모두의 공생을 그린 『새로운 사람이여 눈을 떠라』라는 책을 썼습니다. 아들에게는 해가 갈수록 새로운 장애가 생기고 때때로 발작도 일으킵니다. 아들이 미국 체제 중인 나에게 쓴 편지에서 발작으로 괴로워하고 있는 동안에도 의식은 있었고 오락가락하는 생각을 말로 표현하기조차 했다는 것을 처음 알았습니다. 취업 훈련을 위해 복지 작업소에 가던 도중 발작으로 역 계단에 주저앉아 "신음하고 있었습니다"라고 아들은 쓰고 신음 소리의 내용으로 쓸 생각이었겠지요, 이렇게 덧붙이고 있었으니까. "나는, 이제, 틀렸다. 20년이나 살아서는 곤란해."

물론 아들도 발작을 이겨 내면 다시 활기를 되찾습니다. 오늘의 핵 시대에서 우리들이 모어와 같은 영국인 오웰의 소설을 떠올리면서—"인류는, 이제, 틀렸다, '1984'년이나 문명을 만들어 왔지만 이런 결과"라고 마음 약한 말을 하고, 그래도 어떻게든 재생으로의 전망을 열고자 하는 것과 같을 것입니다. 나로서도 그런 전망에 도달하도록 나 자신을 격려하기 위해, 아들의 탄생을 계기로 발견했고 지금 새삼 그를 통해서 계속 재발견하고 있다고 생각하는 인간 존재의 파괴될 수 없는 것의 현현을 눈앞에 다시 세우는 것입니다.

　홋타 요시에씨. 나는 행동이라고 말할 정도의 행동을 해오지는 않았고 대체로 서재의 인간입니다만 핵 상황에 대해 뿌리부터 저항하는 운동을, 히로시마·나가사키의 피폭자 단체 '피폭협'이 현실적으로 끈질기게, 사상적으로 드높게 지속해 오는 것은 오랫동안 보아 왔습니다. 따라서 나는 우리들이 각각 생의 경험을 하고 인간 존재의 파괴될 수 없는 것으로의 현현에 대한 생각을 토대로 핵 상황을 타개하기 위한 행동을 '시작하자'라고는 말하지 않겠습니다. 이미 시작되었고 이것을 '계속하자', 혹은 '확대하자'라고 말하고 싶습니다. 실제로 인간 존재는 파괴될 수 없는 것이라고, 그것을 20세기 말 인간의 손으로 확실하게 나타낼 수 있는 방향으로 어떻게든 나아가고 싶다, 그렇게 기원하면서.

그 두 번째

훗타 요시에씨

첫 번째 편지에서, 나는 현대 세계가 핵무기의 위협에 짓눌리는 것 같다고 쓰고 그럼에도 불구하고 지금 인간 존재의 파괴되지 않는 것의 현현도 나 자신이 마주하고 있는 것처럼 생각한다고 말했습니다. 이에 대한 벗들의 감상은 확실히 자신도 인간 세계는 멸망하지 않는다는, 기원을 담은 확신이라는 점에서 자네와 같지만 이 인식과 그 바람 사이에는 커다란 균열이 벌어져 있기도 하다, 그것을 어떻게 메워 나갈지가 문제가 아닌가 하는 것이었습니다.

확실히 말 그대로입니다. 일개 작가인 내가 현실적으로 효과적인 제안을 바로 할 수 있는 것은 아니지만, 적어도 나는 앞으로 내 작업의 축으로 그 균열을 메우기 위한 발판을 하나씩 만들어 나가는 것을 목표로 할 생각입니다. 부디 이끌어 주십시오.

당신이 발레리를 인용하여 유럽에 있어서 일본 산업의 '방법적 제패制霸'의 현 상황에 대해 말하고 직접적으로 비판은

238

하지 않지만, 그것이 특히 일본 국내에 가져올 비틀림·악영향을 우려하고 있다는 것이 명확히 드러나 있는 구절에 나는 깊은 인상을 받았습니다. 나는 다른 나라의 사상가에게 관심을 가질 때, 그 동시대인으로서 일본의 학자나 예술가가 먼저 그들을 어떻게 받아들이는지 언제나 알고 싶었습니다.

발레리에 대해서는 작년 젊은 세대에게 와타나베 가즈오의 사상과 삶의 방식을 전하고자 했던 연속 강연에서 와타나베가 발레리를 어떻게 수용했는지 다시 한번 살펴보았습니다. 1940년 프랑스가 패했을 때, 나치스·독일의 동맹국이었던 전시戰時 일본의 프랑스 연구자의 책임을 추궁당하듯이 와타나베는 프랑스 패전의 이유에 대해 답변하도록 요구받았습니다.

와타나베는 진실로 인간적인 용감함으로 가득 찬 문장으로 그 질문에 답했습니다. 문장 속에서 5년 전에 발레리가 모교 세트고등학교에서 내일의 '인간'인 젊은이에게 말한 내용을 인용하고 있습니다. 지금 유럽의 모든 국가에서는 젊은이들이 "명확하게 한정된 국가적 목적과 사회 기구에 합치하는 인간을 만들어 내고자 하는 계획이라는 측면에서는 완전히 동일하게 양성되고 훈련을 받고 있다. 국가는 국가를 섬기는 국민을 만들고 있는 것입니다."라고 발레리는 말하고 다음과 같이 말을 잇습니다.

나는 정신의 자유와 문화의 가장 섬세한 산물이 이러한 지성에
대한 강제에 의해 쇠퇴하는 것을 크게 걱정하고 있습니다.

발레리가 예견한 대로 국가를 섬기는 국민을 만든 나치스·
독일은 정신의 자유와 문화의 가장 섬세한 것을 품고 있는
프랑스를 타파했습니다. 그러나 그 시점에서 와타나베 가즈
오는 프랑스의 청년에게 희망을 걸고 있다고 언명하고, 수년
후 나치스·독일의 패배에 대해 조용한 확신을 갖고 있다는
것을 숨기지 않았습니다.

중일 전쟁에서 태평양 전쟁에 이르는, 나쁜 시대에 작성된
이 문장을 읽고 용기를 얻고 또 채찍질 당하는 것처럼도 느
낍니다. 그것은 다름 아닌 일본 사회가 내일의 '인간'인 젊은
이들에 대한 교육을 통해 그야말로 국가를 잘 섬기는 국민을
만들고자 하는 현재 상황이 보이기 때문입니다. 그리고 젊은
이들의 정신의 자유와 문화의 가장 섬세한 부분이 쇠퇴해 가
고 있는 것처럼도 느껴지기 때문입니다.

사회주의 국가의 교육이야말로 국가를 섬기는 국민을 만
들고자 하지 않느냐는 목소리가 바로 되돌아올지도 모릅니
다. 중국이나 소비에트를 나치스·독일에 견주려고 하지는 않
지만, 위의 지적에 대해서는 폴란드의 반성의 움직임을 시야
에 넣으면 말 그대로일 것이라고 생각합니다. 이러한 현실을

인정하고 나서, 나는 이에 대항하듯이 일본인이 산업의 '방법적 제패'를 효율적으로 섬기는 내일의 '인간'을 만들고자 한다면 이미 현재 나타나고 있는 일본의 사회의 비틀림·악영향은 심화될 뿐이라고 생각합니다.

그에 대해 나는 일본의 내일의 '인간'에 대해 꿈꾸듯 기대하는 것. 그것은 일본의 젊은이들이 정신의 자유와 문화의 가장 섬세한 부분을 스스로 단련하여 가까운 미래에 소비에트와 미국의 핵 대결을 핵 포기로 바꾸게 하는 매개 역할을 담당할 수 있는 국가로 일본을 만들어 나가는 것입니다. 지금 발레리가 살아 있다면 그는 지금의 프랑스와는 다른, 즉 유럽에서 핵 긴장을 완화하는 방향으로 국가적 노력을 하는 프랑스를 요구하지 않았을까요?

홋타 요시에씨. 나는 히로시마·나가사키의 원폭의 경험을 바탕으로 단편 소설의 앤솔러지를 영어로 번역하기 위해 서문을 쓰고 있습니다. 핵 상황의 진행 악화를 예견하고 한편 핵에너지에 대한 미래 인류의 의존에 관해 전망한 하라 다미키原民喜가 남긴 "파멸인지, 구원인지 알 수 없는 미래를 향해서" 인간은 돌진해 간다는 구절을 나는 서문의 주제로 했습니다.

앤솔로지를 엮으면서 내가 다시 깊이 감명받은 것은 히로시마·나가사키의 원폭의 가혹한 경험을 피폭당한 작가들 뿐 아니라 피폭당하지 않았던 작가들도 대재앙 이후의 인간적인 자기 회복의 행위 그 자체로서 독자적인 문학을 만들어 내고 있다는 것입니다. 하라 다미키의 부드럽고 강인한 시적 산문으로 표현된 원폭 피해 당시와 그 후의 고통의 응시. 이부세 마스지井伏鱒二의 제비붓꽃의 때 아닌 개화라는 자연의 순리의 혼란을 원폭이라는 인공의 대이변에 중첩시킨 관조. 이 문학자들과 그들을 매개로 삶과 죽음의 증언을 남겼던 피폭자들의 인간성을 재건하고자 하는 움직임은 원폭을 만들어 투하한 자들의 '방법적 제패'를 극복해 내고 있다고 나는 믿습니다. 이들의 문학에는 틀림없이 정신의 자유와 문화의 가장 섬세한 부분의 힘이 있고, 그 빛은 핵 시대의 흉흉한 그림자를 등 뒤로 밀어내어 더욱 분명하게 인정받는 것은 아니겠습니까?

이들의 작품에 보이는 빛을 일본의 내일의 '인간'들이 계승하기를 바라기는 어렵다고 성급하게 단념할 이유는 없다고 생각합니다. 나는 최근 수년간, 핵무기 폐지를 위한 시민 운동에 참가하는 많은 젊은이들을 접하면서 앞에서 꿈꾸듯이 말한 기대를 구체적인 근거와 함께하게 되었습니다.

그 세 번째

홋타 요시에씨

독일 작가와 주고받았던 유대인 대학살과 그것이 유럽 문명에 가져온 후유증에 관한 대화에서 깊은 인상을 받았습니다. 제가 체제 중에 처음 편지를 드렸던 캘리포니아 대학 버클리 캠퍼스의 일본연구센터 소장은 I. 쉐이너라는 우수한 역사학자로 전공인 일본 근대사에 더하여 그가 유대인으로서 정열을 담아 소개한 서적 17세기 유럽 메시아니즘 운동의 지도자 사바타이 제비Sabbatai Zevi 평전과, 일본에도 잘 알려진 유대적 작가 I. B. 싱어Isaac Bashevis Singer의 형의 업적을 통해서 나는 광대무변한 유대적 사상과 감수성에 눈을 뜨기 시작했습니다.

쉐이너씨와 같은 유대계 학자들처럼 결코 폐쇄적이지 않지만 강하게 결속된 그룹에게 끌리는 것은 무엇보다 생생한 지적 경험 때문입니다. 500만 명이 넘는 동족들이 죽임을 당했다는 고통과 함께 조심성 없는 말이지만 그 인간적 자원의 낭비에 망연자실하기도 했습니다.

유럽 유대인들의 어제의 운명을, 우리들의 내일의 전망에 비추어 당신이 말하는 '거대한 허무주의', 즉 핵무기에 의한 대량 학살이 기다리고 있다고 생각하면 문학의 근저에까지 영향을 끼치는 그 '거대한 허무주의'에 나는 종종 빠지지 않을 수 없습니다.

홋타 요시에씨, 일본인의 역사에서 최대 멸망의 위기를 헤쳐 나와 그 위에 재생의 희망을 문학의 언어로 말하고, 우리들의 후진을 격려하는 것은 당신들 전후 문학자입니다. 패전 전후를 중국에서 보낸 일본의 젊은 지식인으로서 당신과 고난을 함께 한 다케다 다이준武田泰淳의 「멸망에 대하여」를 나는 가슴에 새기고 있습니다.

> 멸망의 진짜 의미는, 그것이 전적인 멸망이라는 것에 있다. … 그 거대한 멸망에 비해 현실의 멸망이 소규모라는 것, 그것만이 멸망한 자의 위안이다. 일본 국토에 핵폭탄이 단지 두 발밖에 떨어지지 않았다는 것, 그 때문에 살아남았다는 것, 그것이 일본인의 출발 조건이다. … 그러나 이 정도의 파멸만으로도 그것은 일본의 역사, 일본인의 멸망에 관한 감각의 역사에서 완전히 새로운, 이전과는 완전히 다른 전적인 멸망의 양상을 멸망에 부여하는 것에 성공했다.

묵시록적인 멸망에 깊이 생각을 감추어라, 그 최심부最深部

에서 재생을 향해 스스로를 단련하라는 것이 다이준의 사상이었을 것입니다. 인간의 생명뿐만 아니라 짐승과 물고기·곤충·아메바의 생명에 이르기까지 광범위한 생명의 종합체를 인식의 근간에 두고 다이준 씨와 같은 입장에 있는 한국의 시인 김지하도 최근작 『남』에서 커다란 멸망 후의 세계적인 재생의 기점으로 한국을 설정하고 상상력을 전개하고 있습니다.

멸망이 현실로 나타나기 전에 멸망을 묵시록적인 철저함으로 사고한다. 거기에 문학의 근본적인 역할 중 하나가 있다고 말해야 할지도 모릅니다. 게다가 그 멸망의 '기대의 지평' 저편에서 재생의 미광을 보는 것만으로도 우리들은 '거대한 허무주의'를 극복해 온 것은 아니었을까요?

첫 번째 편지에서 인용했던 엘리아데의 일기에는 읽을 때마다 핵전쟁에 의한 인류의 멸망에 대해 생각하는 기술이 나타납니다. '최후의 심판'에 의한 구제를 기다리는 기독교도나 혹은 '칼리 유가Kali Yuga'계의 혼탁 속으로 퇴행하여 새로운 세계가 나타난다고 생각하는 힌두교도는 세계의 종말을 그다지 두려워할 만한 것은 아닐 것이라고 비교종교학의 이 대학자는 말했습니다. 다만 역사 과정의 정점에 낙원이 있다고 생각하는 마르크스주의자만이 파라다이스에 이르기 전의 멸망을 진정 두려워하는 이유가 있다고.

어둡고 허무한 거대한 폭소도 함께 들리는 듯한 이 구절에 이어서 엘리아데는 인간 존재의 파괴되지 않는 것에 대해 기원하는 표현을 쓰고 있습니다. 엘리아데 자신이 종말과 재생을 떼어 내기 어려운 한 쌍으로 여기고 있었다는 것은 당연한 것이겠지요.

핵전쟁에 의한 인류의 멸망은 조나단 쉘 등의 경고대로 어떤 재생의 상상력도 허락하지 않는 지구적인 환경 파괴이고 절대적인 멸망입니다. 묵시록적으로 철저하지만 묵시록의 구제의 요소는 완전히 배제된 절망.

역시 유대인 작가 맬러머드가 위의 상황이 현실화되는 것을 가정한 소설 『신의 은총』을 읽으셨다고 생각합니다. 핵전쟁 후 유일하게 살아남은 고대학자가 말을 할 수 있는 침팬지를 교육시키는 한편 자신도 암컷 침팬지와의 사이에서 아이를 만들어 원숭이들에 의한 인류 문명의 재건을 가속화하려고 한 이야기. 인간의 의도는 원숭이들에게 거부당하고 기독교도인 침팬지로부터 아브라함의 번제에서 제물로 바쳐지는 이삭처럼 인간은 죽임을 당합니다. 인간은 고릴라가 유대교의 카디시를 노래하는 것을 마지막으로 들으면서 이야기는 끝이 납니다. 인류의 문명을 잇는 것이 아니라 완전히 새로운 문명이 아마도 다음에 올 것이고, 그것도 또한 인간에게 파괴된 지구의 생명체에 대한 신의 은총이라는 것일 겁니다. 그런 사상이 인간이 존재하지 않는 대기 속에 떠돌고 있는….

거기에서 다케다 다이준, 김지하로 이어지는 인간 중심의 세계관을 제안하는 듯한 종교적인 명찰을 발견했고, 동시에 나는 그것과 공존하는 '거대한 허무주의'도 읽어 내지 않을 수 없었습니다. 실제로 세계가 핵전쟁으로 멸망하는 내일을 각오하지 않을 수 없게 된다면 『신의 은총』과 같은 소설을 쓸 기력조차 작가는 잃어버리는 것은 아닐까요?

국지적으로 핵무기 사용의 위험이 있고 그것은 곧 세계적 규모의 핵전쟁으로 발전할 수 있다고 쓴 것에 대해 나는 다음 세대의 비평가로부터 오히려 호의적인 '어리석은 자'라는 이름을 얻기도 했습니다. 그러나 동서 전문가가 해양 핵전쟁의 가능성이 증대되고 있다고 말하는 지금 일본은 토마호크 미사일 배치를 위한 미 군함의 전진 기지를 받아들이려고 하고 있습니다. 그렇지만 감각에 예민한 신세대들이 '일본인의 멸망에 관한 감각'은 희박하다는 사실을 새삼 실감합니다. '어리석은 자'의 번민을 계속 말하지 않을 수 없습니다.

그 네 번째

훗타 요시에씨

　나는 당신과 베나레스Benares로 날아가 한편에 알마아타의 히스가 무성한 산맥을 걸었던 추억이 있습니다. 그동안 관용의 야유라고 할지, 당신에게 때때로 비판받으면서 그리움이 깊어지는 말들과 접했습니다. 이번 편지의 "당신의 결론은 항상 옳고 반박할 수 없다"는 대목에서도 새삼 그런 마음이 담긴 것이었습니다.

　핵 시대에 어떻게든 살아 나갈 길을 찾고 싶다. 그 회구의 목소리를 내는 것은 '올바른' 것이겠지요. 그러나 '올바른' 것을 의심치 않는 자의 논리에 끊임없이 귀를 기울이는 것은 번거로운 일입니다. 나는 나의 언어가 민중 쪽에서 핵 포기의 절차를 어떻게 만들지에 대해 생각하는 사람들의 생생한 생각의 시안試案이 되는 것이 아니라 그들에게조차 번거로움을 더할 뿐이 아닌가 하고 반성했습니다.

　작년, 재작년, 핵 위기를 호소하는 문학자들의 목소리가 높아졌을 때 나는 진심으로 원하여 그 운동에 참가하면서 나 자신의 목소리를 포함해서 핵 상황을 우려하는 '올바른' 목소리의 반복에 실로 번거로움을 느끼기도 했습니다. 번거로움을 일으키는 논리의 침체를 씻어 내고 핵 권력에 대한 일격·이격의 힘을 비축하기 위해서 어떻게 하면 좋은지 계속 생각했던 것입니다.

원리적으로 '올바른' 것이라고 할 수 없지만 사고의 과정을 활성화시키는 속구速球류의 담론이라 할 수 있지 않을까 생각해서, 그 상상력론에 오랫동안 관심을 가졌던 요시모토 다카아키吉本隆明 씨나 젊은 시인이었던 당신과 동시대 사람인 아유카와 노부오鮎川信夫 씨의 문장을 중심으로 반핵 운동에 대한 비판을 읽기도 했습니다. 그래서 이른바 대립자로부터 활성화를 경험할 수 있었는가 하면 그렇지는 않았고, 오히려 침체한 사고의 번거로움을 발견했다고 말하지 않으면 안 됩니다. 핵 상황에 대한 저항은 그것을 계속하고자 하는 이쪽이 핵무기에 의해 끝나지 않는 한 역시 영원히 지속될 것입니다. 그것도 매일매일 새롭게 지적인 정열까지 품고 계속 맞붙기 위해서는 스스로 반핵의 논리를 활성화하는 생생한 단어를 찾아내지 않으면 안 됩니다. 그런 생각에서 가르침을 부탁드리는 편지를 쓰기 시작한 것이기도 합니다.

나카노 시게하루中野重治가 전후 최초로 썼던 소설은 "무엇부터 쓰면 좋을까, 써도 다 쓸 수 없고 이야기해도 다 이야기할 수 없는 상태다. 끝 부분으로 '이 항 계속'이라고 써넣을 생각이지만, 잊어버리고 빼놓더라도 그렇다고 읽어 주길 바란다."라는 구절로 시작합니다. 나는 이 왕복 서간을 끝내는 때에도 마음속에서 '이 항 계속'이라고 말하고 있다고 생각해 주십시오.

홋타 요시에씨

첫 번째 편지에서 나는 의도를 하나 감추고 오펜하이머 박사의 이름을 썼습니다. 그래서 당신은 박사와의 만남에 대한 괴로운 기억을 회상하여 이야기해 주셨던 것입니다. 과학의 진보—혹은 타락—이 가속화되면서 전개되어 온 이상 원폭은 언젠가 만들어졌을 것이다, 오펜하이머 박사는 과학의 한 국면의 허수아비에 지나지 않는다고 합니다.

그러나 나는 동의하지 않습니다. 유대·기독교 역사에 있어 구약의 예형론을 실현하는 인간의 아이는 언젠가 나타났을 것이다, 예수는 허수아비였다고는 생각할 수 없겠지요. 거꾸로 매달린 예수처럼 20세기 인간의 고난을 비극적으로 담당한 '원폭의 아버지'를 향해 젊었던 당신이 외치신—자신이 만든 것을 뛰어넘어, 혹은 그것과 함께 사는 일상성을 다시 회복하지 않으면 안 됩니다. 당신은 그 때문에 히로시마를 보지 않으면 안 되었겠지요.— naturellement!라는 구호는 어떤 번거로움도 허락하지 않는 절실함의 '올바른' 단어였습니다.

히로시마·나가사키에는 핵 시대 인간의 비참함이 그대로 드러나 있지만, 거기에는 또한 그것을 극복하고 어떻게 인간이 계속 살아 나갈 수 있는가, 인류로서 재생할 수 있는가에 대해 하루하루 쌓여 가는 결과도 보이기 때문입니다. 오펜하이머 박사와 이야기를 나눴을 때의 당신보다 더 젊었던 저는 머리에 장애를 가진 아기와 공생해 가는 방식에 대해 잔뜩 짓눌린 채 모색하고 있었습니다. 그런 상황에서 히로시마를 방문하여 스스로 계속 피폭당하면서 원폭 치료의 방법을 만들어 냈던 시게토 후미오重藤文夫 원폭병원장으로부터 다시 일어설 힘을 얻었습니다.

홋타씨, 당신이 편지의 삽화로 쓰신 세잔느의 '깊이와 유머를 갖고 인간의 일상성으로서 확립'한 카드놀이의 그림을 나는 자세히 바라보았습니다. 나는 이 그림 옆에 세잔느의 그림과 마찬가지로 깊이와 유머를 주면서 원폭 피해자의 일상을 새기고 또 그 비참함을 직시한 이부세 마스지의 『검은 비』를 걸어 두고 싶다고도 생각했습니다.

이들 일상성 속의 인간을 깊게 파고들 듯이 묘사한 '천재와 신념'의 예술가들의 작업. 그 너무나도 일상적인 인간의 표정과 모습 자체에서, 이것도 첫 번째 편지에 썼던, 엘리아데가 말하는 '인간 존재의 파괴될 수 없는 것의 현현'이 눈앞에 나타나 있는 듯한 느낌을 새삼스럽게 받고 용기를 얻게 되었습니다.

이번 5월 도쿄에서 국제 펜 대회가 열립니다.

핵 상황의 오늘날 현실적 대규모의 위기에 역행하여 문학자 회의로 무엇을 할 수 있는가라는 냉소의 목소리가 벌써부터 들립니다. 메이지 이래 일본의 문학자로 국제회의를 가장 많이 경험하신 홋타씨. 이번에 나는 여러 회장에서 당신의 복잡한 표정을 역시 그리운 마음으로 자주 떠올립니다. 아아, 청년 병사 같았던 오다 마고토小田実나 나를 이끌던 당신은 백전연마百戦錬磨의 장군이었습니다. 주도면밀하고 관용적이며 여유로 가득 차 있는가 하면 독수리처럼 날아올라!

준비 과정에서 나는 국제적인 의사소통의 일부분을 정리하는 정도의 도움이 될 뿐이지만, 그래도 점차 '핵 상황하의 문학―왜 우리들은 쓰는 것인가'라는 메인 테마가 예사롭지 않은 의의를 갖고 있다고 생각하고 있습니다. 예를 들면 동과 서, 양 독일의 펜클럽이 핵 포기의 길을 공동으로 열고자 하는 열의에 찬 대화가 벌써 이루어지고 있기 때문입니다.

일본의 문학자가 물론 문학의 언어로 그에 응답하지 않을 수는 없다고 생각합니다.

파괴되지 않는 것의 현현을 향해서

4, 5년 전의 일로 시대에 관련된 예술가의 작업의 의미를 종합적으로 생각하고자 한 적이 있다. 소설을 쓰면서 항상 생각해 왔던 것인데, 다시 의식화해서 내 사고방식을 요약하고자 했었다. 당시 일본에 번역·소개되기 시작한 유리 로트만Yuri Lotman이나 야우스Hans Robert Jauss의 사고방식이, 그리고 내 젊은 시절부터 지속적인 관심의 중심이었던 바슐라르의 사고방식이 반영되어 있다는 것을 직간접적으로 확인할 수 있다. 현재 구조 시학과 독자 과학, 또는 상상력론의 추진자들의 영향 등이 일본의 젊은 지식인들에게 깊게는 침투해 있지 않다는 것을 인정하면서 그 결론 부분의 인용으로

이 문장을 시작하고자 한다.

앞에서 나는 문학 표현의 언어를 통해서 실로 주변성에 바탕을 둔 일본인의 모델을 만들어 내고, 다시 그 모델에 근거해서 생각해 나가는 구상에 대해 이야기했다. 문학 표현의 언어에 의한 모델의 창출은 더욱 광범위하게 구체화되어야 한다. 충분히 의식화하여 구체화된다면, 그 창출의 계기는 풍부할 것이다. 문학의 기대 지평이 역사적인 생의 실천의 기대 지평보다도 훌륭하다고 말하는 야우스의 테제는 문학 표현의 언어가 실현되지 않았던 가능성에 대해서도 다양하게 모델을 만들어 낼 수 있고, 그 모델을 만들어 내는 것을 통해 사회적 행동의 활동 범위를 한정하지 않고, 반복해서 미래 경험의 모델을 시험해 볼 수 있다고 재해석할 수 있을 것이다. 현재 존재하는 세계의 모델에 머무르지 않고, 만들어져야 하는 세계의 모델과 로트만의 분석을 확대하는 것에 그것은 중첩되기도 한다.

특히 핵 시대의 제상황의 미래의 경험에 대해 일어날 수 있었던 인류의 파멸의 측면을 검증하기 위해서 우리는 그것을 문학 표현의 언어에 의한 모델을 통해서 실행하는 이유를 갖는다. 특히 원자력 발전에서 기인하는 대규모의 환경 파괴에 대해 개체가 그 문학 표현의 언어에 의해 만들어 내는 모델은, 지배 구조가 그것을 관계자가 아닌 자들의 억측이라고 배제하는 이유가 되지 않는다. 당사자의 정보의 언어가 제대로 그 문학 표현의 언어 모델을 해체할 수 있는 경우를 제외하고. 원자력 발전의 과제를 포함하여 모든 핵 시대적인 미래의 경험에 대해 나는 문학 표현의 언어 모

델의 유효성을 주장하는 근거를 갖는다. 그것은 핵 시대의 제현
상의 당사자insider들이 갖고 있는 그 미래의 경험이 부족하기
때문이다.

그렇기 때문에 오늘날 문학 표현의 작가가 해야 하는 것은, 핵 시
대의 미래의 경험에 대해 개체로서의 모델을 계속 만들어 내서
핵 시대의 비참을 공유할 수 있는 독자들의 기대의 지평을 새롭
게 계속 자극하는 것이다. 그러기 위해서 소설이라는 문학 표현
의 언어는 유효하다. 문학 표현의 언어의, 다양한 층위에서 분절
된 구조가 갖춘 힘이 그 유효성을 보장하고 있다. 작가든 독자든
불문하고, 서로 공통의 창조적인 경험을 통해서 문학 표현의 언
어를 방법적으로 계속 파악하는 것. 어떠한 미래든 공유되어야 할
미래의 경험을 동시에 실로 개체의 것으로 만들면서 우리들이 이
시대에 살고 죽기 위한 수단이기도 할 것이다. 소설은 인간적인
모든 요소를 그 전체에 대해 활성화하는 언어의 장치이지만, 그
장치에 의해 활성화된 인간은 단순히 문학의 영역에 머무르지 않
고 상상력의 전략으로서 미래의 경험 전체로, 로트만의 말을 빌
리면 미래의 인간성 그 자체로 향하고 있는 것이다.

(『소설의 방법』 이와나미서점)

　작가는 자신이 쓴 이론을 반복 검토하지 않으면 안 된다.
그것은 때에 따라서 그가 쓰는 소설이 점차 작가 자신의 이
론 — 방법론이라고 바꾸어 말해도 좋지만 — 에서 벗어나는
일이 자주 일어나기 때문이다. 그것은 작가가 이론으로 만들

어 낸 방법, 혹은 주제의 선택에서 실제 집필 시에 잘 따라갈 수 없는가, 혹은 실제 집필 중에 이미 그 층위를 초월해 버리고 있는가를 의미한다. 후자의 경우 다시 그가 작가로서의 실제 결과물에 입각해 자신의 방법론을 다시 만드는 즐거움을 얻을 수 있을 것이다. 그러나, 전자의 경우 자주 자신을 독려하여 이론을 배신하지 않도록 하지 않으면 작가로서 앞으로 나갈 수 없을 것이다. 원래 그는 작가의 작업이라는 고독한 노력의 장에서 어떻게든 앞으로 나아가기 위한 발판을 굳히기 위해 이론을 만들어 낸 것이다. 나의 경우 그것은 실로 그 목적에 입각해 있었다. 나의 방법론에 비추어 나의 작품을 검토하면서 나아간다. 그 방법론이 비판받으면 그 비판을 매개로 더욱 자신의 이론을 전개하고 심화시킨다. 그것은 다시 자신의 것으로서 자기 이론에 책임을 지는 것이고, 또 그것을 사회화하는 것이기도 하다고 나는 생각했다.

지금 인용 부분을 다시 읽고 나는 이 4, 5년 동안 나의 창작이 그 논리를 배신하지 않았다고 생각한다. 또한 이 방법론은 여전히 나 자신에게 살아 있다고 생각했다. 오히려 다시 그에 입각해서 나의 문학과 시대에 대한 태도를 확고히 하지 않으면 안 된다고도 생각하는 것이다. 눈앞에 우리가 살고 있는 이 시대의 위기가 더욱 그것을 강하게 필요로 한다고 생각하기 때문이다.

이렇게 생각하는 직접적인 이유는 무엇보다 내가 그 문장을 다시 읽었기 때문이다. 하지만 외부로부터의 구체적인 계기도 있었다. 현재 나는 캘리포니아 버클리 대학에서 생활하고 있는데, 때때로 미국 전체 네트워크를 갖고 있는 ABC 방송국이 방영한, 핵전쟁을 가까운 미래의 사건으로 그린 영화를 보았다. 그로 인해 다시 환기된 생각이 있었다. 영화 『그날 이후』는 너무도 분명하게 미래 경험의, 미래 세계의 모델을 제안했다. 그래서 이 영화의 방영과 그 자체의 내용, 또 방영 후 이어진 토론회나 신문들의 반향을 보면서 나는 실제 앞에 인용한 문장으로 되돌아가 생각하게 된 것이다.

텔레비전 영화 자체가 예술로서 훌륭했는지, 즉 우리들의 기대의 지평을 넘어 새로운 환기력을 갖고 있었는지에 대해 말하자면 그렇지는 않다. 아칸소가 영화의 무대였지만 미국 중남부 농경 지대의 주민이 보는 근접지에서 핵탄두를 장착한 대륙간 탄도로켓이 하얀 연기를 뿜으며 발사된다. 일상 속을 비집고 들어간 핵전략 시스템의 기괴한 실체와 폭탄이 아름다운 선을 그리며 사라져 간 뒤에 공포로 가득 찬 비애는, 텔레비전 영화를 지켜보는 자들이 공유하는 감정이었다. 즉, 그 장면들은 예술 표현의 집합체로서 확실히 분절화되어 있다고 생각했다. 따라서 유럽 정세의 긴박함을 느끼고 지하실에 핵 방공호를 준비한 가장이 핵전쟁의 발발에도 영향받지 않는 듯이—오히려 그렇기 때문에 인류 최후의 한 가정주부의 역할로서—더욱 일상적으로 침대 정리에 열중하고 있는 아내를 피난시키려고 말을 듣지 않는 아내를 끌어 내리는 장면에서 아내가 외치는 비명은 박력으로 가득 차 있었다. 남자가 지배하고 있는 사회·세계의 막다른 길에서 여성·모성이 근원적인 비판의 슬픔에 번민하는 비명으로, 그것은 이쪽을 때려눕히는 힘을 갖추고 있었다.

그리하여 핵무기의 폭발로 한순간에 소멸하고 또 방사능에 오염되어 괴로워하다가 죽음에 이르는 민중들이 핵 상황의 중심에 위치하는 자들이 아니라 주변으로 밀려난 자들이고, 또한 전 세계의 민중이 지금 이와 같이 주변에 있다는 것도 납득되는 것이었다. 더구나 주변에 있기 때문에 세계 규모의 전쟁의 업화를 피하는 것이 아니라 완전히 그 반대로 주변에 있는 자들이야말로 바로 핵에 의해 불탄다—워싱턴에도 크렘린에도 거대 핵 방공호는 있다—는 것도 근거 있는 실체로 표현되고 있다.

핵 공격에 처한 민중의 주변성으로 기억에 남는 작중의 대화가 있다. 유럽에서 동서 긴장이 고조되고 있다는 보도들에서 핵전쟁의 위기가 고조되고 있다는 것을 읽어 내지 않을 수 없는 상황 속에서, 아칸소는 '아무것도 아닌 장소nowhere'이므로 안전하다는 말에 다음과 같이 반박한다. "Nowhere?

There is no nowhere any more." 유토피아라는 단어의 형성을 그리스어의 Ou : not + topos : a place로 거슬러 올라가면, '더 이상 고지 없음'을 염두에 두고 있는 위의 대사는 이제 어디에도 유토피아는 없다고 말하는 것처럼 느껴졌다.

『그날 이후』방영을 위한 선전은 실로 잘 준비되어 시사회를 본 기자들의 논평이 한 달 전부터 주간지나 신문을 떠들썩하게 했다. 특히 가혹한 장면을 어린이들에게 어떻게 보여 줄 것인가에 대한 논의가 이루어지고 실제 방영 시 너무 어린아이들에게는 보여 주지 않는 것이 좋으며 큰 아이들도 어른과 함께 보기를 권하는 자막이 나올 정도였다. 무엇보다 핵 피해의 묘사는 실제보다는 순화되었다는 자막도 영화의 끝에 나온다. 그중에서 가장 효과적이었던 것은 영화에 이어 방송된 심야 토론 프로그램이 이 영화를 토론 주제로 한정했다는 것이다.

처음에 현 레이건 정부의 슐츠George P. Shultz 국무장관과의 원격 인터뷰가 이루어졌다. 이어서 청중을 앞에 두고—미국의 청중이므로 당연히 질의응답이 있었다. — 맥나마라 Robert Mcnamara 국방성 장관과 대통령 고문 키신저Henry Kissinger, 과학자 칼 세이건Carl Edward Sagan, 거기에 우파 논객 윌리엄 버클리 쥬니어William F. Buckley, Jr 등이 이 토론에 참가했다.

여기에서도 내가 앞의 인용에서 언급한 '외부인outsider의 억측'과 '당사자의 정보'의 대립이 나타났다. 퇴역 장군 쇼크로프트의 핵 경쟁에서 우위에 서지 않으면 핵 억제는 불가능하다(물론 핵전쟁은 바라지 않지만…)는 논리와 미소 양국의 핵무기의 감축은 회담을 통해 이루어질 것이라는 키신저의 의견은 그야말로 '당사자'의 담론 그 자체이다. 이에 대해 역시 전문가이지만 지금은 핵 권력의 중추에 있지 않은 맥나마라의, 히로시마형 원폭과는 비교할 수 없는 지금의 핵 성능을 생각하면 상대적으로 수를 줄이는 것은 의미가 없다, 제로가 되지 않으면 안 된다는 의견. 또한 과학 계몽가로도 유명한 세이건은 죠나단 쉘의 사고와도 중복되는 견해를 밝혔는데, 핵전쟁이 일단 일어나면 지구의 생태계를 파괴한다는 의견이 대치되었다.

특히 나의 관심을 끈 것은 현재 새롭게 핵 권력 내부에 들어간 키신저로, 자신은 30년 전부터 핵 전략론의 전문가로 이 영화에서 그려진 사태에 대해 모두 알고 있으며 여기에 새로운 것은 없었다, 그리고 우리의 미래에 이 영화에서 그려진 사태는 일어나지 않는다, 왜냐하면 핵전쟁은 없을 것이고, 그러기 위해서 우리들('당사자')은 노력하고 있기 때문이라는 의견이었다. 실은 나 역시 이 영화에서 그려진 사태는 히로시마와 나가사키를 통해 알게 된 영역을 뛰어넘지는 않는다고 느끼고 있었다.

그려진 피폭의 실태, 그것도 히로시마형 원폭과 비교할 수 없을 정도의 위력을 가진 핵폭탄의, 그것도 여러 개의 폭탄의 폭발에 의해 일어날 사태를 그린 텔레비전 화면의 미적지근함에 대해 히로시마·나가사키의 피폭자는 비판하지 않을 수 없을 것이다. 일본에서는 작품 『밤』을 통해 알려진, 강제 수용소를 경험한 작가 에리 비젤은 핵 공격으로 대량 학살당하는 민중에게서 유대인에게도 이미 일어났던 것을 보았다고 말한다(그는 소비에트의 인권 운동가들이 핵무기를 반대하는 사람들과 맥락을 같이 한다고 말하고, 이를 통해 희망도 나타냈다). 하지만 그런 방식으로 영화를 지지했을 때 내 가슴 속에서는 위화감이 일어났다. 비젤 역시 텔레비전 영화 『홀로코스트』에 대해서 그것이 유대인 수용소 경험을 왜소화하고 있다고 하니, 그 영화를 지지한 몇몇 유대인 단체와는 연을 끊을 것이다. 이런 비판을 히로시마·나가사키의 피폭자들도 하리라 생각한다.

실제 일본에서 문학을 비롯해 연극·영화에 이르기까지 상상력에 의한 히로시마·나가사키의 피폭의 현실 모델, 이전에 세계 모델이 만들어질 때마다 피폭자들의 비판은 집요하게 이루어져 왔다. 그것은 이렇지 않았다, 이것보다 더 가혹한, 더 비참한 것이었다고. 즉 예술로 만들어진 원폭 피해의 모델은 독자·관객의 상상력에 있어 이렇지 않았다, 이보다 더 현실에 다가가는 방향으로 뛰어넘기 위한 도약대의 역할을 수행한 것이었다. 피폭자들의 비판은 우리들이 그 피폭에 대한 예술을 그대로 받아들이는(수동적으로 받아들이는) 대신, 그 것을 부정적인 매개로 해서 새롭게 만들어 내도록(능동적으로 상상력을 발휘하도록) 격려한 것이라고 할 수 있다.

거기에는 키신저의 논리와는 확실히 다른 특질이 있다. 키신저는 이 영화에 그려진 것은 모두 자신이 알고 있던 것이 다, 즉 새롭게 상상력을 환기하는 것은 없었다고 말한다. 그리고 나아가, 이 영화에서 상상력을 환기하지 않는다는 것은 진실로 그것으로 괜찮다, 왜냐하면 이러한 사태는 미래에 일어나지 않을 것이기 때문이라고 말한다. 그러기 위해 노력하고 있는 핵 권력을 믿고, 핵전쟁의 비참에 대한 민중 레벨의 상상력을 포기하라고 말하는 것이다. 이 말은 핵 권력의 변함없는 우민 정책을 명백히 표현하고 있다. 그것도 그 말이 눈앞에 진행되고 있는 유럽에서의 새로운 핵병기를 배치하려는 움직임과 함께 대통령 고문의 입에서 나온 것이므로 노골적인 이야기였다.

따라서 우리들, 즉 우려하는 '외부인'인 민중에게는 새삼 피폭자들이 말하는 것처럼 이러한 핵전쟁의 비참한 모델이 아니라 더 가혹한 모델에 대한 상상력을 만들어 냄으로써 핵

전쟁이라는 미래의 경험을 거부하는 노력이 필요하게 된다. 즉 그러한 시도를 스스로 가능하게 하기 위해서 우리들은 예술의 모델을 통해서 스스로 단련하는 것이다. 그리고 예술의 영역을 넘어서 상상력을 포함한 전략적인 지적 기술에 의해 우리들이 개체로서 동시에 인류 전체로서, 계속 살아 나갈 수 있는 미래의 경험에 대해 살아 나갈 가치가 있는 미래의 인간성을 지향하는 노력이 필요한 것이다. 그러기 위해서 나 또한 작가의 일을 하고 있는 것이고, 그러기 위해서 동시대의 예술가들의 작업에도 계속 관심을 갖는 것이다.

최근 4, 5년 동안에 대해 나는 앞의 인용을 쓰면서 계속 생각했다. 이 4, 5년을 산다는 것은 결국 핵 시대를 산다는 것이었다. 그 기간에 핵 시대에서 확실하게 나타난 변화. 그 것은 핵 권력이 주도하는 핵 상황이 나날이 심각해지고 있다는 것은 확실하지만, 핵 권력에 의한 핵 협박의 인질인 민중의 편에도 핵 상황의 막다른 길을 타개하고자 하는 노력이 점점 강해지고 있다는 변화이다.

서독을 중심으로, 또 영국을 중심으로 한 유럽의 반핵 운동, 그리고 미국의 반핵 운동 등이 강해지는 현실이 없었다면 『그날 이후』가 미국 전역에 방송되고 큰 반향을 일으키는 일도 없었을 것이다. 앞의 토론에서 화제가 된 소비에트 러시아에서의 반핵 운동과 함께 동독에서 일어난 종교자의 반핵 운동도 알려져 있다. 일본에서도 특히 서구의 반핵 운동에 호응하여 대규모 운동이 고조되었다. 덧붙여 그 운동이 쇠퇴했다고 비판받고 있지만 피폭자 단체 '피단협被団協'을 중심으로 한 반핵 운동은 일본인 총체로의 전환을 촉구하는 사상 운동이 일어나 여전히 유지되고 있다. 다만 다음과 같이 묻지 않으면 안 된다. 그들 민중 운동의 성과는 적다고 하더라도 목적에 접근했는가? 즉, 미국과 소련이라는 '당사자'의 핵 상황에 대한 인식에 영향을 주고 물러나게 하고 있는가? 앞의 토론에서 퇴역 장군의 핵 위협 만능론은 말할 것도 없고 맥나마라가 지적하듯이 키신저—즉 레이건 대통령과 측근들—가 말한 점차 핵무기를 감소해 가겠다는 태도도 그저 시늉에 지나지 않을지도 모른다.

우연히 내가 머물고 있는 버클리 캠퍼스에 영국 역사가이자 반핵 운동의 지도자로 일본에도 잘 알려져 있는 E. P. 톰슨이 강연을 위해 방문했다. 학생신문이 톰슨과 인터뷰하고 그의 현시점의(인터뷰가 있던 날은 우연히 서독 정부가 미국 핵미사일의 새로운 배치분 제1진이 도착했다는 것을 표명한 날이고, 소비에트가 제네바 회의 석상에서 떠나려고 한 날이기도 했다) 세계의 핵 상황에 대한 생각을 잘 받아들이고 있다.

E. P. 톰슨은 이번 12월의 순항 미사일 및 퍼싱 II 미사일의 유럽 배치가 쿠바 위기의 재현을 막기 위한 것이고, 돌이

킬 수 없다는 것을 의미한다고 말했다. 현재 상황에서 그 새로운 핵무기 배치는 정치적·이데올로기적인 긴장을 더욱 고조시킬 것이고, 만약 전해지는 것처럼 '경계=발사 시스템'이 도입된다면 그것은 매우 위험한 상황이며 핵전쟁이 실제로 일어날 수도 있는 결정적인 기회 중 하나가 진행되고 있다고 그는 생각하는 것이다. '경계=발사 시스템'이라는 것은 적의 핵미사일 공격이 포착되면 신속한 대항 처리가 컴퓨터로 이루어지는 시스템이다. 소비에트는 5분에서 12분이면 모스크바를 포함한 자국의 요지에 대한 공격이 가능한 퍼싱 II 미사일의 유럽 배치가 이루어진다면 이 시스템에 대해 결단을 내리겠다고 종종 경고해 왔다. 이 시스템은 사고에 따른 핵전쟁의 발발 가능성을 그로테스크할 정도로 뚜렷이 보여 준다. 확실히 그것은 핵 상황의 되돌릴 수 없는 위험에 한발 다가가는 것임에 틀림없다. 톰슨은 그들의 시민에 의한 불복종 운동이 그것만으로는 사태를 개선할 수 없다고 해도 국가의 민주적 프로세스 전체를 활성화할 것이라고 말하고, 그러기 위해 최선을 다하고 있지만….

그러면, 나의 개체의 과제로 돌아가서 현재 이러한 상황에 이르는 과정에서 다시 미래로의 전망에 비추어 볼 때 내가 만들어 낸 예술의 모델이 얼마간이라도 유효한 역할을 했다고 나는 말할 수 있을까? 그에 대해서 어떤 낙관주의도 비관

주의도 무의미한 것처럼 생각된다. 다만 나는 핵 시대를 살고 있는 인간이라고, 그것을 항상 의식의 중축에 두고 상상력의 작업을 해 왔고, 앞으로도 계속해 나갈 것이라고 톰슨에게 배우고 다시 각오를 다질 뿐이다. 그래서 그렇게 자각할 때, 새삼 나는 다양한 지식인들의 핵 시대의 생을 둘러싼 솔직한 자기 표명에 관심을 갖지 않을 수 없었다. 그것들을 계기로 개체로서의 핵 시대에 삶의 인식을 일반적인 것으로 연결해 열어 갈 수 있다고 느끼기 때문이기도 하다. 나는 여기에서 그 한 예를 대상으로 생각을 진전시켜 나가고 싶다.

올가을 시카고 대학을 다시 방문했다. 너도밤나무와 단풍나무가 붉은 잎으로 불타오르는 듯한 넓은 캠퍼스에서 핵에너지가 최초로 공개된 것을 기념하기 위해 엔리코 페르미를 기려 건축된 무아의 조각을 보았다. 나는 이 조각에 대해 활자를 통해 잘 알고 있다고 생각했는데 새삼 충격을 받았던 것은 이 조각이 하나의 건축물이라고 할 정도로 거대한 규모의 금속 덩어리라는 것이었다. 누가 가져가지 못하도록 무겁게 만든 것이라고 시카고 대학의 친구는 말했다. 그에게는 수십 번째 하는 농담이었겠지만…. 시카고 중심부에 확신과 자긍심을 갖고 만들어진 다양한 건축학적인 모든 시대의 정화의 통합된 총체라고 말할 만한 건축군 속에, 눈앞에 그 한가운데 피카소의 거대 강철판의 조형이 규모와 구상에서 균형을 이루며 역시 예사롭지 않은 패기로 만들어져 설치되어 있었다. 즉 과학자들과 예술가 및 대학 행정가들의 핵 시대로의 출발에 대한 화려한 자부심의 표현이었으리라. 그 옆에 히로시마의 원폭 돔 모형을 설치한다면 이른바 오늘날의 시대 정신의 겨냥도가 만들어지지 않을까 하고 한창인 단풍에 물들어가는 듯한 환상을 나는 품었다.

시카고 대학 캠퍼스의 한 지역에 이미 종교사가라고 단순히 규정할 수 없는 대사상가 미르치아 엘리아데가 살고 있다는 생각도 계속 나를 떠나지 않았다. 제2차 세계 대전의 종전과 동유럽 소비에트 러시아에 의한 재편성의 결과, 본의 아니게 '난민'의 일종이 되지 않을 수 없었던 엘리아데의 일기를 1957년부터 1969년까지, 즉 실로 우리들과 동시대를 공유한 지식인의 일기를 편집한 책을 나는 시카고 방문 기간 내내 읽고 있었다. ("No Souvenirs" Harper & Row 판)

1959년 시카고에서 학생에게 원폭에 대해 질문받았을 때 엘리아데가 대답한 내용에 대한 일기.

기독교도는 이 폭탄을 그렇게 두려워할 필요가 없을 것이다. 세계의 끝에는 의미가 있을 것이기 때문에. 그것은 '최후의 심판'일 것이기 때문이다. 힌두교도 또한 같을 것이다. '칼리 유가'계는 혼탁으로의 퇴행 속에 끝나고 그 후 새로운 세계가 나타날 것이다. 다만 마르크스주의자들만이 궁극의 결과가 될 핵에 의한 종말에 공포를 느끼는 정당한 이유가 있다. 그것은 그들에게 있어 파라다이스는 미래에 속한 것이기 때문이다. 파라다이스는 이제껏 지상에 존재한 적이 없다. 그것에 대응하는 가장 가까운 것은 내일의, 계급 없는 사회이다. 마르크스주의자는 단지 미래가 파라다이스와 유사하리라는 것만으로 수없는 학살을 — 자신의 신상에까지 — 받아들였던 것이다. 만약 세계가 공산주의의 종말 세계를 알 수 있기 전에 소멸해 버린다면 모든 역사와 인류의 모든 고난은 완전히 어떠한 의미도 갖지 못할 것이다.

이것은 확실하게 비교종교사적으로는 반박할 수 없는 분석이라고 해도 결국은 냉소주의의 냄새가 나는 무책임한 말이 아닌가 하는 것이 나의 첫인상이었다. 그러나 엘리아데가 핵전쟁에 의한 인류의 종말 가능성에 대해 특히 깊게 생각해온 인간들 중 한 사람이라는 것은 의심하지 않는다. 일기에서 다음 해 1월 6일의 내용은 다음과 같다.

마르크스주의자와 유물론자의 역사 해석이 인간의 '최후의 심판'에 있었다고는 말할 수 있을 것이다. 심판, 즉, 멸망의 위험. 정확하게 선사 시대에 인류가 거의 멸망할 뻔했던 것처럼. 혹은 오늘 핵무기에 인류가 멸망을 걸고 있는 것처럼.

유물론자처럼, 혹은 마르크스주의자처럼 생각하는 것은 인간의 원초의 신에게 주어진 역할에 대해 단념하는 것을 의미한다. 그 결과 인간으로서 소멸해 버리는 것을. 그러나 이 유혹과 그 위험이 존재하는 것은 헛된 것이 아니다. 인간으로서 화급하게 다가온 소멸의 자각과 함께 산다는 것은 인간에게 좋은 일이기조차 하다. 공포=입회식initiation적인 고통.

1961년 3월 29일, 엘리아데는 영국에서 보낸 신비주의=심령론의 잡지에 한스 게르오크 위드너라는 연구가가 쓴 『불장난─드골 장군에 보내는 경고』라는 문장을 발견한다.

내용은 대략 다음과 같다. 드골 장군이 사하라에서 핵폭탄을 장려하고 있다. 그러나, 라고 위드너는 말한다. 지구는 인체와 비슷한 유기체이다. 그리고 사하라는 췌장에, 즉 위 부위에 위치한다. 인간이 '벨트 아래'를 구타당할 때 무엇이 일어나는가? 기분이 나빠지고, 숨이 막히고, 정신을 잃는다.

이와 마찬가지로 지구의 위장 부분에 일어난 핵폭발에 의해 그 육체 부분의 필요불가결한 분비물, '소화'에 매우 중요한 분비물의 상태가 나빠지고, 지구에 유기체와 같은 반응이 일어날 것이다. 네바다 사막과 시베리아에서 일어난 것처럼.

위드너는 이렇게 말하고, 핵폭발에 의해 지축이 기우는 것 같은 악영향이 여러 측면에서 일어나 결국에는 지구가 멸망으로 향할까 걱정했다. "그러므로 위드너는 요청한다, 어머니인 지구의 태양 신경총에 해당하는 지역에서의 핵폭발에 반대하는 운동이 강화되지 않으면 안 된다고."

이러한 생각은, 혹은 표현의 방식은 그야말로 오컬트 취향의 애매주의에 지나지 않는다고 비판할 수 있을 것이다. 그러나 그 논점의 중심은 조나단 쉘이나 칼 세이건의 과학적인 추측과 같은 방향에 있다는 것에 주의를 기울여야 한다. 인간의 깊은 지혜에 대해 그 표현의 절차에는 다양한 방식이 있고 가볍게 표면적으로 우열을 가리는 것은 의미가 없다는 것을 나는 요즘 집중적으로 엘리아데를 읽으면서 깨닫게 되었다.

그럼 핵폭발에 의한 인류 멸망이라는 생각과 대극을 이루는 적극적인 희망에 대한 비전으로, 엘리아데는 무엇을 구상하고 있을까? 표면적으로 엘리아데는 그에 대해 쓰지 않았지만 다음과 같은 기술에 은밀히 그 핵심을 나타내고 있다. 1961년 1월 초, 엘리아데는 자신의 생의 '확대, 지속'에 대해 계시로 가득 찬 경험을 했다. 부쿠레슈티에서의 소년 시대의 회상에서 시작하여 인도·포르투칼·파리에서의 경험한 모든 것이 통합되고 '보다 크게' '보다 둥글게' 되는 것을 느끼며, 그때까지 깊이의 일부에 닿았을 뿐 이전에는 도달하지 못했던 전체를 깊이깊이 통찰했다는 생각을 한 것이다. "활기로 가득 찬 강한 감정. 역사에 살고 죽는 인간 생활이 갑자기 의미 있는 무게를 갖춘다. 낙관주의."

이 경험 직후, 엘리아데는 예전에 읽었던 바벨리언의 일기를 재독하고 거기에서 적혀 있는 소라스의 『고대의 사냥꾼』에 나타난 정열의 표명에서 받은 감동을 기록한다. 소라스의 책은 바벨리언에게 비참과 질병의 현실을 위로해 준 구석기 시대에 대한 전망을 열었고, 거기에 그 이상으로 그의 인생의 '파괴되지 않는 것'을 확신시켰으며, '현현'으로까지 보여 주었다고 말하고 있다고 엘리아데는 지적한다.

그는 말한다.—그것은 어떤 것도 '내가 살았다'라는 사실을 바꿀 수는 없기 때문이다. 만약 어떤 짧은 시간 동안이라 해도, '나는 존재했다'. 그것은 정말로 내가 현현으로서의, 인간 존재의 파괴되지 않는 것이라고 부르고 싶은 측면이다. 그러나 B는 덧붙인다.—그래서 내가 죽을 때, 나의 육체를 구성하는 물질은 파괴될 수 없고 또 영원하다. 그렇다면 나의 '혼'에 어떤 일이 일어난다고 해도 나의 물질은 항상 계속 존재하는 것이다…. 내가 죽을 때 당신은 나를 죽이고, 불태우고, 가라앉히고, 흩어 버릴 수는 있다. 그러나 당신은 나를 파괴할 수는 없다…. 죽음은 더 이상, 죽임 이상의 것은 될 수 없는 것이다. B는 이렇게 썼지만, 그것은 그가 박물학자였기 때문이다. 그러나 나는 수를 알 수 없는 '비밀가들'이 거의 같은 단어로 비슷한 경험을 전하는 것을 보아 왔다. (cf. 특히 '우주의식'의 경험.)

기독교와 힌두교도의 세계의 종말에 대한 어떤 여유 있는
태도(즉 '최후의 심판'의 혹은 혼탁 뒤에 보다 높은 질서의 재생을 생
각한)와 마르크스주의자의 역사적 과정에서의 절박한 태도에
대해 이른바 상대적인 견해를 가졌던 엘리아데가 여기에서
불운한 바벨리언이 몽상했던 혹은 몽상을 매개로 확신했던
'인간 존재의 파괴되지 않는 것의 현현'에 대해 뜨거울 정도
로 공감했던 것은 분명하다. 엘리아데는 이 과학적 발상에
입각한 사상을 그가 친근하게 생각하는 '비밀가들'의 더욱
핵심에 있는 사고방식, 느끼는 방식으로서의 '우주의식'에
이끌려 일반화한 것이기 때문에. 엘리아데 자신의 '인간 존
재의 파괴되지 않는 것의 현현'에 대한 생각을 핵 시대를 살
아가는 그의 내부의 희구와 함께 생각하는 것은 부자연스러
운 것은 아니라고 나는 생각한다. '인간 존재에 대한 파괴되
지 않는 것의 현현'을 향해 현대인의 사념이 강화되고 증대
됨으로써 핵 상황의 위기를 극복하는 것이 가능하다면, 엘리
아데도 그것이 기독교도나 힌두교도에게 있어서 '최후의 심
판'을 혹은 혼탁을 경험한 재생을 연기시킨다는 식으로는 생
각할 수 없을 것이다. 오히려 지금의 핵 상황, 핵전쟁에 의한
인류 멸망의 위기라는 혼돈을 극복해 나가는 것이야말로 그
의 재생으로 향한 사상이었다고, 엘리아데의 저작의 다양한
세부에 종종 핵전쟁에 대한 코멘트가 감추어져 있는 것을 발

견해 왔던 나는 믿고 있다.

그에 덧붙여 나는 미국의 대소련 외교 전문가 조지 케넌이 기독교도로서 조나단 쉘의 논술을 채용하여 이 지구를 불태워 버릴 핵전쟁에 저항한 담론을 생각하고, 또 마하트마 간디 Mohandas Gandhi의 비폭력주의자로서 핵전쟁에 대항하는 사상을, 지금 우리들의 절박한 필요성을 새롭게 조명할 수 있는 살아 있는 신화처럼 묘사했다. 처음부터 무력하다고, 너무나도 확실한 것처럼 여겨지며 거부되어 왔던 사상이 현실 정치의 장에서 이른바 아래로부터 역전되듯이 근본적인 유효성을 발휘한다. 그것은 오늘의 핵 상황과 같은 철저하게 막다른 시점에서 차례차례 현실로 실현될 것이라고 나는 생각한다. 만약 우리들이 그 계기를 잘 잡아서 생각하고 행동하여 우리들의 미래에 대한 생명줄을 만들고자 한다면….

내게도 작가인 개체로서 쌓아 올린 작업에 대해 지금 단계에서—그것은 자신의 작가로서의 생의 이 단계에서라는 것이고, 한편 세계의 핵 상황의 이 단계에서라는 것도 있지만—나는 생애를 걸고 언어를 통해 도대체 무엇을 달성하고자 했던 것일까, 라고 스스로 질문한 적이 있다. 왜냐하면 그것은 지금이야말로 명확히 답할 수 있는 질문이라고—그것도 한편으로는 개체로서 작가의 경험에서, 다른 한편으로는 세계 상황에 뿌리내리고 있지만—자각했기 때문이다.

'인간 존재의 파괴되지 않는 것의 현현.' 언어에 의한 모델을 통해 바로 그것을 표현하는 것, 그것이 작가로서 내 인생의 목표였다고, 그렇게 나는 지금 과정 속 하나의 결론처럼 여기고 있다. 나는 처음에 내 문장을 인용한 것처럼 소설을, 인간적인 모든 요소를 전체에 대해 활성화한다, 그러기 위한 언어의 장치를 생각해 왔다.

 원래 우리들 개체 각각에 그 '현현'의 인식 방법은 있을 것이다. 예를 들면, 바벨리언의 사고방식을 엘리아데가 박물학자의 특징을 인정하고 또한 신비가들의 방식과 큰 흐름에서 연결하고자 한 것처럼. 다양한 개체가 보고 있는 '인간 존재의 파괴되지 않는 것의 현현'의 모든 층위를 오늘날 더욱 큰 부분으로 연결하는 요소로서 나는 핵 상황하라는 조건을 두고 싶다. 예를 들면 맥나마라와 비젤이, 쉘과 케넌이, 함께 '인간 존재의 파괴되지 않는 것의 현현'을 본다고 하자. 그 모든 것들 위에서 흉흉한 오로라처럼 핵 시대의 후광이 비치고 있을 것이다. 그 흉흉한 예감을 거스르는 것이 그들 개체의—이 핵 시대에 살고 죽는 자로서의 개체의—'인간 존재의 파괴되지 않는 것의 현현'이라고 추측하는 데에는 근거가 있다고 해도 좋지 않을까?

 개체로서의 나 자신에 대해 말하자면, 나는 20년 전 첫 번째 아들이 머리가 한 개 더 있는 것처럼 보이는 혹을 달고 태어났을 때, 또한 아내와 함께 그의 생을 받아들이고 공생하겠다는 결의를 했을 때, 스스로 '인간 존재의 파괴되지 않는 것의 현현'을 마주했다고 생각한다. 당시 이 표현을 가지고 내가 생각했던 것은 아니다. 그러나 나는 확실히 이 아기는 진실로 비참한 상태로 태어나 단 몇 주를 살았고 현재에 이르렀을 뿐이지만 그가 살았다, 그가 존재했다는 사실을 누구도 삭제할 수 없다, 만약 신이 있다고 해도 어떠한 신에게도 그것은 불가능하다고 생각했다는 것을 확실하게 기억하고 있다. 덧붙여 나는 다름 아닌 젊은 아버지인 내가 이 비참한 아기의, 그가 살았다, 그가 존재했다는 증인이 되겠다, 나 자신의 죽음에 대해서는 즉 그 증거가 나의 문학이었다는 것으로 하자고 생각했던 것이다.

장애를 가진 장남이 태어났던 해부터 나는 히로시마의 피폭자들의 죽음과 삶에 대해 그리고, 그들과 함께 싸우는 의사들의 행동과 사상에 대해 르포르타주를 쓰기 시작했다. 그것은 위에서 썼던 개체로서의 결의를 어떻게든 사회화하기 위한 시도이기도 했다고 지금에야 이해했다. 피폭자들이 그렇게 살았다, 그렇게 존재했다는 것은 그들의 개체의 삶에 대해 삭제할 수 없는 사실임과 동시에, 핵 상황이라는 우리들의 시대에 대해 삭제할 수 없는 사실이다. 그들 안에 '인간 존재의 파괴될 수 없는 것의 현현'을 보는 것과, 장애를 가진 아이 안에서 그것을 보는 것을 중첩시키고 싶다는 생각은 충분히 의식화할 수 없었던 나의 야심이었다고 생각한다. 특히 스스로를 방사능에 노출시키며 피폭자의 치료를 위해 최선을 다하고 있는 히로시마 의사들의 사상과 행동은 젊은 미경험자인 아버지였던 나를 단적으로 격려했다.

장애가 있는 아들의 탄생으로부터 20년이 지나 나는 아들과의 공생을 되돌아보고 한편 앞으로의 가족 전체의 삶의 방식을 생각하는 행위 자체로서 일련의 단편 소설을 썼다. 그 결말은 블레이크의 예언시 『예루살렘』에서 '생명의 나무'에 매달린 예수가 인류 총체를 대표하는 알비온에게 말하는 시구에 서 비롯된 것이다.

예수는 대답했다. 두려워하지 말라, 알비온이여, 내가 죽지 않으면 너는 살 수 없나니.
하지만 내가 죽으면 내가 부활할 때 너와 함께 하리라.
이것이 우정이고 동포애다. 그것 없이는 인간이 아니니라.
그렇게 예수가 말할 때
어둠 속에서 다가오는 수호천사
그들에게 그림자를 드리우며 예수는 말했다. 이렇게 영원 속에서도 인간은 행동하느니라.
한 명은 다른 자가 모든 죄에서 벗어나도록 용서함으로써.

나는 이 시구와 그 정경을 그린 블레이크의 채색 판화를 통해 아들이 기형으로 태어날 때에 보았다고 생각했다. 매일 그 비전을 갱신하는 듯한 '인간 존재의 파괴될 수 없는 것의 현현'이 새삼 눈앞에 나타나는 것을 느꼈다. 그것은 시대를 뛰어넘어 블레이크의 언어가, 즉 그의 인간 및 세계의 모델이 우리들을 전체에 대해 활성화한다고도 느끼는 것이다.

재생의 과제. 그것은 개체로서의 나에게는 뇌에 파괴된 부분을 가진 아들과의 공생을 통해 나의 정신의―혼이라는 단어를 가지고 생각하기조차 했는데― 손상된 부분이 아들의 손상된 부분과 함께 치유되어 가는 체험에 뿌리내리고 있었다. 또한 파괴할 수 있는 최악의 수준까지 파괴되었던 히로시마·나가사키의 의사들의 활동과 피폭자들의 자기 회복의 실상에 이끌리고 있었다. 그래서 그 모두의 가장 근본적인 통합을 나는 블레이크의 예언시의 비전이라 생각하고, 지금까지 개체로서 경험하고 상상해 왔던 재생의 과제에 새로운 빛을 보았다고 생각하는 것이다. 모든 경위에 대해 나는 소설의 형태로밖에, 즉 언어와 상상력의 특별한 장치를 통해서밖에 타자에게 잘 전달될 수 있도록 표현할 수 없을 것이다. 따라서 나는 앞서 소설의 형태로 행한 시도를 위와 같이 요약한다. 그리고 그 사상을 새로운 출발점으로 삼아 자신의 동시대에 대한 태도를 쓰고 싶다.

그럼 내가 생각하는 것은 오늘의 핵 상황에서 눈을 돌리지 않은 채 온전한 정신으로 살아가려 하는 인간이라면 누구나 생각할 것이 분명하지만, 만약 이 핵 상황의 위험을 인류가 극복할 수 있다는 큰 전제에 — 오히려 방대한 양의 희구가 그 막다른 길을 향해서 낭비되는 꿈 이야기일지도 모르는 — 서 있다. 만약 우리들 동시대의 인간이 이 핵 상황을 되돌리는 것에, 즉 세계를 뒤덮을 핵의 무기고를 텅 비게 만드는 대사업에 성공한다면, 유사 이래 전지구적인 미래의 구상이 열리거나 적어도 그 첫 번째 단계가 달성되는 것이 아닐까? 무엇보다 큰 구상의 레벨에서 세계 전체의 남북 혹은 동서의 문제가, 자원의 문제가, 공해, 자연 파괴의 문제가 해결되어 가는 그 첫걸음을 결정적으로 내딛는 것이 아닐까? 진정 그 것에 의해서만 비로소. 게다가 그것 없이는 어떠한 전 지구적인 인류의 미래의 구상도 있을 수 없다, 그러한 진정 한계의 상황을 우리들은 동시대의 세계 과제로 짊어지고 있다. 새삼 핵 상황을 막다른 곳으로의 돌진을 멈추고 되돌리고자 하는 시도의 결의를 나는 그렇게 생각하는 것이다.

　단지 그 방향 설정의 노력만이 오늘날 예술가의 작업의 핵심이 되지 않으면 안 된다고 나는 — 거의 모든 핵 상황에 대해 눈을 크게 뜨고 있는 예술가들이 생각하고 있을 것이 틀림없듯이 — 반복해서 생각한다. 그렇게 생각하고, 한편에서 그런 생각에 입각해 동시대의 세계 모델, 진정 인간이 지구 전체의 괴멸에 대한 공포와 함께하는 것이 아니라 살아 나갈 수 있는 미래의 세계 모델을 만들어 내는 것. 음악가는 음표를, 화가는 연필과 물감을, 그리고 작가는 소설 표현의 언어를 가지고, 적어도 인류 규모의 절멸이 아니라 미래의 경험의 모델을, 신뢰할 수 있는 미래의 인간성의 모델을 만들어 내는 것.

그렇게 만들어진 예술이 아직도 과연 현실에 유효할지 아닐지? 그 질문은 핵 상황이 심각해짐에 따라 예술가를 향해 —그의 내부에서도 또한 가장 진지한 목소리로— 계속 나올 것이다. 그에 대해 예술가가 응답해야 할 최초의 말은 만약 효력이 없다고 해도 그런 이유로 예술의 창조를 포기해 버릴 수 있는 것인가, 실제로 포기할 생각인가라는 반문일 것이다. 그것도 역시 자기 자신을 향해서. 그런 각오로 무리하게 자기 개체의 예술 창조에 분투하는 예술가가 동시대의 사회로부터 그들 자신을 닫아 버리는 일은 결코 없을 것이다. 사회 또한 그들을 고립시키지 않을 것이다. 그들은 먼저 핵 포기를 위한 세계적인 민중 운동의 유기적인 일부분을 구성하고 있는 것이다.

작가의 말

『소설의 전략』은 1983년부터 84년에 걸쳐 신쵸샤新潮社
의 『나미波』에 연재되었다. 이 시기 나는 장편 소설로 쓸 예
정이었던 숲속 골짜기 공동체의 여족장과 트릭스터에 대한
이야기를 계속 쓰고 있었다. 또한 이 시기의 초반은 짧은 일
정으로 심포지엄에 참가하기 위해, 후반에는 한 학기에 걸쳐
공동 연구원으로 캘리포니아 대학 버클리 캠퍼스에 체재했
다. 이 책에는 창작과 해외 대학에서의 생활 그리고 그동안
의 독서 내용이 일기처럼 기록되어 있다.

버클리 캠퍼스의 숙사에서 쓴 이와나미서점이 주체했던
국제 포럼「현대 문명의 위기와 시대의 정신」을 위한 문장

과 최초의 편지를 버클리의 숙사에서 보냈던 홋타 요시에 씨와의 왕복 서간에도 위 경험과 독서의 내용이 반영되어 있다. 또한 이 책과 앞뒤로 간행된 『삶의 방식의 정의』(이와나미서점)와 중복된 내용을 포함하고 있다. 말하자면 『소설의 전략』은 이제껏 발표한 적 없었던 나의 생활과 정신의 내부 사정을 속속들이 드러낸 문장이라고 할 수 있을지도 모른다. 즉 여기에는 핵 시대의 오늘을 살아가는 소설가의 하나의 정의定義가 솔직히 나타나 있다고도 말할 수 있다고 생각한다.

50살 생일을 앞두고
오에 겐자부로

낯설게 하기, 상상력,
그리하여 새로운 곳으로

오에를 떠올리면, 한편에서는 곤란한 질문들을 퍼부어 사람을 당황하게 만드는 짓궂은 소크라테스가, 다른 한편에서는 『백년 동안의 고독』의 호세 아르카디오 부엔디아가 떠오른다. 라틴어로 혼잣말을 계속 중얼거려서 미치광이 취급을 받으며 고독하게 죽는 대신 다행히도 그는 라틴어가 아니라 일본어로 혼잣말 대신 출판물로 자신의 언어를 남겼다.

노벨상에 빛나는 세계적인 작가라는 그의 위상에도 불구하고 일본에서조차 그의 문학은 제대로 연구되지 않았다고 연구자들은 말한다. 이유 중 두 가지를 들자면, 하나는 그의 문학이 너무나 방대한 양의 인문학을 사상의 기조로 하고 있어 한 명의 연구자가 이를 감당할 수 없기 때문이고, 다른 하나는 난해한 문장이 이유로 거론된다.

이러한 상황에서 『읽는 행위』, 『쓰는 행위』, 『소설의 전략』, 『새로운 문학을 위하여』 등의 평론들은 그의 문학을 이해하기 위한 중요한 자료라고 할 수 있다.

일본에서 일반인들에게 '오에'의 이름을 꺼내면, 그들의 반응은 약속이라도 한 듯이 '오에 겐자부로'를 말하는지 확인한 후에 입을 다문다. 가장 긴 대답을 했던 경우도 '도대체 무슨 말인지 모르겠다'는 것이었다. 이러한 일본인들의 태도가 처음에는 당황스러웠다. 하지만 오에의 이야기들이 일본인들에게 절대 건드리고 싶지 않은 부분을 너무 깊이 다루고 있다는 점에서 외면하고 덮어 두고 싶은 마음을 이해할 수 있을 것도 같다.

이러한 심리적 방어를 제외하면, 오에의 문장이 난해한 이유는 철학적 사상을 담고 있거나 사유적인 특징 때문이라기보다는 그의 문장이 낯설기 때문이다. 사실 대부분의 어렵다고 느껴지는 문장들은 이해하기 어려운 단어를 사용하고 있기보다는 그 용어나 문체에 익숙하지 않은 경우가 많다. 반대로 말하면 그 문장에 익숙해지기만 하면 너무나 쉬운 문장으로 변신한다.

오에의 문장이 낯선 이유는 오에가 스스로 이를 의도했다고 할 수 있다. 자신의 사유 과정을 있는 그대로 전달하고자 하는 듯한 긴 문장, 연속되는 수식어, 삽입절의 잦은 사용, 잦은 쉼표의 사용, 독특한 방식의 인용문 사용 등 해석에 집중력을 요구한다. 그럼에도 불구하고 때때로 핵심적인 내용을 생략하고 문장을 끝내기 때문에 소위 '무슨 말인지 모르겠다'는 결론에 이르게 된다. 하지만 이러한 난해한 문장은 독자들이 적극적으로 독해에 참여하도록 유도하고자 하는 장치는 아니었을까. 답을 독자의 손에 쥐어 주는 대신에 이쪽이라고 손짓한다. 답을 숨겨 놓고는 여기 있다고 가리킨다. 그의 말처럼 모든 사람은 아니더라도 누군가 그의 글을 이해해 주는 사람이 있다고 생각하면서.

직접적인 문장의 난해성은 그의 글 모든 층위에 적용되는 '낯설게 하기'에서 기인한다. 본문에서 작가 스스로 밝히고 있듯이 단어부터 문장과 소설의 형식에 이르기까지 '낯설게 하기'가 전략적 방법으로 사용될 수 있다(제1장). 그 방법적 전략은 과연 어떤 이유로 채용되었는가. 이와 관련하여 먼저 오에에게 소설이란 무엇이었는지를 살펴본 후, 상상력이라는 또 다른 전략도 함께 생각해 볼 것이다.

오에에게 소설이란

> 소설은 인간에 대해 근본적으로, 동시에 종합적이고 구체적으로
> 항상 처음부터 새로 시작하는 것 같은 새로운 마음으로 파악하고
> 자 하는 행위이다. 따라서 소설에 대한 태도에는 '인간의 과학'으
> 로서의 일반적으로 유효하고도 재미있는 측면이 있는데, 이에 관
> 해 이야기하고 싶다. (제1장)

오에는 소설을 '인간에 대해 근본적이고 종합적이고 구체적으로 새로운 마음으로 파악하는 행위'라고 정의하고, 이때 '새로운 마음'은 '새로운 깨달음'을 목적으로 한다. 이 '새로운 마음'을 갖게 하는 계기를 오에는 '환기력'이라고 표현하는데, 이 용어들은 그의 문학의 지향점을 나타내고 있다. 그는 항상 새로운 것을 찾아서 먼 여행을 떠나고, 매일의 일상에서도 익숙한 것 속에서 낯선 것, 새로운 것을 발견하고자 노력한다. 이를 실현하는 방법으로 '낯설게 하기'는 가장 유효한 전략이라고 그는 말한다.

'낯설게 하기'는 사실 현대에 와서는 상식이 되어 버린 예술의 원칙이라고 할 수 있다. 하지만 오에는 단어부터 문장, 그리고 소설의 형식까지 각각의 모든 층위에서 이루어지는 실례를 들어 설명하고 있다.

전략, 그 첫 번째—낯설게 하기

'낯설게 하기'라는 용어는, 일상생활에서 익숙해서 의식에 자동화 작용을 일으키는 단어·사물·이미지를 새롭게 인식시켜 의식 속에 깊게 새겨 넣는 절차로, 예술의 기초 수법이라고 러시아 형식주의자는 정의했다. (제2장)

오에는 익숙하여 우리의 의식을 통과하여 빠져나가는 대상을 새롭게 인식시키는 전략적 방법으로 '낯설기 하기'를 제안한다. 간략히 말하면 대상의 여러 속성 중에서 특정 속성을 강조하는 수법이다. 대표적인 방법으로 '희화화'를 들 수 있는데, 본서에서도 오에는 "작가가 기본적으로 희극적이라고 진심으로 생각"한다고 언급하고 있다. '희화화', '골계', '우스꽝스러움'은 모두 같은 맥락에서 이해할 수 있는데, 주의해야 할 것은 이 '희화화', '우스꽝스러움'의 궁극적 목적이 '낯설게 하기'에 있으며, 대상에 대한 비하를 목적으로 하지 않는다는 것이다. 그것이 대상을 비하하는 결과를 초래한다고 하더라도, 부차적으로 발생한 것일 뿐 궁극적 목적은 대상에서 새로움을 발견하는 것이다. 새로움을 환기시키지 못하고 그저 비하로 끝나는 희화화에 대해서 제13장의 에피소드를 통해 주목하고 있다.

광대―녹색 나사 두건을 쓴 어른들

이 평론이 일본에서 출판된 당시 양장본 표지는 광대가 장식하고 있는데, 이 광대의 이미지는 오에 문학의 방법적 전략을 상징적으로 나타내고 있다.

과거 유럽에서 광대, 특히 궁정 광대는 몇 가지 특권이 있었는데, 왕을 포함해 모든 사람에 대한 풍자가 허용됐다. 이는 법으로 명시되어 있었으며 광대는 자신의 권리를 나타내기 위해 왕의 권위를 나타내는 왕관과 홀을 희화한 방울이 달린 모자를 쓰고 지팡이를 들고 다녔다. 이 특권의 기원은 왕권이 두려워서 직언하지 않는 것에 막기 위해서라는 게 정설이다. 광대는 직언을 올리는 신하와 왕을 풍자하여 왕으로 하여금 자신의 결정에 대해 심사숙고할 수 있게 했다.

본문의 '녹색 나사 두건을 쓴 어른'은 광대를 지칭하는데, 말이 아니라 당나귀를 타고 절대 권력을 상징하는 왕관 대신 무질서와 위반을 상징하는 녹색 모자를 쓰고 은폐된 진실을 폭로한다.

그렇게 외치지 않으면 안 되는데 외치지 않는 것에 대한 깊은 위기감. 그렇게 외치고 싶은 희구. 익살꾼의 행동은 그러한 생각을 표현한 것은 아닐까?

'바보 축제'는 재생과 풍요를 기념하는 카니발의 카테고리에 포함되는 축제이고 익살은 그 주최자이다. (제3장)

인용문 속 광대는 우스꽝스러움을 방법적 전략으로 사용한다. 괴상한 복장으로 시선을 끌고 알려진 사실과 다른, 알려지지 않은 사실을 알리고 재생으로 향한 희구·열망을 선언한다. 우스꽝스러움은 주의를 환기시키기 위한 수단이며, 궁극적 목적은 재생에 대한 희구를 표현하는 것이다. 광대의 익살, 우스꽝스러운 행동, 희화화를 통해 대상의 숨겨진 속성을 폭로하고 새로움을 환기시켜 새로운 결론을 도출하는 것을 최종 목적으로 하고 있다. '낯설게 하기'의 최종 목적은 새로운 결과의 도출, 새로운 발견, 새로운 깨달음이라고 말할 수 있을 것이다.

전략, 그 두 번째—상상력

개인적으로 오에의 용어 중에서 가장 이해하기 어려웠던 것이 바로 이 '상상력'이었다. 개인의 행위로 어떤 제한으로부터도 자유로운, 그래서 한없이 사적인 '상상'이라는 행위가 어떻게 공동의 것이 되는가. 일개 작가가 만들어 낸 허구의 이야기가 어떻게 하여 타인들에게 읽히고 공감대를 형성

하는가. 작은 서재에서 만들어진 이야기가 어떤 사회적 기능
을 하게 되는가.

> 상상력의 작동은 ─ 가스통 바슐라르가 멋지게 정의한 것처럼 ─
> 현재 존재하는 이미지를 바꾸어 새로운 이미지에 도달하는 작업
> 이다. 이 작동은 무엇보다 먼저 눈앞에 현존하는 것에 대해 '그것
> 은 원하는 것과는 다르다, 이것이 아닌 다른 것에 도달하고 싶다'
> 라고 자각하는 것에서 시작될 것이다. 그 결과 어떤 새로운 이미
> 지에 도달할지는 알 수 없다. 그래도 어쨌든 현재 눈앞에 존재하
> 는 이미지를 부정하고 바꾼다는 시도이다. 그것은 결국 도망친다
> 는 행위 역시 포함하고 있는 것은 아닐까?
> 청년 작가로서 다름 아닌 상상력의 작업을 시작한 나는 처음부터
> 지금 거기에 있는 것과는 다른 것을 만들어 낸다는 것, 다른 세계
> 에 도달한다는 것을 지향하고 있었음에 틀림없다. (제11장)

오에는 상상력이란 말을 재정의해서 사용하고 있다. 그것
은 단어 수준에서 '낯설게 하기'가 적용된 것인데, 상상력의
결과에 초점을 맞춘 것이다. 오에에게 상상력이란 '낯설게
하기'와 마찬가지로 새로움과 연관되어 있다. '낯설게 하기'
가 새로움의 여정에서 출발점이라면 상상력은 그 새로움을
모색하는 수단이라고 하겠다.

소설의 형식을 낯설게 하다—극본의 도입

오에는 '낯설게 하기'가 단어의 층위에서 문장의 층위, 나아가 소설 형식 자체에까지도 적용 가능하다고 말한다. 그에 대해 소설의 형식에 연극의 극본 형식을 도입함으로써 '낯설게 하기'를 적용한 예에 대해서 언급하고 있다.

> 보니것의 최신작에 대해 한 가지 더 말하면, 연극 극본의 형식이 자주 등장한다는 것이다. 이노우에 히사시와 쓰쓰이 야스타카 역시 연극과 깊은 관련이 있는 작가들로, 그들은 그 작업 방식을 통해 소설이란 방식을 익숙한 것에서 경이를 불러일으키는 이질적인 것으로 전환시켰다. 결국 소설의 장르를 '낯설게' 만든 것이다.
> (제1장)

극본의 형식을 도입하여 소설의 형식에 '낯설게 하기'를 적용한 예로, 커트 보니것, 이노우에 히사시와 쓰쓰이 야스타카를 들고 있지만 오에 작품에서도 같은 예를 찾아볼 수 있다. 학생 시절 극본 「하늘의 한탄」으로 문학 활동을 시작한 그는 문단 데뷔 후 발표한 중편 소설 「성적 인간」과 장편 소설 『청년의 오명』에서 극본의 형식을 사용했다. 「성적 인간」의 경우 일본의 전통극 노의 극본인 요코쿠의 형식을 갖고 있으며, 『청년의 오명』의 경우는 현대극의 극본 형식을 갖고 있다. 각각의 작품은 외형적 형식뿐 아니라 문체에서도 각각의 형식에 따른 상이한 특징이 있는데, 이에 대한 연구는 아직 본격적으로 이루어지지 않았다.

『청년의 오명』은 안타깝게도 국내에서 아직 번역되지 못했다. 그 이유는 이 작품에 대한 일본 문단의 평가가 낮았기 때문이다. 발표 당시 호평과 악평이 모두 존재했지만, 에토 준의 '벽지에 대해 쓰고 자신에 대해 쓰지 않았다'라는 평가가 문단 전체에 영향을 끼치면서 제대로 연구조차 되지 않았다. 하지만 구와바라 다케카즈桑原丈和 등의 일부 연구자들은 이 작품을 높이 평가하고 있다.

에토 준의 '자신에 대해 쓰지 않았다'라는 평가는 일본의 사소설 중심적인 문단의 특징이 그대로 반영되어 있다. 사소설은 개인의 실제 체험을 리얼리티의 유일한 근거로 삼는다. 따라서 에토 준의 평가는 작가의 실제 체험을 바탕으로 하지 않았으므로 논할 가치가 없다는 것이었다. 이에 대해서 오에는 직접적으로 어떠한 대응도 하지 않았고 문단 전체 역시 이 평가에 추수되었다. 그 결과『청년의 오명』은 자타공인 실패작이라는 낙인이 찍히고 말았다. 하지만 1960년에 발표된 이 소설은 1940년대 패전 직전의 시대상을 압축적으로 표현하고 있는데, 형식적으로나 내용적으로나 완성도가 높은 작품이다.

사소설을 넘어서 메타 소설로
— 『그리운 시절로 띄우는 편지』

『개인적인 체험』의 발표는 오에 문학에 있어서 사소설 논의를 불러일으켰다. 제목 자체에서 사소설을 유추할 수 있는 이 작품은 소설가인 중심인물과 장애아를 가진 아들을 그리고 있기 때문에 '실제 체험을 통한 자기 고백'으로 이해할 수 있는 요소를 갖추고 있다. 하지만 이 평론에서도 오에는 이 소설이 사소설이 아님을 분명히 밝히고 있다.

> 작가가 장애를 가진 아이의 아버지이면서 다른 한편에서는 소설 속에 장애아를 가진 아버지와 그 아이와의 공생을 그린다. 이때 자연스러운 방식은 이른바 사소설의 방법이었을 것이다. 그러나 나에게는(사실 결단코라고 강한 표현을 사용하고 싶을 정도로) 사소설을 쓸 의지가 없었다. (제12장)

「참담한 작별」을 통해서 오에는 사소설의 요소를 갖춘 소설을 사소설에서 분리시키는 장치에 대해서 언급하고 있다. 그리고 『개인적인 체험』에서 사소설적 요소를 갖고 있으면서도 '실생활과 소설의 층위 사이에 고도차를 만드는 전략의 하나로 블레이크의 시를 소설에 인용'하여 사소설을 극복하고자 했다고 말한다.

이처럼 오에는 소설에 극본의 형식을 도입하거나, 사소설의 형식적 특징을 빌려 오면서도 소설 내부에 설치된 장치를 통해 사소설을 극복하는 등 형식상의 '낯설게 하기'를 시도한다.

다음은 『그리운 시절로 띄우는 편지』의 일부분이다.

소설에서는 '사건'이 어떤 것이었는지에 대해 두 가지로 파악하는 방법이 병치되어 있지. 다카시가 주장하는 형태와, 미쓰사부로의 해석. 나의 '사건'을 그대로 받아들이는 것이 K에게는 힘겨웠겠지만 어떻게든 그것에 대응하고 극복할 수 있었던 것은 역시 K가 작가였기 때문에 가능하지 않았을까? 그처럼 두 가지 가능성을 함께 펼쳐 놓고 어느 쪽으로도 단정 짓지 않는다는 건 다른 직업을 가진 인간에게는 불가능하지. (중략) 하지만 나의 내면의 과제로서는 말야, 아무래도 두 측면을 통합하는 건 불가능하고 그렇다고 어느 한쪽만이 진실이었다고도 할 수가 없어. (p. 577)

지금 쓰고 있는 소설은 아직 초고 단계인 모양이니 물론 최종 판단과는 관계없이 하는 이야긴데…. K, 화자는 일인칭이고 히카리를 중심으로 가족에 대해 쓰고 있더군. 나는 그걸 읽고 의문을 느꼈어. 지금까지 K가 나僕라는 일인칭으로 소설을 끌어가는 방식은 그것이 전쟁 중에 어린아이로서 겪은 추억이라든가 익숙하지 않은 대도시에서 불안을 맛보는 청년을 다루는 한, 설득력이 있다고 생각했어. 그 나는 분명히 작가에 가깝지만 시대의 풍속을 체현하는 화자라는 것도 사실이고. (p. 598)

이 소설은 고향을 떠나 도심에서 지내고 있는 작가가 어린 시절 그의 정신세계에 큰 영향을 주었던 '기이 형'의 삶에 대해 이야기하고 있다. 인물 설정에서 이 작품은 충분히 사소설적 조건을 갖추고 있는데, 중심인물과 관련된 사건 외에 화자 '나'의 소설을 비롯한 문학에 관한 '기이 형'과의 대화가 자주 등장한다. 이 대화의 내용은 마치 본 평론에서 오에가 자신의 작품에 대한 의도나 집필 상황 등에 대한 설명과 유사하다는 것, 그리고 논의되고 있는 대상 작품이 바로 『그리운 시절로 띄우는 편지』 자체라는 것을 알 수 있다. 이러한 장치를 통해서 이 소설은 사소설이라기보다는 메타 소설로 위치 지어진다. 즉 이 소설은 사소설에 '낯설게 하기'를 적용하여 사소설이 아닌 새로운 형태, 메타 소설로 탈구축되었다고 할 수 있다.

이곳으로부터 새로운 곳으로

오에는 '낯설게 하기'라는 전략을 사용하여 대상을 새롭게 파악하고자 한다. 너무 흔하고 당연하여 간과되어 왔던 것을 다시 생각한다는 것, 그것은 그의 문학에서 보이는 반성적 사고의 기반이다. 그리고 '상상력'의 힘을 통해 지금 현재를 극복하고 새로운 것에 도달하고자 한다. 이러한 소설을 오에는 "일반적으로 유효한 인간의 과학"이라고 정의한다.

> 명확히 이 사건 이후는 장애가 있는 아들과 공생해 간다는 것
> 은 어떤 의미인지에 대해 계속 생각해 가는 것이 내 소설의
> 첫 번째 주제가 되었다. 게다가 그것은 오늘의 핵 상황에서,
> 즉 핵무기의 위협에 놓여 있는 시대에서 장애를 가진 아들과
> 무력한 인간인 아버지가 어떻게 살아갈 것인가 하는 것이었
> 다. (제11장)

> 내가 쓰고자 하는 일련의 장애아와 젊은 아버지의 소설은 자
> 식과 나의 현실에서 공생에 대한 의미를 전체적으로 이해하기
> 위한 연구 외에 아무것도 아니었기 때문이다. (제12장)

그에게 소설이란 과거의 기록이 아니라 현재에 대한 새로
운 발견의 장이고, 미래에 대한 방향을 결정하기 위한 사유의
장이었다고 할 수 있다. 그리고 그것이 개인적인 문제에서
비롯되어 사회적 존재로서 필연적으로 고려하지 않을 수 없
는 사회의 문제로 확장되어 가는 장이었다고 할 수 있다.

2024년 5월 15일
성혜숙

오에 겐자부로 연보

1935 (0세) 1월 31일 에히메현 기타군 우치코초 오세愛媛県喜多郡内子町大瀬 마을에서 아버지 오에 요시타로大江好太郎와 어머니 고이시小石 사이에서 7남매 중 다섯째로 태어남.

1941 (6세) 4월 오세국민학교 입학. 12월 태평양 전쟁 발발.

1944 (9세) 1월 할머니 타계, 11월 아버지 타계.

1945 (10세) 히로시마広島·나가사키長崎에 원자폭탄의 투하로 일본 패전. 자연에서 영감을 얻어 시를 쓰기 시작함.

1947 (12세) 오세중학교 입학.

1950 (15세) 에히메현립 우치코고등학교 입학.

1951 (16세) 에히메현립 마쓰야마고등학교로 전학.

1954 (19세) 도쿄대 문과 입학.

1955 (20세) 불문과에 진학하여 와타나베 가즈오渡辺一夫 교수에게 배움.

1957 (22세) 단편「기묘한 일奇妙な仕事」로 도쿄대 문학상[五月祭賞]을 수상.『문학계文學界』에 단편「죽은 자의 사치死者の奢り」로 문단 데뷔.

신인 시절(1961)

1958 (23세)「사육飼育」으로 아쿠타가와상芥川賞 수상.

1959 (24세) 도쿄대 문학부 불문과 졸업.

1960 (25세) 이타미 주조伊丹十三의 동생 유카리ゆかり와 결혼. 소설『청년의 오명青年の汚名』발표.

1961 (26세) 단편「세븐틴セヴンティーン」,「정치 소년 죽다政治少年死す」발표. 이 작품으로 우익단체에게 협박을 당함. 8월부터 4개월간 유럽을 여행하며 사르트르와 인터뷰.

1963 (28세) 소설『외치는 소리叫び声』발표. 장남 히카리光가 장애아로 태어남. 그 후 집필을 위해 히로시마 방문 취재.

1964 (29세) 소설『개인적인 체험個人的な体験』으로 신쵸샤 문학상新潮社文学賞 수상.

1965 (30세) 르포르타주『히로시마 노트ヒロシマ・ノート』발표. 여름 하버드대 세미나 참가.

1967 (32세) 장녀 나쓰미코菜摘子 태어남. 소설『만엔 원년의 풋볼万延元年のフットボール』로 다니자키 준이치로상谷崎潤一郎賞 수상.

1968 (33세) 호주·미국 여행.

1969 (34세) 차남 사쿠라오桜麻 태어남.

1970 (35세) 평론 『읽는 행위: 활자 너머의 어둠読む行為: 壊れものとしての人間―活字のむこうの暗闇』, 르포르타주 『오키나와 노트沖縄ノート』 발표. 아시아·아프리카 작가회의 출석을 위해 아시아 여행.

1973 (38세) 소설 『홍수는 내 영혼에 이르고洪水はわが魂に及び』로 노마문예상野間文芸賞 수상.

1974 (39세) 평론 『쓰는 행위: 문학 노트書く行為: 文学ノー付=15篇』 발표.

1975 (40세) 스승 와타나베 가즈오 타계. 김지하 시인의 석방을 호소하며 지식인들과 함께 48시간 투쟁.

1976 (41세) 멕시코에서 객원교수로 4개월간 체류. 아쿠타가와상 심사위원으로 활동.

1978 (43세) 평론 『소설의 방법小説の方法』 발표.

1979 (44세) 소설 『동시대 게임同時代ゲーム』 발표.

1981 (46세) '오에 겐자부로 동시대 논집大江健三郎同時代論集' (전 10권) 발표.

1983 (48세) 소설 『새로운 사람이여 눈을 떠라新しい人よ眼ざめよ』 발표. 캘리포니아대 버클리 캠퍼스에서 연구원으로 체류.

1985 (50세) 평론 『소설의 전략小説のたくらみ、知の楽しみ』 발표. 소설 『하마에게 물리다河馬に噛まれる』로 오사라기지로상大佛次郎賞 수상.

1986 (51세) 일본에서 황석영 소설가와 대담. 소설 『M/T와 숲의 이상한 이야기M/Tと森のフシギの物語』 발표.

1987 (52세) 소설 『그리운 시절로 띄우는 편지懷かしい年への手紙』 발표.

1988 (53세) 평론 『새로운 문학을 위하여新しい文学のために』 발표.

1990 (55세) 첫 SF소설 『치료탑治療塔』 발표. 『인생의 친척人生の親戚』으로 이토세문학상伊藤整文学賞 수상.

1993 (58세) 『우리들의 광기를 참고 견딜 길을 가르쳐 달라われらの狂気を生き延びる道を教えよ』로 이탈리아 몬델로상 수상. 『구세주의 수난―타오르는 녹색나무 제1부 '救い主'が殴られるまで―燃えあがる緑の木 第一部』 발표.

1994 (59세) 8월 소설 『흔들림―타오르는 녹색나무 제2부揺れ動く―燃えあがる緑の木 第二部』 발표. 9월 소설 집필 중단 선언. 10월 일본에서 가와바타 야스나리川端康成에 이어 두 번째 노벨문학상 수상. 10월 일왕이 주는 문화훈장 거부.

노벨문학상 수상

1995 (60세) 소설 『위대한 세월―타오르는 녹색 나무 제3부大いなる日に―燃えあがる緑の木 第三部』 발표. 한국의 고려원에서 『오에 겐자부로 전집』(전 15권, 1995~2000) 번역 간행.

1996 (61세) 소설 창작 복귀 선언. 미국 프린스턴대 객원강사로 체류.

1997 (62세) 미국 아카데미 외국인 명예위원으로 선발됨. 5월 일본으로 귀국. 12월 어머니 타계.

1999 (64세) 소설『공중제비宙返り』상·하권 발표. 베를린 자유대 객원교수로 초빙.

2000 (65세) 하버드대 명예박사학위 받음. 소설『체인지링取り替え子』발표.

2001 (66세) 우익 단체 '새로운 역사 교과서를 만드는 모임'에 반대 성명 발표.

2002 (67세) 프랑스 레지옹 뇌르 코망되르 훈장 수상.

2003 (68세) 에드워드 사이드Edward Said 등이 참여한 왕복 서간『폭력에 저항하여 쓰다暴力に逆らって書く』발표.

2004 (69세) 가토 슈이치加藤周一 등 지식인들과 함께 평화헌법(제9조) 개정에 반대하며 '9조 모임' 발족을 알리는 기자회견 개최.

2005 (70세) 소설『책이여, 안녕さようなら、私の本よ!』발표. '오에 겐자부로상' 창설 계획 발표. 서울에서 열린 국제문학포럼에 참가하여 판문점 방문. 오에 자택에서 황석영 소설가와 광복 60주년 기념 대담. 프랑스의 국립 동양언어문화연구소INALCO 명예박사학위 받음.

2006 (71세) 고려대에서「나의 문학과 지난 60년」강연.

2007 (72세) 오자키 마리코尾崎真理子와의 인터뷰집『오에 겐자부로 작가 자신을 말하다大江健三郎 作家自身を語る』발표.

2009 (74세) 노벨문학상 수상 작가 르 클레지오와 대담. 소설『익사水死』발표.

2011 (76세) 도쿄에서 '원전 반대 1000 만인 행동' 시위 참여.

만년의 오에(2015)

2012 (77세) 에세이집『정의집定義集』발표.

2013 (78세) 마지막 소설『만년양식집晩年様式集』발표.

2014 (79세) 『오에 겐자부로 자선 단편大江健三郎自選短編』발표.

2015 (80세) 한국의 '연세-김대중 세계미래포럼'에서 강연. 아베 신조安倍晋三 정권의 헌법 개정 추진을 강력히 비판.

2016 (81세) 리쓰메이칸立命館대 '가토 슈이치 문고加藤周一文庫' 개관 기념으로 마지막 강연을 함.

2023 (88세) 타계. 모교인 도쿄대에 '오에 겐자부로 문고' 창설.

2024 (1주기) 21세기문화원에서『오에 컬렉션』(전 5권) 간행.

소설의 전략

2024년 6월 20일 초판 1쇄 인쇄
2024년 6월 30일 초판 1쇄 발행

지은이   오에 겐자부로
옮긴이   성혜숙
펴낸이   류현석

펴낸곳   21세기문화원
등 록   2000.3.9 제2000-000018호
주 소   서울 성북구 북악산로1가길 10
전 화   923-8611
팩 스   923-8622
이메일   21_book@naver.com

ISBN 979-11-92533-16-2 04830
ISBN 979-11-92533-07-0 (세트)

값 19,000원